유럽식
독서법

김솔 소설집
유럽식 독서법

펴낸날 2020년 12월 21일

지은이 김솔
펴낸이 이광호
주간 이근혜
편집 최지인 이민희 조은혜 박선우 방원경
펴낸곳 ㈜문학과지성사
등록번호 제1993-000098호
주소 04034 서울 마포구 잔다리로7길 18 (서교동 377-20)
전화 02)338-7224
팩스 02)323-4180(편집) 02)338-7221(영업)
전자우편 moonji@moonji.com
홈페이지 www.moonji.com

ⓒ 김솔, 2020. Printed in Seoul, Korea

ISBN 978-89-320-3813-1 03810

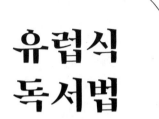

유럽식
독서법

김솔 소설집

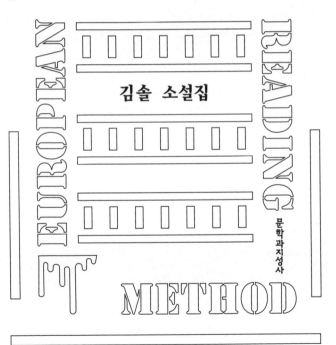

EUROPEAN

READING

METHOD

문학과지성사

차례

A: *Coffee, please!*

B: *Black or with milk?*

A: *Without black, please!*

영국

피카딜리
서커스 근처

EUROPEAN

READING

METHOD

타이베이로 떠나기에 앞서, 자신의 진짜 이름을 하마드 세와Hamad Sewa라고 밝힌 흑인 청년은 4월 어느 일요일 저녁 맥도날드의 지하 화장실 안에서 울고 있었다.

3주 만에 다시 성사된 아스널과 첼시의 런던 더비는 렉싱턴 펍을 가득 채운 첼시 응원단들의 열정적인 응원에도 불구하고 0 대 0 무승부로 끝났다. 쌈싸래한 런던 프라이드London Pride를 각각 여섯 병씩 해치우고도 격정을 가라앉히지 못한 루 첸Lu Chen과 장 크리스토프 드니Jean-Christophe Denis는 피카딜리 서커스로 뛰쳐나와 마치 수년 만에 뭍에 내린 뱃사람들처럼 행인들 사이를 화장걸음으로 걸으면서 시빗거리를 찾다가 바람살 같은 요의를 느끼고 맥도날드의 지하로 황급히 뛰어들었다.

한때 세상의 중심에서 살았던 런던 사람들은 10여 분 분량의 사생활을 보호받기 위해서라면 화장실을 사용하는 데 35펜스쯤 기꺼이 지불해도 상관없다고 생각한다.

하지만 타이베이 출신의 루 첸은 손님이 햄버거를 사 먹으며 지불하는 돈에는 직원들의 임금과 부대시설 사용료, 세금, 음식물쓰레기 처리 비용까지 포함되어 있다고 생각한다. 벨기에에서 온 장 크리스토프 드니는 영국처럼 임금과 세금이 높은 국가에서는 가난한 사람들의 인권을 보장해주기 위해서라도 무료 화장실을 보급해야 한다고 주장할 수 있었지만, 첼시의 무력한 경기 때문에 화가 나 있는 루 첸을 더 이상 자극하고 싶진 않았다.

맥도날드의 지하 화장실 입구에 서서 영수증을 확인하고 있는 인도 청년의 외곬을 확인하자, 루 첸은 하는 수 없이 지상의 계산대로 다가가 바닐라 아이스크림 두 개를 주문했다.

영수증을 꺼내어 자신이 위대한 맥도날드의 정당한 고객이라는 사실을 증명한 루 첸은 제 몸 밖으로 런던 프라이드를 쏟아내다가 한 남자가 좌변기 칸막이 안쪽에서 우는 소리를 들었다. 그는 가방 속에서 무엇을 찾고 있는지 부스럭거리기도 했다. 그 순간 루 첸은 35펜스의 사생활을 스스로 포기하고 화장실에서 빠져나왔다. 장 크리스토프 드니는 루 첸의 호들갑이 첼시의 무기력함과 관련 있다고 판단하고 런던 올림픽의 성화라도 되는 듯 바닐라 아이스크림을 허공에 치켜든 채 의기양양하게 지하 화장실로 내려갔다가 20초도 못 되어서 공포에 질린 얼굴로 되돌아왔다. 그리고 그들은 바닐라 성화가 꺼질 때까지 계단 옆에 서서 그 남자가 나타나길 기다렸다.

울음을 멈춘 흑인 청년은 한쪽 어깨에 커다란 가방을 메고 다른 한 손에는 검은 비닐 봉투를 든 채 화장실 밖으로 나왔다. 그는 계단 주위를 서성이면서 연신 흘러내리는 바지춤을 추켜올리더니 인도 청년이 한눈을 파는 사이, 고객들을 위해 비치해둔 소금과 설탕 봉투를 한 움큼 쥐어 바지 주머니 속에 쑤셔 넣었다. 고작 10여 분의 사생활을 보호받기 위해 바닐라 아이스크림이라도 사야 했던 그로선 손해를 만회하고 싶었을 것이다. 그 정도 분량의 설탕과 소금이라면 설령 이틀 동안 굶주려도 최소한의 바이탈 사인은 유지할 수 있을 것 같았다.

스무 살밖에 되지 않았을 흑인 청년이 바지 속에다 필사적으로 감추려고 했던 비밀은 루 첸과 장 크리스토프 드니의 취한 호기심을 강렬하게 자극했다. 바닐라 성화가 녹아내린 손바닥을 한참 동안 핥던 장 크리스토프 드니는 마치 신탁을 해독한 것처럼, 그 청년이 고향을 떠나기에 앞서 코카인을 담은 콘돔 수십 개를 삼켰고 작은 고깃배와 냉동트럭에 숨어 런던 한복판까지 잠입한 뒤 요의와 허기를 동시에 느끼고 맥도날드로 뛰어들었다가 화장실 바닥에 코카인 콘돔들을 게워내는 바람에 그것들을 변기 물에 씻어 급히 삼키느라 고통스럽고 수치스러워 울었던 것이라고, 루 첸에게 이야기했다. 그런 인간 컨테이너를 마약 중개상들이 모비 딕Moby Dick이라고 부른다는 사실쯤은 루 첸도 알고 있었지만 헛구역질을 참기 위해서라도 일부러 딴청을 피우지 않을 수 없었다.

"저 남자를 납치하자. 코카인을 꺼내어 팔면 적어도 30만 파운드는 벌 수 있을 거야."

마약 중개상에게 매주 4백 파운드를 지불하고 고작 7그램의 코카인을 구입하는 장 크리스토프 드니에겐 결코 놓칠 수 없는 기회였다. 하지만 취기로 벌인 일탈 행위가 직장에 알려져서 매주 천 파운드의 주급을 더 이상 받을 수 없게 된다면 고작 1그램의 저질 코카인을 얻기 위해 더욱더 잔혹한 범죄를 저지르게 될 것이라고, 진심을 다해 루 첸은 장 크리스토프 드니를 설득했다. 키가 족히 2미터는 넘어 보이는 그 흑인 청년을 단숨에 제압할 힘과 용기가 자신들에게 없다는 사실도 장 크리스토프 드니에게 이해시키려고 노력했다.

"저 녀석은 밀입국자이기 때문에 결코 우릴 경찰에 신고하진 못할 거야. 게다가 배 속에 가득한 코카인 콘돔들이 터지는 게 두려워서라도 제대로 저항할 수 없을 테니 안심해도 좋아."

장 크리스토프 드니가 앞장서고 루 첸이 마지못해 그의 뒤를 따르며 추적은 시작됐다. 피카딜리 서커스를 빠져나와 인적이 드문 곳으로 들어서자 그들은 흑인 청년에게 일제히 달려들어 그를 바닥에 쓰러뜨렸다. 그리고 수렵물의 입에 재갈을 물리고 손발을 묶은 다음 빈 공터로 끌고 갔다. 장 크리스토프 드니가 흑인 청년의 바지와 속옷을 벗기는 사이 루 첸은 맥도날드에서 바닐라 아이스크림과 코카콜라를 사 가지고 돌아와 그의 입속에 강제로 쑤셔 넣었다. 장 크리스토프 드니와 루 첸은 런던 프라이드를 한 병씩 비우면서, 초대형 허리케인이 흑인 청년의 위장 속을 반시계 방향으로 회전하면서 코카인 콘돔들을 항문 밖으로 천천히 밀어내기를 기다렸다.

하지만 흑인 청년의 묽은 대변 속에서는 그의 지난한 밀항의 기록 이외에는 아무것도 발견되지 않았다. 냄새가 어찌나 고약하던지 장 크리스토프 드니와 루 첸은 그를 하이드 파크에 묻거나 템스 강 속에 던져버리고 싶은 충동에 사로잡혔다. 한때 세상의 중심에서 질서를 관장했던 대영제국의 경찰들에겐 밀입국한 실종자까지 찾아낼 시간과 의지가 없을 뿐만 아니라, 설령 경찰서 입구에서 흑인의 시체를 발견한다고 하더라도 유기견의 그것 정도로 여기고 폐기물 쓰레기통에 던져 넣을 게 분명했다.

흑마술과도 같은 런던 프라이드의 최면에서 벗어나 간신히 인류애를 회복하게 된 장 크리스토프 드니와 루 첸은 흑인 청년에게 속옷과 바지를 입힌 다음 맥도날드로 데리고 가서 빅맥 세트 두 개와 코카콜라 두 잔을 먹였다. 흑인 청년은 식사 도중에 두 번이나 화장실로 달려갔다가 기진맥진해져서 자리로 돌아왔지만 감자튀김 조각을 남김없이 모조리 삼켰다. 흑인 청년은 이유도 모른 채 폭행을 당했다는 사실을 이미 잊어버린 듯 그저 한 끼의 식사를 제공해준 자들의 선행에 연거푸 감사했다. 그리고 자신의 이름이 바이 부레Bai Bureh이며 시에라리온 출신의 축구선수로서 프리미어 1부리그 축구팀에 입단 테스트를 받기 위해 어렵사리 뱃삯을 마련하여 런던으로 왔으나, 에이전트에게 사기를 당한 데다가 설상가상으로 소매치기에 푼돈마저 털리는 바람에 네 시간째 피카딜리 서커스 주변을 떠돌면서 주인 없는 음식이나 동전을 찾고 있었다고 말했다. 그러자 장 크리스토프 드니와 루 첸은 그 자리에서 구두로 에이전트 계약을 맺고 공식 매니저로서 바이 부레에게 임시 숙소와 음식을 지원해주겠노라고 약속했다. 이 계약은 현장에서 휴대전화로 녹음된 뒤 나중에 세 장의 종이에 옮겨져 서명됐다.

영국인들은 프리미어리그를 관람하면서 아프리카의 역사와 지리를 배운다.

첼시는 지난 시즌에 보츠와 국가대표 출신의 중앙 수비수를 영입하여 시즌 우승을 준비했다. 작년까지 3년 연속 주전 라이트 윙백을 도맡았던 잠비아 출신의 선수를 방출하는 대신 아스널은 토트넘으로부터 레소토 출신의 수비수를 6개월 대여했다. 올해 1부 리그에 합류한 노리치는 향후 주전으로 육성할 어린 선수들을 확보하기 위해 모리셔스와 부르키나파소의 축구협회와 양해각서를 체결했다. 유독 상투메 프린시페 출신의 선수들을 많이 보유하고 있는 위건의 구단주는 그곳에 불법 다이아몬드 광산을 소유하고 있다는 소문에 시달렸다. 스완지는 울버햄튼과 경기에서 세이셸 출신의 미드필드가 결승골을 넣은 덕분에 2부 리그로 강등될 위험에서 가까스로 벗어났고, 블랙번 역사상 네번째로 골든 슈의 주인공이 된 수비수는 매년 정규 시즌이 끝날 때마다 한 달씩 자신의 고국인 카보베르데에 머물면서 유소년 축구교실을 열고 있다.

　바이 부레의 고국 시에라리온은 엄청난 다이아몬드 매장량과 그것을 둘러싼 전쟁의 잔혹함 때문에 서방에 알려졌다. 유려한 명분이나 최소한의 배려도 없이 습관적으로 벌어지는 살육과 파괴는 시에라리온 사람들에게 공포 대신 무력감을 심어주었다. 비가역적이고 일회적인 죽음으로부터 살아남기 위해선 규칙과 선의 따위를 타인에게 결코 기대해서는 안 됐다. 십자가보다도 더 무거운 AK47 소총을 등에 둘러멘 소년병들에겐 적개심을 유지할 수 있을 만큼의 인육과 마약이 필요했을 따름이다. 바이 부레는 자신도 반군들에게 끌려가 막사에 갇혀 있었으나 정부군의 야간 급습을 틈타 간신히 도망칠 수 있었다고 말했다. 원형 경기장 안에서 정해진 규칙에 따라 90분 동안 치열하게 싸워서 결정한 승패가 어느 누구의 생사도 결정하지 않는 축구 경기를 추악한 전쟁과 비교하는 건, 전쟁에서 죽거나 살아남은 자들에 대한 모독이라며 그는 울먹였다. 전쟁에 대한 기억은 산 자나 죽은 자 사이에서 전혀 다르지 않다는 아버지의 유언을 인용하기도 했다.

　공식 매니저가 된 뒤에도 장 크리스토프 드니와 루 첸은 여전히 바이 부레의 몸속 어딘가에 다이아몬드 원석 하나쯤은 숨겨져 있을 것이라는 의심을 떨쳐버릴 수 없었다. 「블러드 다이아몬드Blood Diamond」[1]라는 영화의 영향일 수도 있었다. 그래서 독주로 바이 부레의 의식을 잃게 만든 다음, 침대 위에 벌거벗겨놓고 눈, 코, 입과 귀, 항문, 심지어 땀구멍 속까지 샅샅이 뒤졌으나 다이아몬드는커녕 10파운드의 지폐조차 발견하지 못했다. 그래서 장 크리스토프 드니와 루 첸은 바이 부레를 아프리카의 시혜가 절실한 프로 축구팀에 큰돈을 받고 팔아넘기는 편이 차선이며, 본격적인 체력 훈련에 앞서 기초 영양부터 보충시켜주는 게 급선무라고 결론지었다.

바이 부레는 매일 코끼리처럼 먹었다. ─ 하지만 그는 코끼리를 런던의 동물원에서 처음으로 보았다고 고백했다. 시에라리온이라는 이름은 사자와 관련 있다. ─ 그래서 졸지에 동물원 사육사까지 겸하게 된 장 크리스토프 드니와 루 첸은 매일 퇴근길에 번갈아 테스코에 들러 각종 음식들을 실어 날라야 했을 뿐만 아니라, 보육원에 맡겨야 할 아이처럼 매일 아침 출근길에 번갈아 쓰레기봉투를 챙겨 집을 나서야 했다.

1   에드워드 즈윅이 감독하고 리어나도 디캐프리오가 주연해 2007년 제작된 영화. 이 영화의 또 다른 주인공은 시에라리온에서 채굴된 백 캐럿짜리 핑크 다이아몬드이다.

천국의 주방은 프랑스 출신의 요리사가 책임지고 있는 반면 지옥의 시민들은 영국 출신 주방장에게 복종해야 한다. 천국의 도로는 벨기에 경찰이 눈과 귀를 막은 채 지키고 있고 지옥의 도로는 독일 경찰이 최첨단 장치까지 동원하여 감시한다. 천국의 계단은 스위스 제품이지만 지옥의 문은 메이드 인 이탈리아일 확률이 높다. 만약 이런 농담을 듣고 불같이 화를 내는 영국 사람이 있다면 그는 아마도 아일랜드나 스코틀랜드 출신일 것이라고, 바이 부레는 여섯번째 닭날개 튀김을 삼키면서 귀띔했다.

장 크리스토프 드니와 루 첸은 바이 부레를 자신의 집으로 받아들인 뒤 두 달 만에 처음으로 긴장을 풀고 박장대소했지만 웃음소리가 멈추자 곧 시베리아의 추위처럼 살을 에는 듯한 침묵이 몰려왔다. 프랑스 사람들은 그 침묵의 순간에 천사가 지나간다고 생각하지만, 침묵은 수상한 자들의 외투라는 속담을 영국 사람들은 더 즐겨 사용한다.

통장의 잔고가 바닥을 드러내자 장 크리스토프 드니와 루 첸은 월세가 싼 집을 찾아 런던 북쪽으로 이사하지 않을 수 없었다. 그들의 헌신과 희생 덕분에 바이 부레는 제법 살이 찌고 근력도 늘었지만 집 근처의 운동장을 한 바퀴 도는 데 여전히 5분 남짓 걸렸다. 모든 인맥을 동원하여 가까스로 접촉하게 된 프리미어리그 구단의 스카우터들 중 대부분은 바이 부레의 실력을 공식적으로 증명할 자료가 없다는 이야기를 듣자마자 관심을 거둬들였고, 개인적 친분 때문에 마지못해 운동장을 찾아온 두어 명의 스카우터들마저 바이 부레의 실망스러운 체력과 드리블 실력을 확인한 뒤로 두 번 다시 연락해오지 않았다. 하긴, 장 크리스토프 드니와 루 첸의 눈에도, 런던에서 만날 수 있는 어떤 흑인도 프리미어리그 선수가 되는 데 바이 부레보다는 더 유리한 체력과 드리블 실력을 지닌 것처럼 보였다.

하지만 장 크리스토프 드니와 루 첸은 두 달간의 손해를 만회하기 위해서라도 공식 매니저의 역할을 중도에 포기할 수는 없었다. 유럽의 거의 모든 나라에서 프로축구 리그가 운영되고 있고, 재능 있는 아프리카 선수들의 보유 여부에 따라 팀의 성적이 결정됐으므로, 굳이 영국이 아니더라도 바이 부레를 환영할 팀이 유럽 어딘가에 하나쯤은 있을 것 같았다. 설령 유럽 밖으로 나가야 한다고 하더라도, 아프리카 축구선수들에 대한 메시아적 동경을 지니고 있으나 천문학적인 연봉과 까다로운 체류 조건을 지레 걱정하여 신분조회조차 하지 못하던 아시아의 프로축구단들에게 바이 부레는 필경 매력적인 상품이 될 수 있을 것이라고, 장 크리스토프 드니와 루 첸은 런던 프라이드를 마시면서 서로를 위로했다. 그들 옆에 앉아 있던 바이 부레에게도 마침내 염치라는 게 생겨났는지 더 이상 땅콩 그릇 안에 손을 집어넣지 않았다.

바이 부레도 자신의 매니저들을 실망시키지 않기 위해 나름대로 노력했다. 장 크리스토프 드니와 루 첸이 출근을 준비하기 전에 조깅을 마치고 집으로 돌아와 쓰레기봉투를 내다버렸고, 그들이 출근하고 나면 집안일로 근력운동을 대체했으며, 식욕의 절반만 해결할 수 있는 식사를 하고 집 근처 운동장으로 나가 드리블과 슈팅을 연습했다. 하지만 그럴수록 바이 부레는, 축구선수는 만들어지는 것이 아니라 태어난다는 사실만을 더욱 절실하게 확인했을 따름이다. 그래서 석 달 전의 맥도날드로 돌아가서 자신의 거짓말을 모두 거둬들이고 싶었다. 그는 결코 프리미어리그 구단의 입단 테스트를 받기 위해 런던에 온 게 아니었다. 그저 죽음이 두려웠다. 그것도 자신의 죽음이 아니라 자신으로 인해 누군가가 죽는 게 두려웠다. 훗날 역사의 승리자가 된다고 한들 결코 용서받지 못할 죄악 때문에 숨조차 제대로 쉴 수 없을 것 같았다. 악연의 굴레를 벗어나려면 다이아몬드가 나오지 않는 땅으로 도망쳐야 했다. 수십 일 동안의 유랑 끝에 런던으로 무사히 잠입한 그는 축구라는 스포츠가 다이아몬드만큼이나 유럽사회와 시민들에게 막강한 영향력을 행사하고 있다는 사실을 깨달았다. 프리미어리그에서 활약하고 있는 시에라리온 국가대표 출신의 축구 선수들에 대해서도 듣게 됐지만, 그들은 시에라리온 국민에게 희망을 전파하기 위해 존재하는 것이 아니라 오히려 유럽의 도박사들이 시에라리온의 비극을 이용하여 일확천금을 벌어들이는 데 이용당하고 있었다. 축구 경기의 규칙들을 이해하려고 할 때마다 바이 부레는 웃음을 터뜨렸다. 그리고 침묵의 천사 또는 추위가 지나간 뒤에는, 둥근 축구공을 능숙하게 다루는 데 방해가 되는 기억과 상처가 자신에게 너무 많다는 생각이 들었다.

바이 부레는 자신의 무능함 때문에 장 크리스토프 드니가 7그램에 4백 파운드하는 고급 코카인 대신 1그램에 겨우 25파운드에 불과한 터키산 저질 상품을 흡입하게 되면서 더욱 고통스러운 환각에 시달리고 있다는 사실을 알게 됐다. 그래서 그는 자신과 함께 런던으로 숨어든 고향 친구로부터 양질의 코카인 15그램을 얻어 장 크리스토프 드니에게 주었다. 아프리카 흑인도 부채감을 느낄 수 있다는 사실을 인정하기에 앞서 장 크리스토프 드니는 한참 동안 머뭇거렸다. 하지만 2그램의 가루가 아무런 고통 없이 자신의 몸과 영혼을 단숨에 분리시키자 마치 노벨평화상을 수상한 명망가처럼 한없이 자애로운 표정을 지어 보이며 바이 부레를 뜨겁게 껴안았다.

루 첸의 취미라곤 매주 두 번씩 첼시 유니폼을 입고 렉싱턴 펍에 달려가 축구 경기를 보는 것이 전부였으므로, 바이 부레는 비록 축구 규칙을 제대로 이해하지 못할 뿐만 아니라 술을 전혀 마시지 않는 무슬림이지만, 기꺼이 루 첸을 따라 렉싱턴 펍 안으로 들어가 첼시를 함께 응원해주었다. 하지만 첼시가 패배하는 날이면 마치 가족이 죽었을 때처럼 렉싱턴 펍 안의 공기는 차갑고 희뿌연해졌으며, 예상치 못한 재앙을 흑인 이교도의 침입 탓으로 몰아가는 취객들에 맞서 외롭게 싸우느라 루 첸은 정작 바이 부레의 안위를 챙길 겨를이 없었다.

루 첸은 바이 부레가 장 크리스토프 드니에게 15그램의 양질 코카인을 주었다는 사실을 알게 된 뒤로 그를 데리고 더 이상 렉싱턴 펍에 가지 않았다. 대신 바이 부레가 몸속에 숨기고 있는 코카인이나 돈, 다이아몬드 때문에 일부러 운동장을 천천히 돌고 있다는 의심에 다시 사로잡혔다. 시에라리온의 토착 부족인 템네Temne족들은 인간의 항문을 신의 곳간이라고 부른다는 바이 부레의 이야기를 듣고 나자 의심은 확신으로 바뀌었다. 그래서 루 첸은 바이 부레를 은밀하게 감시하면서 그의 곳간을 뒤질 기회를 기다렸다.

루 첸의 은밀한 감시로부터 바이 부레가 천 달러를 안전하게 지켜낼 수 있었던 비결은 몸을 관통하고 있는 비단실 덕분이다. 달팽이 점액을 칠해서 굳힌 그것의 한쪽 끝에 금속 단추를 매달아 삼키고 다른 한쪽 끝은 어금니에 단단히 묶는다. 사흘 만에 항문 밖으로 단추가 나타나면 그걸 잘라내고 대신 천 달러가 담긴 콘돔을 비단실에 묶은 뒤 항문 속으로 밀어 넣는다. 식도부터 대장에 이르는 소화기관들에 크고 작은 상처를 입히지 않으려면 올리브유와 미지근한 홍차를 번갈아 마셔가면서 반 시간 동안 천천히 어금니 쪽의 실을 당겨야 한다. 그래야 비로소 항문 근처가 아닌 대장 깊숙한 곳에 신의 곳간이 세워지고 웬만한 등급의 허리케인에도 결코 무너져 내리지 않는 것이다. 다만 곳간에 이르는 실크로드가 위산에 끊기지 않도록 사흘에 한 번씩 비단실을 갈아주어야 하는 번거로움을 감수해야 한다.

　이것은 괴물 미노타우로스를 처치한 뒤 발목에 묶인 실을 따라 미궁 속에서 빠져나왔다는 영웅 테세우스의 신화를 응용한 것에 지나지 않는다. 실마리를 제공한 자는 영웅의 약혼녀인 아리아드네이다.

　바이 부레는 목동 출신의 아버지가 어떻게 그런 거금을 모을 수 있었는지 어머니로부터 전혀 듣지 못했다. 물론 백인들의 악행과 연관시켜 몇 가지 추정은 가능했지만, 진실은 마치 뜨거운 물과 같아서 그게 차갑게 식을 때까지 손바닥 안에 가둬둘 자신이 없다면 굳이 인과의 퍼즐을 완성할 필요는 없었다. 바이 부레의 항문 속에 가족들의 모든 희망이 씨앗처럼 담기는 과정을 처음부터 끝까지 지켜본 다음 아버지는 결코 돌아올 수 없는 길을 떠났고, 3년 동안 생사를 확인할 수 없는 아버지의 재산과 가족은 모두 맏아들의 차지가 된다는 부족의 규율에 따라 바이 부레는 천 달러의 주인이 됐다. 하지만 다이아몬드 광산의 소유권을 다국적 기업에게서 무력으로 빼앗으려고 준동한 반군들이 한밤중에 마을을 습격하여 소년 이외의 주민들을 무자비하게 학살한 뒤로 그에겐 더 이상 재산을 나누어야 할 가족은 남아 있지 않았다. 그래도 그는 죽은 가족을 평생 추념해야 할 임무가 있었으므로 목숨을 걸고 반군의 막사를 탈출했다.

루 첸은 회사에 병가를 냈다는 사실을 장 크리스토프 드니에게 알리지 않은 채 며칠 동안 집 근처에 숨어서 바이 부레를 감시했다. 그리고 마침내 바이 부레가 동네 청소년들의 평균 수준에도 못 미치는 축구 실력과 체력을 지니고 있을 뿐만 아니라 축구 규칙조차 제대로 이해하지 못한다는 사실을 확인했다. 게다가 렉싱턴 펍에서 자주 만나는 영국축구협회의 직원으로부터 시에라리온의 공식 자료 어디에서도 그런 이름과 경력을 지닌 축구 선수를 찾을 수 없다는 사실을 확인받았다. 그러니 평범한 밀입국자에 불과한 바이 부레에게 철저히 농락당했다는 결론에 이르지 않을 수 없었다. 루첸은 바이 부레가 여전히 화장실에서 많은 시간을 보낼 뿐만 아니라 그곳에서 나올 때마다 눈은 충혈되고 표정이 상기되어 있다는 사실로부터 곳간의 위치를 확신했다. 그리하여 그동안 자신들이 베푼 호의의 대가를 바이 부레에게서 강제로 징수할 방법을 두고 장 크리스토프 드니와 논쟁을 벌였는데, 더 이상 양질의 코카인을 공짜로 얻지 못하게 될까 봐 걱정하여 장 크리스토프 드니가 결심을 머뭇거리자, 루 첸은 혼자서라도 공정한 거래를 성사시키기로 작정했다. 그는 어느 날 저녁 바이 부레를 수면제로 쓰러뜨렸다. 그러고는 자신의 친구가 근무하는 런던 외곽의 동물병원으로 데리고 가서 엑스레이를 찍었다. 마침내 어금니 사이에서 아리아드네의 실타래를 찾아낸 루 첸은 그것을 잘라낸 뒤 설사약을 식도로 흘려보냈다. 시에라리온의 근대사를 이해하는 데 중요한 유물은 다음 날 저녁이 되어서야 겨우 런던에서 정체를 드러냈다.

루 첸은 천 달러 중 동물병원에 사용료를 지불하고 남은 돈의 절반을 자신의 몫으로 챙긴 다음, 백 달러를 장 크리스토프 드니에게 건넸고, 밀입국 사실을 대영제국의 경찰에 신고하지 않는 대신 자신들의 삶에서 영원히 추방하는 것으로 바이 부레에게 마지막 호의를 대가 없이 베풀었다.

　루 첸은 5백 달러로 스탬포드 브리지 경기장의 1등석 티켓과 런던 프라이드 1팩을 샀다. 그리고 마치 상품을 고르고 있는 스카우터처럼 의자 등받이에 거만하게 기댄 채 첼시가 맨체스터시티를 잔혹하게 파괴하는 과정을 여유롭게 지켜본 뒤 렉싱턴 펍으로 달려가 서포터들과 함께 승리의 찬가를 목청껏 불렀다. 영국 파운드보다 미국 달러를 더 숭배하는 마약 중개상으로부터 백 달러에 무려 10그램의 콜롬비아산 코카인을 살 수 있었다고 장 크리스토프 드니는 자랑했지만, 그 수상한 상품에는 수면제 가루가 많이 섞여 있었던 탓에 그의 몸과 영혼은 완전히 분리되지 않은 채 림보limbo 속에 한참 동안 갇혀 있어야 했다.

　몽롱함에서 벗어난 바이 부레는 더 이상 몸속에서 희망이 자라는 통증을 느낄 수 없었다. 시에라리온 전사들의 용맹함을 각인시켜주어야 한다며 흥분한 고향 친구들을 간신히 진정시킨 뒤, 그는 자신의 전직 매니저들을 찾아갔다. 코카인과 축구에 취해서 천국 주위를 기웃거리고 있는 그들을 발견하고는 잠시나마 완전범죄에 대한 망상에 빠졌지만, 누군가의 도움 없이 런던에 정착하는 것은 도저히 불가능하게 여겨졌기 때문에 어떻게든지 그들을 설득해야겠다고 마음을 고쳐 잡았다. 그래서 바이 부레는 취한 주인들의 발밑에 머리를 처박고 엎드려 아프리카의 역사가 자신의 운명을 어떻게 파괴했는지 설명하면서, 자신이 노예로서 얼마나 유용한 능력을 지녔는지 호소했다. 졸지에 영국의 왕이라도 된 듯 우쭐해진 루 첸과 장 크리스토프 드니는 바이 부레와 새로운 계약을 체결했는데, 주인이 약속해야 할 의무 조항이라곤 숙식을 제공하는 것이 전부였고 노예는 두 명의 주인이 속해 있는 세계를 양쪽 어깨에 각각 하나씩 떠받쳐 들어야 했다.

하지만 새로운 주인들은 자신의 동산(動産)에 적당한 이윤을 붙여 팔아치울 궁리만 했다. 그래서 루 첸은 영국 축구협회 직원을 매수하여 바이 부레가 카보베르데의 축구 국가대표 상비군 출신임을 확인해주는 서류를 작성했다. 그리고 프리미어 2부 리그 축구팀 서너 곳으로부터 공개 입단 테스트에 초대받았다. 그러나 거짓 이유를 둘러대고 테스트에 참가하지 않았는데, 축구공을 마치 고슴도치처럼 다루는 바이 부레에게서 구단 관계자들이 범죄의 냄새를 맡게 될까 봐 두려웠기 때문이다. 대신 공개 입단 테스트 일정과 참가자 명단이 실린 지역신문을 들고 유럽 변방의 프로 축구팀들과 수개월 접촉한 끝에 마침내 러시아 2부 리그 축구팀과 입단 계약을 체결했다. 루 첸과 장 크리스토프 드니의 계획은, 바이 부레가 데뷔전을 앞두고 자동차 사고를 당해 부득이 병원에서 한 시즌 내내 계약금과 주급을 챙기다가 참을성 없는 구단주에 의해 일방적으로 해고당하게 하는 것이었다. 계약 파기에 따른 적정한 위약금까지도 루 첸과 장 크리스토프 드니는 미리 계산해두었다. 하지만 바이 부레는 마치 나폴레옹의 군인처럼 러시아의 혹독한 추위를 사흘도 채 견디지 못하고 합숙소를 무단이탈하여 런던으로 돌아오고야 말았다. 그래서 오히려 루 첸과 장 크리스토프 드니는 위약금 없이 계약을 파기해준 러시아 마피아 출신의 구단주에게 감사하기 위해 한 병에 수백 파운드 하는 프랑스 와인을 두 병이나 준비해야 했다.

루 첸과 장 크리스토프 드니는 빚을 갚기 위해 닥치는 대로 일을 해야 했다. 바이 부레의 뒷바라지 때문에 소홀했던 업무를 처리하느라 매일 직장에서 야근을 한 뒤, 집 대신 테스코 창고로 퇴근해서 자정까지 재고를 정리했으며, 주말엔 택배회사 창고에서 화물을 싣거나 부렸다. 나중엔 더 이상 런던에 포함되지 않는 곳으로 이사하고, 한 달에 10파운드를 지불하면 매일 아침 런던의 하이드 파크까지 실어다 주는 승합차를 이용하여 불법 이민자들과 함께 출근했다. 이웃들이 조금이라도 탐낼 만한 가재도구들은 벼룩시장에서 팔아치웠다. 렉싱턴 펍의 출입을 완전히 끊고 텔레비전이나 인터넷만으로 첼시의 소식을 간간이 확인하면서 자괴감을 느끼던 루 첸의 관심과 열정은 프리미어리그에서 유럽 럭비 리그로 옮겨갔다. 일주일에 고작 1그램의 코카인조카도 흡입할 수 없게 된 장 크리스토프 드니는 극도의 불안감과 무기력감을 극복하기 위해 밤마다 독주를 마시고 수음을 했으나 끝내 평온과 식욕을 되찾을 수 없었다. 결국 그는 주변에 널린 알약을 활용하여 저질 헤로인을 만드는 방법을 찾아냈다. 자신의 성급함을 크게 자책한 바이 부레는 주인들의 손해를 조금이나마 만회해주려고 피카딜리 서커스 근처에서 관광객들을 상대로 기념품을 팔기 시작했지만 제 식욕을 채울 만큼의 이윤조차 남기지 못했다.

어느 금요일, 루 첸과 장 크리스토프 드니는 싸구려 위스키 한 병과 비스킷 두 봉지를 든 채 테스코의 창고에서 집으로 퇴근하여 식탁에 조촐한 술상을 차린 뒤 바이 부레를 깨웠다. 바이 부레는 술을 전혀 마시지 않는 무슬림이었지만 부채감 때문이라도 주인들이 막무가내 건네는 술잔을 끝까지 거부할 수 없었다. 위스키가 혀에 닿는 순간 몸이 굳고 영혼이 휘발하기 시작한 바이 부레를 애써 의자 위에 붙들어놓은 채 루 첸과 장 크리스토프 드니는 자신들의 비참한 현재와 미래에 대한 푸념을 번갈아 늘어놓았다. 손톱보다도 작은 다이아몬드 하나만 있으면 이 모든 비극을 단숨에 박살

낼 수 있다고 읍소하거나 윽박지르면서 바이 부레가 혹시라도 숨기고 있을지 모를 비밀을 추궁했다. 하지만 바이 부레는 두번째 술잔을 비우기도 전에 바닥에 꼬꾸라지고 말았다. 루 첸과 장 크리스토프 드니는 엑스레이로 바이 부레의 몸속을 다시 한번 뒤지는 일을 두고 설전을 벌였다. 루 첸은 바이 부레와의 신뢰를 회복하기 위해선 반드시 필요한 절차라고 주장했고, 장 크리스토프 드니는 검사 비용이라도 아끼는 게 낫다고 맞섰다. 바이 부레는 위스키 덕분에 런던에 도착한 이후 처음으로 그날 꿈 없는 잠을 잘 수 있었다.

다이아몬드 왕국의 후예인 바이 부레는 벨기에의 앤트워프 외곽에 위치한 다이아몬드 세공소에 취직했다. 이 계약은 또 다른 다이아몬드 왕국 출신인 장 크리스토프 드니가 사촌에게 부탁하여 성사됐다. 다이아몬드 세공소의 유태인 주인은 바이 부레에게 잠재되어 있는 재능을 알아보았다기보다는, 시에라리온에서 다이아몬드 원석을 비공식적으로 거래하고 있는 자들과 인맥을 연결하기 위해 그를 채용했다. 값비싼 다이아몬드가 파손되거나 도난당하는 경우에 대비하여 세공소 직원들은 신원보증금을 지불해야 했기 때문에 루 첸과 장 크리스토프 드니는 또다시 은행에서 큰돈을 빌려야 했다. 하지만 바이 부레는 다이아몬드를 직접 만져보기는커녕 들여다본 적조차 없었다. 그의 고향을 관통하던 로켈Rokel

강에서 다이아몬드가 발견됐다는 소문이 퍼지자마자 군인들 수백 명이 몰려와 강으로 통하는 모든 길을 막고 고기잡이를 금지시켰다. 이어 강가를 따라 목책이 세워지고 물을 퍼내는 기계 소리와 일꾼들의 고함 소리가 밤낮을 가리지 않고 들렸다. 물을 긷거나 멱을 감는 자들에게도 군인들이 무자비하게 총을 쏘아댔기 때문에 바이 부레의 아버지는 가족들을 이끌고 깊은 산속으로 들어가야 했다. 그때 바이 부레의 나이는 여덟 살이었는데, 반군이 마을에 나타나기 직전까지 5년 남짓 그곳에서 두 마리의 양을 키우며 보낸 시간이 그가 평생 기억할 수 있는 유년의 전부였다.

10캐럿짜리 다이아몬드를 처음 보았을 때 바이 부레는 황홀감 대신 허탈감을 느꼈다. 아프리카 사람들에겐 아무런 가치도 없는 돌덩이를 차지하기 위해 벌어지는 전쟁은 프리미어리그의 축구 경기만큼이나 이해되지 않았다. 비록 자신에게 실습용으로 주어진 건 석탄을 압축해서 만든 인조 다이아몬드였지만 마치 조상의 뼈와 살을 깎고 있다는 생각에 오금이 저리고 구토가 밀려와 작업대 앞에 채 10분조차 앉아 있을 수가 없었다. 다시 런던으로 도망치고 싶었지만, 훗날 루첸과 장 크리스토프 드니가 신원보증금을 갚기 위해 범죄자들에게 영혼을 팔게 될 걸 상상하니 차마 발이 떨어지지 않았다. 그저 유태인 주인이 정식으로 그를 해고해주길 묵묵히 기다렸으나, 시에라리온의 공급자들과 어떻게 해서든지 거래를 성사시키고 싶은 유태인 주인은 바이 부레의 나태와 실수를 모두 묵인했을 뿐만 아니라 오히려 훌륭한 식사와 넉넉한 주급으로 그를 감동시키는 바람에 영국인 주인들과의 재회는 번번이 연기됐다. 그때마다 바이 부레는 로켈 강에 절대 가깝게 다가가지 말라는 아버지의 충고를 떠올리며 이성이 잠들지 않을 만큼의 시공간을 확보했다.

결국 넉 달 뒤, 바이 부레는 자신의 희망대로 해고되어 런던으로 돌아왔다. 하지만 더 이상 그에겐 밀입국자의 음울한 모습은 남아 있지 않았다. 신형 스포츠카를 타고 도버 터널을 통과하여 런던에 도착한 그의 몸 곳곳은 고급 브랜드의 로고들과 금 장신구들로 반짝였으며 뇌쇄적인 백인 여자를 왼쪽 어깨에 매달고 있었다. 바이 부레는 루 첸과 장 크리스토프 드니 앞에서 그 여자에게 상스러운 욕지거리를 내뱉더니 지폐 몇 장을 허공에 내던지며 쫓아버렸다. 그러고는 미리 준비해 온 돈 봉투를 옛 주인들에게 하나씩 건네면서 내일 저녁 자신이 머물고 있는 호텔 식당에서 만나 식사를 함께하자고 제안한 뒤 스포츠카와 함께 사라졌다. 피카딜리 서커스 근처의 맥도날드에서 바이 부레를 처음 만난 이후로 지금까지 떠안았던 금전적 손해와 정신적 고통을 모두 상계하고도 남을 만큼 큰 금액이 봉투에 담겨 있었다. 루 첸과 장 크리스토프 드니는 바이 부레가 내민 돈에 반영되어 있을 죄악 따윈 괘념치 않고 다음 날 아침 출근길에 곧장 은행으로 달려가 빚을 모두 갚았다. 호텔 스위트룸 침대에서 콜걸과 함께 정오 무렵에 깨어난 바이 부레는 런던의 시에라리온 대사관에 들러 여권과 비자를 신청했다.

피카딜리 서커스 근처의 맥도날드에서 빅맥 세트를 먹으면서 바이 부레에게 타이베이행을 추천한 자는 당연히 타이베이 출신의 루 첸이었다. 독재자와 민족주의를 기반으로 급격한 경제성장을 이어가고 있는 아시아 국가들에선 개인과 현재의 희생이 다수와 미래를 위한 미덕으로 여겨지고 있고, 그곳의 기업들 역시 부도덕한 범죄를 저지르고도 고객들의 저항이나 정부의 제재에 대한 걱정 없이 여전히 막대한 이윤을 얻고 있으므로, 만약 다국적 법률조직의 지원을 받아 제조물 책임법Product Liability[2] 관련 소송을 진행한다면, 법적 규제에 대한 내성을 충분히 갖추지 못한 다수의 기업들은 속수무책일 수밖에 없을 것이고, 명예를 실리보다도 더 중요시하는 습성에 따라 수치스러운 비밀을 감추기 위해서라도 천

---

[2]　이 법은 제조물의 결함으로 발생한 손해에 대한 제조업자 등의 손해배상책임을 규정함으로써 피해자 보호를 도모하고 국민생활의 안전 향상과 국민경제의 건전한 발전에 이바지함을 목적으로 한다(국가법령정보센터).

문학적 보상금을 제시하며 막후교섭을 시도할 게 분명하다고 루 첸은 말했다. 그것은 일종의 투자 제안 같은 것이었고 바이 부레는 흔쾌히 승낙하면서 성공 사례금까지 약속했다. 그리고 그는 자신의 진짜 이름이 바이 부레가 아니라 하마드 세와라고 밝혔다. 바이 부레는 영국의 점령에 저항한 시에라리온의 왕으로서 시에라리온 지폐에 등장하는 영웅이라고 설명했다. 루 첸과 장 크리스토프 드니는 하마드 세와라는 청년이 아프리카 역사에 대한 자신들의 무지를 조롱했다는 생각 때문에 몹시 불쾌해졌다. 그래서 그를 끝까지 바이 부레라고 부르는 것으로 복수하겠다고 다짐했다. 그때가 5월의 마지막 날이었다.

바이 부레가 타이베이에서도 눈부시게 성공했는지는 아무도 모른다. 영국의 어떤 언론사도 더 이상 바이 부레나 하마드 세와라고 불리는 흑인 청년에게 관심을 보이지 않았기 때문이다. 더욱이 바이 부레가 영국을 떠나고 얼마 되지 않아서 루 첸과 장 크리스토프 드니는 헤어졌는데, 장 크리스토프 드니가 금요일 저녁 피카딜리 서커스 근처에서 헤로인을 구입하다가 경찰에 붙들린 사건이 치명적이었다. 맥도날드에서 바닐라 아이스크림을 먹으면서 장 크리스토프 드니를 기다리던 루 첸도 공범으로 간주되어 유치장에 수감됐다가 런던 주재 타이베이 외교관들의 도움으로 간신히 혐의를 벗을 수 있었다. 소식을 듣고 런던으로 급히 날아온 부모 앞에서 루 첸은 그동안의 악행과 방탕을 고백하며 반년 안에 부모가 선택해준 여자와 결혼하겠다고 서약한 뒤에야 간신히 런던에 남을 수 있었다. 장 크리스토프 드니는 유치장에서 런던 외곽의 재활병원으로 이미 이송된 뒤여서 그들은 작별인사를 나누지도 못했다.

다이아몬드 세공기술을 배우던 바이 부레는 어느 금요일 저녁 앤트워프 시내의 맥도날드에서 혼자 빅맥 세트를 먹었다. 그리고 50센트를 지불하고 화장실로 들어갔다. 그에게 여전히 항문은 신의 곳간이어서 주급으로 받은 돈의 대부분을 콘돔에 싸서 그곳에 숨기고 있었다. 그런데 어제 먹은 중국식 메밥 탓인지 마른 항문을 통해 거슬러 올라가던 콘돔은 어느 지점에 이르러 멈춰 서더니 눈물샘과 침샘을 동시에 헤집어놓는 게 아닌가. 그 순간 좌변기 위에 올려두고 있던 오른발이 미끄러지면서 바이 부레의 중심이 무너졌고 그의 턱이 변기에 부딪혀 찢어졌다. 피가 흘러내리는 턱을 왼손으로 황급히 감싸 쥐면서도 그는 항문 속으로 손가락을 더욱 깊이 쑤셔 넣어 저축을 마무리했다. 그리고 세면대 앞에서 찬물로 상처 부위를 닦아내고 있는데 화장실을 청소하는 노인이 나타났다. 노인은 바이 부레를 부랑인으로 확신했다. 그래서 결코 발설해서는 안 될 말을 내뱉고야 말았다.

"그건 내 잘못이 아니야. 난 최선을 다했고 네가 운이 나빴던 거지. 더 이상 여기에다 더러운 오물을 묻히지 말고 당장 꺼져, 이 검둥아."

비록 바이 부레는 플라망어를 거의 알아듣지 못했지만 표정과 뉘앙스만으로도 상대의 적의를 짐작할 수 있을 만큼의 지혜는 지니고 있었다. 하지만 밀입국자의 신분인 이상 소란에 휘말리는 걸 원하지 않았기 때문에 그저 못 들은 척하고 피가 멈추길 기다렸다. 그때 화장실에 함께 있던 신사가 노인에게 플라망어로 항의했고 잘못을 뒤늦게 깨달은 노인은 바닥에 털썩 주저앉더니 신사에게 애원하기 시작했다. 정작 사과를 받아야 할 당사자인 바이 부레는 그 신사가 아주 쉬운 영어로 설명해주기 전까지 상황을 이해하지 못했다. 유럽의 법률은 소비자들의 권리 보호를 유일한 목적으로 삼고 있기 때문에 소비자를 모욕한 사업체나 개인을 상대로 손해배상을 청구할 수 있으며, 특히 맥도날드처럼 다국적 기업들은 다국적 언어로 메뉴판을 만들기에 앞서 다국적 직원들을 대상으로 윤리강령 교육부터 강화해야 한다고 열변을 토했다. 그러면서 자신이 소속되어 있는 법률회사에 이번 소송을 맡겨주면 꼭 명예를 회복해주겠노라고 약속했다.

그래서 바이 부레는 유태인 보석상에게는 한마디도 건네지 않고 짐을 챙겨 변호사가 마련해준 숙소로 옮겼다. 그리고 일주일 뒤 신문사 기자들 앞에서 맥도날드를 상대로 전쟁을 선포했다. 화장실 조명이 너무 어두워서 범죄나 사고가 일어날 위험이 높다는 주장을 고객들이 끊임없이 제기했으나 맥도날드 측은 의도적으로 무시했고, 2개월 전에 이미 비슷한 사고가 일어났는데도 적절한 조치를 취하지 않았으며, 1년 넘게 화장실을 청소하고 있는 노인에게 단 한 차례의 안전사고 예방 교육도 실시하지 않았다고 지적했다. 화장실은 엄연히 사생활을 보호해주는 최소한의 공간이고 고객이 정당한 사용료를 지급한 이상, 설령 그가 그곳에서 배설 이외의 행동을 했다고 한들 당연히 보호받아야 한다고 여러 번 강조했다. 하지만 구태의연한 인종차별 논란까지 이어가진 않았는데, 무덤 속에 갇혀 있는 유령들을 꺼내어 법정에 세우느라 소송 기간이 늘어나는 걸 방지하기 위해서였다. 그래서 변호사는 막후교섭을 원한다는 메시지를 맥도날드에 은밀하게 보냈고, 맥도날드의 영업책임자 이름으로 사과 성명서를 주요 신문들에 싣고 적절한 보상금을 지급하겠다는 회신을 받자마자 소송을 즉각 취하했다. 바이 부레는 변호사의 충고에 따라 기자들 앞에서, 자신은 가난한 노인이 불운 때문에 회사로부터 부당한 조치를 받게 되는 걸 결코 원하지 않으며 여생을 소수의 인권 향상을 위해 헌신하겠다는 소견을 짧게 발표했다.

그 이후로 바이 부레는 다국적 기업의 탐욕과 횡포에 맞서서 소비자 권리를 보호하려는 유럽 각국의 시민단체로부터 강연 요청을 끊임없이 받았으나, 유럽 전체의 경기 침체와 맞물려 각국에서 득세하기 시작한 외국인 혐오주의자들에게 희생되는 것을 걱정하여 완곡히 거절했다. 그를 대신하여 각종 강연에 참석하면서 명성을 높여가던 변호사는 로테르담의 스타벅스 매장에서 인도네시아 출신의 여직원이 손님들에게 집단 성폭행당한 사건을 수임하게 되면서 그는 다국적 기업들이 가장 두려워하는 윤리교사이자 이주민들의 인권을 보호하는 최후의 전사로서 급부상했다. 그러니 항문에다 콘돔을 밀어 넣다가 바닥에 넘어진 시에라리온 청년의 미래 따위에 더 이상 신경을 쓸 수 없게 됐다. 바이 부레는 자신의 항문 속을 두 차례나 뒤졌던 전직 매니저들에게 복수하기 위해서라도 런던에 돌아가야겠다고 생각했다. 신형 스포츠카와 고급 의류와 금 장신구들을 구입한 뒤에도 통장의 잔고는 거의 줄어들지 않았다. 도버 해협을 건너기에 앞서 앤트워프 세공소의 유태인 보석상을 찾아가 자신이 부재하는 기간 동안 끼친 금전적 손해를 배상하기는커녕 오히려 신원보증금과 정식 해고통지서를 강제로 받아냈다. 그리고 도버 해협을 건너자마자 피카딜리 서커스 근처의 맥도날드에 들러 빅맥 세트를 주문한 뒤 주위를 둘러보았을 때, 최근에 붙인 게 분명한 표지판을 발견하고 적이 놀랐다.

"화장실에서 허락되지 않은 행동을 했을 경우 사업주에겐 일체의 배상 책임이 없음을 알려드립니다."

다국적 기업들이 직원 교육용으로 새롭게 배포한 자료에서 바이 부레 사건을 대표적인 블랙 컨슈머 소송 사건으로 설명하고 있다는 사실을 변호사는 정작 당사자에게 알려주지 않았던 것이다.

바이 부레는 넉 달 동안 자신에게 일어난 사건들을 이야기하느라 제 앞의 진귀한 음식이 식어가는 줄도 몰랐다. 호텔의 식당에 도착하기 전까지만 해도 루 첸과 장 크리스토프 드니는 바이 부레의 성공이 신의 곳간 속에 안전하게 숨겨져 있던 다이아몬드 덕분이라고 생각했다. 그래서 바이 부레를 앤트워프로 보내기 직전에 엑스레이 검사를 하지 않은 걸 뒤늦게 후회했다. 루 첸이 쏘아볼 때마다 장 크리스토프 드니는 쥐구멍에라도 숨고 싶었다. 하지만 바이 부레의 이야기를 듣고 나자 그들은 자신들이 흑인으로 태어나지 못한 사실을 몹시 안타까워했다. 그들은 그 식당에서 가장 비싼 음식들을 주문한 뒤 이런저런 트집을 잡아서 종업원들과 요리사에게 항의했는데, 필경 바이 부레가 얻은 것과 같은 횡재를 기대한 게 분명했다. 하지만 굴욕적인 상황에 적절히 대처하는 방법을 교육받은 종업원들과 요리사는 전혀 흥분하지 않은 채 몰이해와도 같은 친절로 손님들의 무례한 요구를 차분하게 처리했다. 결국 바이 부레가 거액의 팁을 제공함으로써 소란은 무마됐고, 루 첸과 장 크리스토프 드니는 주위 고객들의 멸시 섞인 시선에 쫓겨 식당을 도망치듯 빠져 나와야 했다. 그들은 이틀 동안 바이 부레와 함께 스위트룸에 머물면서 와인과 창녀와 산해진미를 즐긴 뒤 패배자들처럼 어깨를 늘어뜨린 채 집으로 돌아왔다. 바이 부레는 시에라리온 정부로부터 정식 여권과 비자를 받고 밀입국자의 신분에서 완전히 해방됐다.

중견 증권사에서 일하는 장 크리스토프 드니는 어느 날 저녁 바이 부레를 자신의 회사 앞 카페로 불러내어 제조물책임법의 목적과 내용에 대해 가르쳤다. 현대 문명인들이 무의식적으로 사용하고 있는 생활필수품들 속에 얼마나 치명적인 위험들이 도사리고 있으며, 하찮은 주의사항일지라도 그것을 사용 설명서에 누락한 결과로 얼마나 많은 제조업체가 사업의 존폐를 걸고 고객들과 소송을 진행해왔는지 설명해주었다. 가령 '전자레인지로 고양이의 털을 말릴 경우 고양이가 죽을 수도 있습니다'라는 문구가 설명서에 빠져 있다면, 전자레인지로 털을 말리다가 고양이를 죽인 주인으로부터 언젠가 피소될 수도 있다는 것이다. 가정용 전동공구를 만드는 기업의 고객서비스를 담당하고 있는 루 첸은 퇴근길에 테스코에 들러 막대 모양의 해충 퇴치제를 산 다음 바이 부레와 함께 피카딜리 서커스로 갔다. 그리고 아시아 관광객들의 걸음을 막고 "이 막대의 용도가 뭐라고 생각하세요?"라고 물어보았는데, 베트남 쌀국수로 이해하고 맛을 보려는 자들이 대부분이었다. 하지만 해충 퇴치제의 포장지 어디에도 '냄비에 삶아서 먹지 마시오'라는 경고 문구가 적혀 있지 않았다. 장 크리스토프 드니와 루 첸의 열정적인 교육 덕분에 바이 부레는 제조물 책임법의 허점이 자신에게 명예와 재물을 가져다줄 수 있다고 확신했다. 제조업체들이 미처 상상하지 못한 위험을 발견해내고 소비자들을 대표하여 개선을 요구하는 직업은, 시행착오를 통해서만 진화하는 인류에게는 더없이 유용하며 마약 중개상이나 다이아몬드 보석상보다도 훨씬 존경받아야 마땅했다.

형태가 쓸모를 발명하거나, 쓸모가 형태를 제한한다는 믿음은 더 이상 유효하지 않다. 형태와 쓸모 때문에 제품을 선택하는 소비자는 거의 사라졌다. 대신 소유의 욕망만이 제품의 가치를 결정하고 그 이후 습관이 소비를 추동할 따름이다.

그날 후 바이 부레는 매일 테스코에 들러 런던 사람들이 즐겨 사용하는 생활필수품을 몇 개씩 사가지고 집으로 돌아와서는 이런저런 쓸모를 실험했다. 이미 문명에 길들여진 습관으로부터 상상을 방해받지 않기 위해 그는 포장지와 함께 설명서를 버린 다음 제품을 살폈다. 뒤쪽이나 아래쪽에 붙어 있는 스티커의 문구도 검은색 유성펜으로 검게 칠해 해독할 수 없게 만들었다. 전기로 구동되는 기계는 무조건 물속에 집어 넣어보았고 윤활유를 주입하는 구멍에 노래를 부었다. 실험의 마지막 과정은 제품들을 바닥에 던져 파편의 형상을 확인하는 것이었다. 몇 차례의 절체절명의 위험을 간신히 피한 뒤 바이 부레는 제조업체가 미처 인지하지 못하고 있을 쓸모와 위험을 많이 발견해냈다. 파우스트 박사의 실험실보다도 더 엉망이 되어 있는 거실을 치워야 하는 장 크리스토프 드니와 루 첸에겐 걱정보다 짜증이 앞섰지만, 실패 비용이 클수록 더 많은 이익을 얻을 수 있다고 서로를 위로하면서 묵묵히 참아냈다. 단, 자신들이 소속되어 있거나 투자하고 있는 기업의 제품들만큼은 실험 대상에서 반드시 제외해야 한다고 그들은 바이 부레에게 강력히 요구했다.

바이 부레는 자신의 실험결과로 해당 제조업체를 협박하려는 건 아니었다. 그저 자신이 발견한 잠재적 위험 요소들이 제거되고 사용 설명서가 수정된 뒤로 정당한 사례금을 받을 수 있길 희망했을 따름이다. 하지만 대부분의 제조업체들은 실험결과를 부정했고 심지어 상표법 위반으로 고소하겠다는 회신까지 받게 되자 바이 부레는 더욱 공격적인 방법을 쓰지 않을 수 없었는데, 자신이 직접 찾아낸 사용법을 시연해 보이고 이 과정을 비디오로 찍어 해당 제조업체에 보내면서 납득할 만한 회신이 없을 경우 인터넷 사이트에 게시하겠다고 덧붙였다. 그리고 실제로 그는 전기면도기로 이발을 시도했다가 두피의 살점을 잘라내는 바람에 구급차에 실려 응급실로 가는 장면을 휴대전화로 촬영하여 유튜브에 올렸다. 응급실에서 귀가할 때쯤 바이 부레는 이메일 한 통을 받았는데, 자신의 영상에 등장하는 전기면도기를 제조한 업체가 아니라 그것과 비슷한 형상을 지닌 원예용 전동가위를 만드는 업체였다. 거의 한 달 만에 첫 사례금을 받게 된 이후로 바이 부레의 성공 확률은 70퍼센트를 넘었고 그때마다 장 크리스토프 드니와 루 첸에게 배당금이 지급됐다.

바이 부레의 악명이 높아지자 유럽의 제조업체들은 분야별로 연합하여 제품 설명서에 넣어야 할 경고 문구들을 연구하기 시작하는 한편, 블랙 컨슈머의 횡포를 막기 위해 정치인들을 포섭했다. 바이 부레의 성공 신화에 매료된 추종자들이 위험천만한 실험을 벌이다가 끔찍한 사고를 연이어 당하자 바이 부레에게 불리한 여론이 조성됐다. 하지만 바이 부레는 굴복하지 않고 더욱 정교하고 극단적인 실험을 통해 자신의 선의를 확인시켜주려고 노력했는데, 자신마저 어느새 영국인들처럼 생각하고 행동하고 있을지도 모른다고 걱정하여 그는 시에라리온의 고향 마을을 찾아가 친지와 친구 들에게 테스코에서 구입한 제품들을 나누어 주면서 그들의 사용법을 관찰했다. 그렇게 해서 만들어낸 경고 문구 중에는 특정 제품에 한정되지 않고 현대 문명의 이기(利器) 전체에 적용될 수 있는 것도 있었으나, 모두의 책임은 어느 누구의 책임도 아니라는 장 크리스토프 드니의 의견을 받아들여 삭제했다. 마침내 유럽의 제조업체들은 바이 부레를 공격할 합법적인 방법을 찾아냈고, 바이 부레는 탈세 혐의를 인정하여 전 재산의 75퍼센트를 세금으로 지불해야 했다. 그러고 나니 바이 부레는 비로소 자신의 항문 속에다 숨길 수 있는 것만큼만 자신의 재산으로 지닐 수 있다는 사실을 인정하지 않을 수 없었다. 템네족에게 신의 곳간이란 결국 신이 인간과 함께 기거하는 천국은 아니었을까. 천국으로 들어가는 데 인간이 반드시 챙겨야 할 소지품이 있을 리 없지 않은가.

축구 규칙을 여전히 이해하지 못한 바이 부레가 영국 축구협회와 프리미어리그 구단 그리고 다국적 스포츠용품 업체를 상대로 역대 최고의 손해배상청구 소송을 제기하면서 파국이 찾아왔다. 바이 부레는 축구 경기야말로 유럽의 소비자들에게 가장 큰 해악을 입히고 있는 상품이라고 판단했다. 그래서 축구의 종주국으로 알려진 영국을 피의자로 지목했다. 영국 축구협회는 프리미어리그 구단들이 아프리카에서 유괴하다시피 데리고 온 소년들을 정당한 계약서도 없이 유소년 클럽에 가입시킨 뒤 혹독한 훈련을 통해 고가의 상품을 만들어내고 있는데도 인권 문제를 제기한 적이 없다. 게다가 전쟁을 방불케 하는 훌리건들의 난동을 예방하기 위한 규칙들을 추가하고 경기장 안팎에 엄중한 경고문들을 내거는 일에도 지극히 소극적이다. 프리미어리그 구단들은 살인적인 경기일정을 소화하다가 치명적인 부상을 당한 선수들의 재활 프로그램에도 거의 투자하지 않는다. 다국적 스포츠용품 업체는 프리미어리그를 후원하고 스타들에게 막대한 광고료를 지불하고 있지만 정작 축구공과 유니폼의 제작원가를 낮추기 위해 저개발 국가의 아이들을 학교 대신 공장으로 불러 모으고 있다. 축구공은 둥글지만 결코 평평한 바닥을 구르지 않는 것이다. 그래도 바이 부레는 루 첸을 실망시키고 싶지 않았기 때문에 이 소송을 끝까지 비밀로 감추었으나, 렉싱턴 펍에 들른 루 첸이 첼시 서포터들에게 집단으로 구타를 당하는 사건이 발생하면서 상황은 바이 부레의 의도와 다른 방향으로 흘러가고 말았다. 루 첸은 폭행에 가담했던 서포터 전원을 형사 고발하는 한편, 자신이 마치 영국 축구협회의 대변인이라도 되는 듯 바이 부레에게 소송을 취하하라고 명령했다. 하지만 더 이상 루 첸에게 빚을 지고 있지 않았던 바이 부레는 물러나지 않았다. 결국 루 첸은 절교를 선언했고, 헤로인을 탐닉한 이후로 판단력이 눈에 띄게 흐려진 장 크리스토프 드니는 루 첸과 함께 남는 편을 선택했다. 짐을 챙겨 런던 북부의 오피스텔로 들어간 바이 부레는 2백 년 전 영국의 침략에 맞서 싸운 시에라리온의 영웅처럼 배수진을 친 채 격렬하게 저항했으나 중과부적의 싸움에서 패배하고 말았다. 그리고 유명한 변호사들에게 수임료가 정상적으로 지불되는 순간, 바이 부레는 완전히 파산했다.

다시 항문 속에 돈을 숨겨야 할 만큼 가난해진 바이 부레는 루 첸과 장 크리스토프 드니를 찾아왔고 둘은 두 달 전의 절교 선언도 잊은 채 손님을 환대했다. 5월의 마지막 날 저녁 피카딜리 서커스 근처의 맥도날드에서 빅맥을 먹으면서 루 첸은 자신의 고국인 타이베이에서 새로운 인생을 시작해보라고 바이 부레에게 제안했다. 다른 선택의 여지는 없었다. 그래서 바이 부레는 식사 도중에 지하 화장실로 내려가 항문 속의 돈을 세어보았는데 다행히 타이베이행 항공권을 살 수 있을 만큼의 금액은 남아 있었다. 처음 만났던 곳에서 마지막 작별을 하고 있을 때 장 크리스토프 드니가 '4월 소나기는 5월 꽃을 부른다'는 영국 속담을 중얼거리자, 갑자기 바이 부레는 바람살 같은 요의를 느끼고 주위를 둘러보았다. 그곳은 한때 세상의 중심이었다.

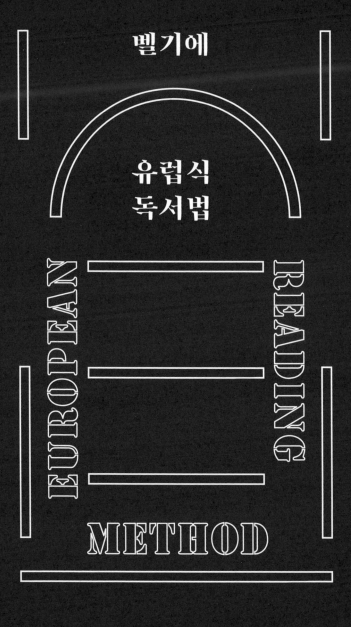

벨기에

유럽식
독서법

EUROPEAN

READING

METHOD

"히치하이커 중 한 명은 흑인이고 다른 한 명은 백인이라면 당신은 누굴 태우겠어?"

그 순간 오른쪽 바퀴 아래에서 물컹한 무엇이 터지면서 자동차가 크게 흔들렸다. 다행히 아내는 핸들을 놓치지 않고 방향과 속도를 유지할 수 있었다.

"젠장, 뭘지 봤어? 쓰레기였을까? 아니면 고슴도치였을까?"

하지만 그때, 나는 도로의 갓길에 서서 질주하는 자동차를 엄지손가락만으로 멈춰 세우려는 흑인과 백인 청년을 상상하고 있었기 때문에 아내의 말을 제대로 듣지 못했다. 만약 흑인의 엄지손가락을 무람하게 지나친다면 그의 산탄총에서 발사된 총알이 내 두개골을 관통하여 자동차를 앞지를 것이고, 백인의 엄지손가락을 바람칼로 잘라낸다면 갓길에서 숨어 있던 경찰차가 튀어나와 역시 내 자동차 앞을 막아 설 것이다. 그러니 내가 선택할 수 있는 가장 현명한 방법이라면 그들의 엄지손가락으로부터 가능한 한 멀리 떨어진 곳에다 자동차를 세우고 나의 인류애를 증명할 수 있을 만큼의 돈을 창밖으로 던진 다음 그들이 도착하기 전에 급히 자선의 현장을 떠나는 것이리라.

"또 내 말 안 들었지?"

남쪽을 향해 시속 120킬로미터로 흘러가던 세상을 아내가 강제로 멈춰 세우자 한기와 두통이 관성의 힘에 이끌려 내 몸속으로 밀려들었다. 아내는 비상등을 켜고 운전석의 안전벨트를 풀더니 자동차 앞을 돌아서 조수석의 문을 열었다. 그러고는 나의 안전벨트마저 풀어젖힌 뒤 소매를 거칠게 잡아당겼다. 하는 수 없이 운전석으로 옮겨 타고 자동차를 출발시킨 나는 갓길에 서서 수백만 개의 엄지손가락을 흔들어대고 있는 나무들의 공포와 권태 따위 거들떠보지 않은 채 집까지 단숨에 내달렸다. 평소보다 20분이나 늦게 도착한 까닭은 아마도 아내와 내가 인식하고 있는 최대제한속도와 최소안전거리가 서로 달랐기 때문이리라. 식욕을 잃은 아내가 안전한 침대에 누워 생의 이면으로 떠나자 나는 집 밖으로 나와 자동차에 들러붙은 살점과 핏자국을 고압분사기로 불어내면서 맥주를 마셨다.

고슴도치의 가시를 빼는 방법은 간단해요. 진흙을 두텁게 발라서 장작불에 구운 다음 망치로 두들겨가면서 진흙을 떼어내면 가시는 쉽게 떨어져 나오죠. 진흙을 바르기 전에 올리브 오일과 육두구를 미리 뿌려둬야 살갗에 기생하던 진드기들까지 제거할 수 있다는 사실을 명심하세요. 양념이 덜밴 부분은 비릿하기 때문에 살사 소스나 올리브 오일을 뿌려드시고, 퍽퍽한 살은 손으로 잘게 찢어서 야채와 함께 샌드위치를 만들어 먹는 걸 추천하겠어요. 그러면 가난한 사람들이 고슴도치를 왜 신의 오른손이라고 부르는지 이해할 수 있을 거예요.

소녀는 이웃에 사는 집시들로부터 고슴도치 요리법을 배웠다고 말했다.

사실 소녀는 그토록 유창하게 태국어로 말하진 못했다. 그녀는 말을 더듬었고 적확한 단어를 찾기 위해 침묵과 거위침 속에 혀를 오래 담가두었으며, 상대의 모호한 표정 앞에서 길을 잃을 때마다 이미 발설한 문장들을 통째로 폐기하곤 했다. 게다가 이곳의 태국 이주민들이 자의적으로 주조하여 퍼뜨린 어휘들 또한 소녀의 이야기를 이해하는 데 방해가 됐다. 그런데도 내가 굳이 교양 있는 태국인들이 사용하는 표준어로 소녀의 이야기를 여기에 옮기는 까닭은, 순전히 유럽에 대한 당신의 이해와 적응을 돕기 위함이다. 그러니까 독자인 당신이 흑인이든 백인이든, 외간 여자든 나의 아내이든, 백내장이나 난독증을 앓고 있든 아니든, 설령 여태껏 살면서 단 한 번도 고속도로 갓길에서 엄지손가락을 추켜올리며 질주와 일탈을 동경한 적이 없다고 하더라도 전혀 괘념치 않은 채, 나는 연민의 순도를 일정하게 유지하면서 이 소설 안에 당신을 싣고 목적지까지 데려다주려 한다. 어차피 그곳에 이르면 이 소설은 더 이상 누군가를 싣고 달릴 수 없는 돌멩이 정도로 변해 있을 것이고, 돌멩이에 대한 당신의 독서편력을 아무도 믿으려 하지 않을 것이다. 그러니 이 소설을 타고 질주하는 동안 차창 밖 풍경을 기억하려 하거나 인과를 해독해내려고 애쓰지 말고 그저 자신의 내부에 잠시 드러나는 인상과 감정에만 집중할 것을 권장한다. 이 기괴한 상황은 모두 그 정체불명의 소녀로부터 시작됐으니, 나 역시 이 소설을 어떤 속도와 방향으로 몰고 가야 하는지 그리고 언제 어디서 어떻게 내려야 하는지 전혀 알지 못한다.

내가 5년째 더부살이를 하고 있는 벨기에에는 이웃의 프랑스나 네덜란드에 비해 매력적인 관광 명소가 거의 없기 때문에, 이곳에서 태국인 여행객들을 만나는 건 마치 북해에서 참치를 만나는 것만큼이나 드물다. 겨우 도착한 자들조차도 이국의 건물들과 음식을 순례하는 데 여행의 목적을 집중한 나머지 서점이나 가판대에 들러 책을 들춰보진 않을 것이다. 그러니 이곳에서 태국어로 완성된 소설에 최대제한속도나 최소안전거리를 굳이 설정해둘 필요는 없다. 하지만 연쇄적인 불운으로 생사의 경계까지 내몰렸다가 간신히 살아 돌아온 자의 노파심은 쉽게 제압되지 않아서, 나는 주위 사람들에게 이 소설의 줄거리를 들려주며 반응을 살폈는데, 이런 부류의 이야기는 이미 수백 년 전 유럽에서 발명되어 크게 유행했으나 20세기 두 차례의 세계전쟁 이후로 더 이상 독자들의 관심을 끌지 못하게 됐다는 대답을 여러 차례 들었다. 그래도 이 소설의 첫 페이지를 시작하기 위해선 무기력을 극복할 동기와 자기최면이 필요했다. 그때 갑자기 아내와 아이가 사라졌고, 이어 소녀에게 자동차와 직업마저 강탈당하면서 이 소설은 비로소 합목적성을 갖추게 됐다. 당신이 지금 이 소설을 읽고 있다면, 그것은 나를 완전히 파괴한 소녀가 또 다른 화자를 파괴하는 데 몰두해 있는 바람에, 또는 그녀가 나의 비극을 완벽한 수미상관 구조로 완성하기 위해 너무 세밀한 논리를 가공하는 데 정신이 팔려 있는 바람에, 정작 이 소설의 출판을 막아낼 적절한 조치를 취하지 못한 덕분이리라. 그게 아니라면 한 편의 소설로 몇 명의 인간들과 시공간을 통째로 재현하고 이해하려는 나와 당신의 시도가 얼마나 부질없는 짓인지 각인시킬 목적으로, 소녀는 나와 당신이 이 소설에서 내릴 때까지 숨어서 기다리고 있는지도 모르겠다. 물론 당신은 언제 어디서라도 이 기괴한 소설에서 내릴 수 있다. 수많은 비문과 오탈자, 비논리와 몰윤리가 당신의 독서를 방해하고 있다는 사실을 나는 잘 안다. 하지만 이 소설의 유일한 독자인 당신이 독서를 멈추는 순간, 나는 나의 아내와 아이를 영원히 잃고 어느 시공간의 크레바스에 처박히게 될 것이라는 사실을 당신도 잘 알아야 한다. 당신의 인내심이 이 소설의 연료이다. 나는 밥 먹고 잠자는 시간을 아껴 흰개미탑을 쌓아올리듯 이 소설을 조금씩 은밀하게 썼는데 소녀의 감시를 신경 쓰느라 방금 전에 쓴 문장을 다시 읽고 극적 요소들을 세공할 엄두조차 낼 수 없었다. 마지막 문장이 완성되는 대로 인터넷을 통해, 마치 지구로 귀환할 방법이 마련되어 있지 않은 보이저 2호처럼, 이 소설을 사이버 공간으로 쏘아 올릴 작정이다. 단 한 번도 고속도로 갓길에서 엄지손가락을 추켜올리며 질주와 일탈을 동경한 적이 없는 당신은 인터넷으로 포르노를 검색하다가 우연히 이 소설을 발견할 것이다. 그 소녀가 내게 시간을 좀더 허락한다면 나는 태국어 원고를 프랑스어로 번역하여 홀로코스트에 대비할 계획인데, 벨몽 붓나팽이란 원작자의 이름을 적어둘 것이다. 그는 갓난아이 시절에 태국에서 프랑스로 입양되어 정규교육을 받은 뒤 지금은 벨기에의 고등학교에서 철학을 가르치고 있는 선생으로 알려질 것이다.

꼭 고슴도치나 거미 때문은 아니야. 차라리 당신이나 당신을 반쯤 닮은 아이 때문이겠지. 아니면 오직 나의 생래적인 모순 때문이거나. 당신은 우릴 결코 찾아내지 못할 거야. 유럽은 당신이 상상하는 것보다도 훨씬 넓고 모호해서, 당신이 정면으로 마주하고 있는 세상은 당신이 등지고 있는 그것과 전혀 다르지 않을 테니까.

어느 날 아침 퇴근해보니 아내는 형광 포스트잇 한 장을 냉장고에 붙여놓고 아이와 함께 사라져 있었다. 여름옷들만 챙겨간 것으로 짐작하건대 남부 유럽 — 터키까지 포함하여 — 에 숨은 게 분명했다. 그곳의 온화한 날씨는 거미공포증에서 벗어나는 데 도움이 될지도 모른다. 하지만 수중에 큰돈을 지니지 못한 아내가 아이를 키우기 위해서 그곳에서 합법적으로 시작할 수 있는 일이 뭐가 있을까. 결국 또 다른 남자의 합법적 아내가 되는 일밖에 선택할 수 없다면, 거미보다 더 끔찍한 대상은 그녀의 여생에 언제든 등장할 수 있다. 왜냐하면 인간과 인간 사이의 틈은 환멸과 적의와 공포가 태어나고 자라나기 적당할 만큼 어둡고 습하고 비좁기 때문이다.

최초의 거미는 그 소녀로부터 거미여인에 대한 이야기를 듣고 난 다음 날 아침 침실에서 발견됐다. 그리고 곧이어 아내는 구토를 하고 두통과 어지럼증을 호소했다. 거미공포증이라고 진단한 두 명의 의사들은 별다른 처방전 없이 심리치료를 조언하면서 진료비를 청구했지만, 세번째 의사는 코르티솔이란 알약 다섯 정을 처방해주었을 뿐만 아니라 진료비의 일부를 의료보험으로 처리해주었다. 그 의사의 지나친 호의가 의심스러웠던 아내는 집에 돌아오자마자 인터넷으로 알약의 효능을 확인해보았는데, 뇌에서 분비되는 호르몬의 일종인 코르티솔을 공포증 초기 단계의 환자가 단기 복용할 경우 탁월한 진정 효과를 얻을 수 있지만 장기 복용하면 기억력을 치명적으로 손상시킬 수 있다는 연구 결과를 찾아냈다. 더군다나 임산부의 경우 태아의 발달에 부정적인 영향을 미친다는 신문기사를 읽고 나자 아내는 알약의 효능에 대한 기대를 완전히 버려야 했다. 심리치료로 약물을 대체할 생각도 해보았지만, 정신과 의사와의 격 없는 대화를 통해 카타르시스를 얻을 수 있을 만큼 아내가 프랑스어에 능숙한 것도 아니었으므로 망설여졌다. 결국 우리가 시도할 수 있는 응급처방이라곤 방역회사에게 집 안 전체의 소독을 맡기는 게 고작이었다. 소독약 냄새가 곳곳에서 감지되던 일주일 동안은 한없이 평온했다. 하지만 큰비가 연이어 내리고 마른바람이 고샅을 더듬기 시작하자 거미들의 숫자는 기하급수적으로 늘어나서 집 안의 거의 모든 곳이 피륙으로 뒤덮였고, 거미줄에 온몸이 묶여 연옥으로 끌려가던 아내는 간신히 구급차 안에서 재액을 피할 수 있었다. 사흘 만에 퇴원한 아내는 침실의 모든 가구들을 거실로 끌어냈고 방 안의 온도를 25도로 유지했으며 커튼을 떼어내는 것으로도 모자라 하루 종일 전등을 켠 채 지냈다. 그녀는 출산을 2주일쯤 앞두고 나 몰래 다섯 정의 코르티솔을 기어이 삼켰다.

그 소녀가 거미여인에 앞서 무슬림의 태교와 출산에 관한 이야기를 내게 들려준 직후 아내의 몸속에서 수상한 징후들이 발견됐다. 결혼하여 9년 동안 나와 아내는 아이를 갖기 위해 수많은 방법을 시도했으나 끝내 실패한 채 모국을 떠나야 했다. 나는 온실의 식물처럼 한곳에서 오랫동안 길러야 비로소 정상적인 인간으로 성장하는 아이를 어려서부터 이국의 음지로 끌고 다니면서 불안과 절망을 가르치지 않게 되어 다행이라고 아내를 위로했지만, 불귀의 신분이 된 뒤에도 여전히 결혼생활을 유지시켜줄 수 있는 이는 남편이 아니라 아이라고 생각하는 아내는, 아이가 제 어머니의 몸에서 한꺼번에 태어나서 자라는 게 아니라 여러 여자들의 몸에서 조금씩 태어나 자란 다음 제 어머니에게로 돌아오는 것 같다며 울먹였다. 하지만 자신의 자궁 속에서 5개월 동안 자란 아이가 어느 날 오후 팔다리를 휘둘러 존재를 스스로 알리기 전까지 임신 사실을 전혀 깨닫지 못했다고 아내가 서툰 프랑스어로 말했을 때, 산부인과 의사는 곧이곧대로 믿을 수 없다는 표정을 지어 보였다. 초음파 사진을 들여다보면서 의사는 유럽에서 또다시 발견된 불법체류자를 어떻게 처리해야 할지 고민했다.

벨기에와 프랑스 국경 부근의 초콜릿 공장에서 일을 하고 있는 노동자들은, 사장을 제외하면, 모두 나와 같은 불법체류자 신분이지만 나에겐 유일한 아시아 출신이라는 낙인이 하나 더 찍혀 있다. 나의 모국이 인도차이나 반도에서 유일하게 프랑스의 식민지가 아니었다는 역사는 이곳 생활에 전혀 도움이 되지 않는다. 정상적인 유럽인들이 퇴근을 하여 가족과 저녁식사를 시작하는 시간에 초콜릿 공장의 문이 열렸고, 정상적인 유럽인들이 아이들을 학교에 데려다주는 시간에 맞춰 공장의 문이 닫혔다. 그래서 3년 전 처음 이곳에서 일을 시작했을 땐 이곳의 초콜릿이 가짜 재료로 생산되고 가짜 포장지에 덮여 불법적으로 유통된다고 의심했다. 하지만 이곳 노동자들만큼이나 가난한 유럽인들이 나의 예상보다 훨씬 많이 존재하며, 자신들이 소비하는 초콜릿 브랜드의 등급으로 사회적 계급을 드러내려는 욕망이 그들 사이에 작동한다는 사실을 알게 된 뒤부터, 게다가 사장과 그의 가족마저도 이곳에서 만든 초콜릿을 즐겨 먹는다는 사실까지 확인하자 나는, 유럽인들의 편견과 의혹으로부터 직원들을 안전하게 보호하기 위해 사장이 일부러 그런 업무 환경을 마련한 것이라고 여기게 됐다.

우리 부부가 벨기에를 은신과 갱생의 최적 장소로 선택한 이유에는 모국의 여행객들을 매혹시킬 만한 명소가 거의 없다는 사실 이외에도, 고작 태국의 17분의 1 크기의 영토에서 세 가지의 공용어가 통용된다는 사실도 포함시켜야 한다. 그것은 곧 세 조각의 독립된 세계가 고작 한 가지의 동일한 세금 체계로 묶여 있다는 걸 의미했고, 이해관계에 따라 언제든지 이합집산이 가능한 만큼 중앙정부의 통제력은 미약할 수밖에 없었다. 높은 국민소득을 유지하면서도 유럽연합의 심장부답게 외국인들의 장기 체류에 관대하기 때문에 유럽의 도둑들에겐 천국과도 같다는 우스갯소리를 우연히 듣고 나서, 우리 부부는 방콕에서 출발하는 항공기의 최종 목적지를 영국에서 벨기에로 바꿨다. 그리고 이곳에서 5년 동안 이웃의 모범이 될 만큼 제반 규칙들을 잘 지키면서 살고 있다. 하지만 이웃과 다른 언어와 생활 습관은 언제라도 오해와 갈등을 일으킬 가능성이 있고 그것을 무난하게 해결하지 못해서 공권력까지 개입한다면, 내가 모국에다 슬그머니 벗어 던져놓고 온 허물이 유령처럼 이곳까지 찾아와 평화와 안락을 단숨에 파괴할지 모른다는 불안감은 조금도 줄어들지 않았다.

고향에 살고 있던 사람들의 17분의 1만이라도 충직한 소비자가 되어주었던들 나는 지금 성공한 사업가로서 태국에 불법체류 중인 외국인들에게까지 일자리와 숙소를 제공해주었을 것이다. 하지만 시대의 유행은 나의 전망과는 전혀 다른 속도와 방향으로 흘러갔고, 모든 인간들 사이의 역학관계를 증명해줄 통일장 이론의 정립은 요원하기만 했다. 모래언덕 같은 자본주의 세계에서 항상 승리하는 쪽은 개미지옥 같은 사채업자들이었다. 그들은 타인의 성공보다 실패에서 더 많은 이익을 얻었다. 그리하여 나의 사업 역시 그들의 엄지손가락 아래 멈춰 서지 않을 수 없었다. 사업에 실패한 자에게 더 이상 모국은 존재하지 않았고 목숨은 형벌과 같았다. 만약 아내에게 이런저런 공포증이 없었더라면 우리는 다정하게 서로의 시체를 발목에 매단 채 차오프라야 강바닥에서 발견됐을 것이다. 죽음의 침묵을 피해 나와 아내는 브뤼셀 외곽에서 유럽 생활을 시작할 수 있었다. 훗날 나의 불행한 유산이 모국의 유행을 이끌고 있다는 소식이 들려왔을 때, 나는 마치 급진적 정치사상에 경도됐다가 영구히 추방된 망명객처럼 쓸쓸해졌다.

무능한 남편 때문에 일생의 전반기를 망친 아내에게 차마 이국에서까지 출퇴근길의 운전을 맡길 순 없었다. 게다가 운전석의 위치와 도로 주행의 방향이 모국과 반대로 설정되어 있어서 — 그래서 우리는 은신과 갱생의 최적 장소로 처음에 영국을 생각했던 것이다 — 운전에 익숙해지기 전까지 위험은 한밤중 고속도로의 고슴도치처럼 언제 어디에서라도 들이닥칠 수 있었다. 경찰의 단속을 피해 실핏줄처럼 좁은 길들만을 연결해서 다녀야 하는 것도 큰 부담이었다. 아내 덕분에 두번째 삶을 살게 된 나로서는 최소한의 윤리를 감당하지 않을 수 없었다. 그래서 운전석에 앉을 때면 마치 백병전에 투입되기 직전의 보병처럼 사뭇 비장해지기까지 했다. 반년쯤 지나고 이곳의 도로 체계와 운전 규칙에 익숙해지자 비로소 나는 운전 중에도 이런저런 이야기를 떠들 수 있게 됐는데 고리타분한 장광설이 조수석의 아내를 더욱 불안하게 만들었다.

"국왕이 사는 나라에서만 자동차들이 좌측으로 달린다는 설명은 아직도 이해할 수 없어."

"바벨의 탑이 무너지고 인간들의 언어가 수천 조각으로 나뉘지 않았다면 우린 애써 먼 곳을 여행하느라 인생을 낭비하지 않아도 됐을 거야. 그랬더라면 유럽 사람들이 가장 불행해졌겠지."

"내게 운전을 가르쳐주었던 사촌형은 이렇게 말했지. '초보 시절엔 중앙선에 가깝게 붙어서 운전하는 게 나아. 옆이나 뒤에서 나란히 달리고 있는 운전자들보다 반대쪽에서 달려오는 자들이 자신의 삶을 더 사랑하고 죽음을 더 두려워하니까.' 형의 말이 맞는 것 같아. 나를 앞질러 달려간 자들은 항상 내가 도달하려는 세계를 망쳐놓고 있어."

"야생동물들은 자동차 도로를 만나면 따라 걷는 게 아니라 가로질러 달리고 싶은 충동에 사로잡히는 것이 아닐까? 오늘 아침에만 적어도 다섯 건의 로드킬을 보았어."

"만약 사슴하고 고슴도치가 동시에 도로로 뛰어든다면 당신은 어떤 걸 피하고 어떤 걸 짓뭉갤 수 있을 것 같아? 토끼하고 고슴도치라면? 어느 것과 마주치든지 선택을 머뭇거렸다간 더 큰 위험과 맞닥뜨리게 될 거야. 그런 면에서 최대제한속도나 최소안전거리는 그 사회의 관용의 정도를 측정하는 지표 같단 말이야."

익숙해지는 순간 위험이 태어난다. 자동차를 운전하는 나를 위태롭게 만드는 것은 법규를 어기면서 달려오는 자동차들이나 그것들을 맹렬히 뒤쫓는 경찰이 아니고, 혼란스러운 교통신호나 감시 카메라도 아니며 도로의 갓길에서 엄지손가락을 흔들고 있는 흑인이나 백인도, 한밤중에 고속도로로 불쑥 뛰어든 사슴이나 고슴도치도 결코 아니다. 처음엔 도로의 차선과 신호를 숨기고 그다음엔 자동차 안팎의 풍경을 뒤섞더니 마침내 운전석을 소파로 착각하게 만드는 몽상이야말로 내겐 가장 치명적인 위험이다. 브뤼셀에서 몽스로 이어지는 19번 도로 위를 고작 시속 80킬로미터로 달리다가

두 번씩이나, 마치 음속으로 날아가는 전투기의 조종사들이
나 경험할 수 있는 블랙아웃 증상처럼, 갑자기 무중력과 무
호흡 상태에 빠져들었는데 한 번은 가로등을 들이받는 방
법으로, 또 한 번은 중앙선을 가로질러 반대편의 밀밭에 추
락하는 방법으로 간신히 목숨을 건질 수 있었다. 심적 충격
도 막심했거니와 경찰과 보험사의 도움 없이 사고를 처리하
느라 금전적 피해는 더욱 컸다. 사고 경위를 추궁하는 아내
앞에서 나는 알츠하이머병을 앓고 있는 노인처럼 무력감을
느끼지 않을 수 없었다. ─ 나중에 직장 동료로부터 몽유병
sleepwalking처럼 몽상병sleepthinking도 있다는 이야기를 전해
들었다.[1] ─ 그 사건 이후로 아내는 직접 호송차를 운전하여
나를 매일 초콜릿 공장까지 출퇴근시켰다. 죄수는 바늘방석
같은 조수석에 앉아 고해성사를 반복하고 갱생을 다짐했지
만 그때마다 간수는 카오디오의 볼륨을 높이거나 신경질적
으로 경적을 울리다가 갑자기 속도와 방향을 바꾸면서 각자
가 겪고 있는 불행을 끊임없이 상기시킬 따름이었다.

시시포스의 바위보다도 더 묵직한 통증이 관자놀이 부근
에 처박히는 바람에 잠자리에서 일어날 수 없는 날이면 아

---

1   한나 아렌트는 자신의 책『예루살렘의 아이히만』(한길사, 2006)에
     서 스페인의 철학자 호세 오르테가 이 가세트의 문장을 인용한다.

내는 하는 수 없이 자동차 열쇠와 헤비메탈 음반을 유산처럼 내게 넘겨주면서 상속자의 의무 조항들에 대해 장황하게 설명했다. 그러면 나는 평소보다 일찍 집을 나서면서 자동차 창문을 반쯤 열어젖힌 다음 헤비메탈의 볼륨을 차창 밖의 소음과 같은 수준으로 맞춰야 했고, 화물열차처럼 2차선에 길게 늘어선 트럭들 사이에 끼어 달리면서 속도와 거리의 미세한 균형을 유지해야 했다. 몽상의 안개가 실내로 틈입했다고 판단됐을 땐 아내가 미리 준비해준 라임 조각을 씹었다. 그러면 적어도 반경 5킬로미터 정도의 세계는 잠시나마 선명해졌다. 그런 방법 덕분에 유럽에서의 갱생은 순조롭게 진행되는 듯했다. 적어도 어느 날 저녁 그 소녀의 엄지손가락이 내 자동차를 멈춰 세우기 직전까지는 모두가 안전했다. 나의 자동차는 트럭들 사이에 끼어 도로를 북쪽으로 밀어내고 있었다. 그러다가 앞선 트럭 한 대가 갑자기 1차선으로 옮겨가자 흰수염고래 같은 시공간이 전방에 드러났고 나는 포경선을 전속력으로 항진시키며 그것을 뒤쫓았다. 하지만 그것은 곧 도로 아래로 자취를 감췄고 마지막 윤슬이 닿은 갓길에서 아시아계 소녀가, 마치 그 고래의 주인인 양 우아하게 엄지손가락을 들어 보이며 서 있었다. 헤비메탈의 거친 기타 리프와 찬바람이 유지해주는 현실 안에 한껏 웅크리면서 나는 흑인이나 백인도 아니고, 외간 여자나 아내도 아니고, 사슴이나 고슴도치도 아닌, 그저 그렇고 그런 소녀의 공포와 권태 따위 거들떠보지 않은 채 지나치려고 했다. 하지만 거대한 힘 ── 관성력과는 정확히 반대되는 개념의 ── 에 붙들려 자동차는 속도와 거리의 균형을 급격히 잃더니 끝내 갓길에 멈춰 서고 말았다. 주머니를 더듬어 인류애를 증명할 수 있을 만큼의 동전을 찾아낼 겨를도 없었다. 소녀는 시속 30킬로미터가 넘으면 안에서 저절로 잠기는 자동차 문을 밖에서 간단히 열더니 조수석에 앉아 안전벨트를 매는 게 아닌가. 그때까지도 나는 파국의 전조를 전혀 감지하지 못했다.

집 앞이나 길가에 세워져 있는 빈 자동차를 옮겨 다니면서 밤 동안 추위와 범죄를 피하는 사람들이 있지요. 그리고 그들에게 일종의 숙박료를 받고 자동차의 문을 열어주는 사람들도 있고요. 예전엔 만능열쇠 하나면 거의 모든 자동차들 안으로 쉽게 숨어 들어가서 공짜로 잠자리를 이용할 수 있었다는데, 요즘은 리모컨으로 문이 열리고 경보장치나 블랙박스가 실내에 설치된 자동차들이 대부분이어서 예민한 전문가들의 도움 없이는 자동차를 숙소로 사용할 수 없게 됐지요. 전문가들은 겉모습만 대충 훑어보아도 자동차 안에 설치되어 있는 장치들을 완벽히 간파할 수 있어요. 게다가 자신이 관할하고 있는 구역의 자동차들의 특성과 운전자들의 성향에 대해 자세하게 파악하고 있어서 한밤중에 무례하게 투숙객들을 깨우며 급히 대피시키는 일은 거의 없지요. 마음만

먹으면 수백 대의 자동차들을 훔쳐서 이웃나라에 장물로 팔
아넘기고 부자가 될 수도 있을 테지만, 그들의 직업윤리는
결코 자동차 주인에게 손해를 입히는 걸 용인하지 않죠. 그
래서 투숙객들은 그들의 허락 없이 실내에서 히터나 실내등
이나 라디오를 켤 수가 없답니다. 담배를 피우거나 음식을
먹어서도 안 되고, 마약 주사를 맞거나 사랑을 나눠서도 안
돼요. 반려동물들은 반드시 밖에 묶어두어야 해요. 신분을
확인하고 소지품을 검사하고 보증금까지 요구하는 전문가
들도 있다고 들었어요. 저도 한때는 그들 밑에서 잔심부름을
하기도 했죠. 하지만 마약에 취한 투숙객 한 명이 규칙을 어
기고 실내에서 담배를 피우다 자동차와 함께 불타는 사건이
일어난 뒤부터 더 이상 그 일을 할 수 없게 됐죠.

　그 소녀 특유의 말투와 억양을 단 한 단락만이라도 이 소
설에 고스란히 옮길 수만 있다면 그녀의 정체를 알고 있는
누군가와 연락이 닿을 수도 있을 텐데. 내가 이런 소설을 쓰
게 될 줄 미리 알았더라면 한번쯤은 옷 속에 녹음기를 숨긴
채 그 소녀의 이야기를 들었을 것이다. 하지만 그 소녀 역시
상대의 겉모습만 대충 훑어보아도 그의 불순한 음모를 완벽
히 간파해내는 능력을 지닌 것 같았다. 나에게서 평소와 다
른 반응을 감지하는 즉시 소녀는 이야기를 멈추었다. 게다
가 시속 30킬로미터의 속도를 넘어 자동차 문이 저절로 안

에서 잠긴 다음에야 비로소 소녀는 이야기를 시작했고, 자칫 최대제한속도나 최소안전거리를 벗어나기라도 하면 이야기를 멈추었기 때문에, 마그네틱 카세트테이프처럼 밀려오는 도로의 요철에 맞춰 속도와 방향을 예민하게 유지해야 했다. 하지만 예고도 없이 이야기는 끝났고 소녀는 완전히 사라졌다. 그리고 나는 지금 알츠하이머병을 앓고 있는 노인처럼 무력감 속에서 그 소녀의 외양이라도 기억해내려고 애쓰고 있다. 하긴, 내일의 희망은커녕 오늘의 위안조차 지닐 수 없는 불법체류자들은 항상 보호색을 띤 채 어둡고 습하고 비좁은 틈새에 숨기 때문에 그들을 기억하는 건 결코 쉬운 일이 아닐 것이다. 그 대신 목소리나 냄새, 표정처럼 결코 글로 옮길 수 없는 특징만큼은 분명하게 기억난다. 하긴 붓나팽 분생이라는 태국 출신의 불법체류자가 브뤼셀의 다락방에서 태국어로 쓴 소설은 세상 어느 곳에서도 출판될 리 없고, 다만 벨몽 붓나팽이라는 태국 출신의 입양아가 프랑스어로 쓴 소설만이 벨기에의 남부에서 출판될 가능성이 있기 때문에, 설령 그 소녀를 애써 태국어로 재현해낸다고 한들 프랑스어로 번역하는 과정에서 그 특징들은 거의 모두 거세될 터이니, 당신의 독서에는 크게 도움이 되지 않을 것이다. 어쩌면 소설이라는 도구는 인간 군상 속에 매몰되어 있는 개인을 입체적으로 발굴해내는 흙손이 아니라 오히려 그 반대로 입체적 개인을 평면에 눌러 인간 군상 속에 숨기는 압착기인지도 모르겠다. 그 소녀에 대해 더욱 자세하게 묘사하고 사건의 개연성을 더욱 치밀하게 다듬을수록 당신은 이 소설의 작위성을 더욱 힐난할 게 분명하다. 생각이 여기에 이르자, 나는 더 이상 종이 속에 물과 불을 담으려는 시도를 포기했다. 그래도 나는 그 소녀가 오랜 준법생활 끝에 벨기에 정부로부터 정식으로 체류 허가증을 받게 되리라고 확신한다. 그래서 합법적인 직장도 구하고 결혼하여 아이도 낳아 키우다가 연금을 받는 나이까지 늙어갈 것이며, 죽음에 앞서 자신의 삶을 언어와 몸짓으로 반추하는 순간이 있을 것이라고 기대한다. 그때 잠깐 누군가의 머릿속에서 벨몽 붓나팽의 소설이 유성처럼 반짝일지 누가 알겠는가.

저녁에 출근하자마자 나는 샌드위치 절반으로 요기하고 푸른색 작업복으로 갈아입는다. 그리고 자재 창고와 생산 라인을 오가면서 하루 생산량만큼의 재료들을 어깨에 메고 옮긴다. 잠시 땀을 식히면서 담배 한 대를 피운 다음, 가마솥에 초콜릿 덩어리와 팜유와 설탕과 저질 탈지분유를 함께 넣고 주걱으로 저으면서 한 시간가량 약한 불로 끓인다. 사장이 다가와서 성분과 배합 비율을 알 수 없는 첨가물을 집어넣고 지나가면 나는 다시 재료들을 반 시간 동안 젓고 정육면체의 금속 주형에 붓는다. 이렇게 해서 사장은 한 덩어리의 고급 초콜릿 원료로부터 세 덩어리의 저급 초콜릿 상품을 만들어내는 것이다. 대부분의 생산 공정이 사람의 손으로 진행되기 때문에 우리가 만든 초콜릿도 당연히 벨기에산 수제 초콜릿으로 분류될 수 있다. 다만 우리의 상품이 아무런 포장 없이 아랍계 제과점으로 배달된다는 사실과, 특별한 추억을 담으려는 목적보다는 평범한 일상의 구색을 맞추기 위해 소모된다는 사실만이 특이할 뿐이다. 반죽이 단단하게 굳기를 기다리면서 남은 샌드위치 절반과 담배 한 대를 소비한다. 2톤분량의 초콜릿 덩어리를 냉장고에 차곡차곡 쌓아올리고 나면 비로소 정상적인 유럽인들을 위한 아침이 시작된다. 푸른 작업복을 벗고 손과 얼굴을 씻은 직원들이 사장의 책상 앞에 줄을 서면 사장은 그들에게 동일한 금액의 일당을 나눠준다. 그때 고용 연장 여부가 결정되기 때문에 무례하게 해석될 수 있는 언행은 일절 삼가야 한다. 소지품 속에서 손톱 크기의 초콜릿 조각이라도 발견된다면 온전한 일당마저 받을 수 없다. 무사히 내일의 노동을 보장받은 자들은 곧장 공장을 떠나지 않고 주변을 서성거리며 영원히 이별해야 하는 자들과 담배 한 대를 나눠 피운다. 운전석에 앉아 시동을 걸 때마다 허기와 피곤이 귀가를 종용하지만 나의 자동차는 안전한 곳에 이르기도 전에 소녀의 엄지손가락에 붙들려 무기력하게 멈춰 선다. 그러면 소녀의 이야기에 적합한 속도와 방향을 유지하느라 평소보다 한 시간가량 늦게 귀가할수밖에 없었다.

소녀는 미얀마를 탈출하는 과정에서 오른쪽 다리를 다친 뒤로 절룩거리게 됐다. 그러니까 다리 하나를 지불하고 자유를 얻은 셈이다. 하지만 자유를 유지하기 위해선 노동이 필요한데 불편한 다리는 노동에 부적합했으므로 자연히 소녀의 자유는 늘 위태로웠다. 더욱이 보편적 세계사로부터 격리된 곳에서 태어나 자본주의식 경쟁에 유용한 지식과 경험을 거의 갖추지 못하고 있기 때문에, 소녀에게 유럽은 특이한 공포증을 주입하기에 충분할 만큼 모호했다. 그래도 벨기에 정부로부터 제공받은 임시 거처와 적응 교육 덕분에 소녀는 이탈리아 식당에서 하루에 여덟 시간씩 허드렛일을 할 수 있었다. 동료들에 비해 턱없이 낮은 월급을 받았지만 체류 허가증을 취득하게 되면 상황이 나아질 것이라 믿고 소녀는 고통을 묵묵히 견뎠다. 나치는 노동만이 스스로를 자유롭게 만들 수 있다고 선전했지만 정작 아우슈비츠 수용소에서 노동으로 자유를 찾은 자들은 거의 없었다. 그래서 유럽인들은 나치를 준엄하게 단죄한 뒤부터 자유만이 스스로를 노동하게 만든다고 배웠다. 명민한 소녀가 그 교훈을 스스로 깨닫는 데는 그다지 많은 시간과 시행착오가 필요하진 않았다.

한때 벨기에도 유럽의 다른 나라들처럼 아프리카의 일부를 식민지로 점령하고 있었죠. 콩고는 벨기에보다 70배나 넓은 나라였지만, 콩고 사람들은 아마도 벨기에를 프랑스나 영국 같은 강대국으로 착각했거나 유럽을 하나의 나라로 여겼던 것 같아요. 그래서 조직적으로 저항하지 못했죠. 그저 상아만 넘겨주면 백인들이 조용히 떠날 것이라고 기대했지만 그곳에서 상아보다 더 값비싼 천연고무가 발견되면서 벨기에 국왕은 더욱 탐욕스러워졌지요. 그의 군인들은 콩고의 아이와 여자 들을 볼모로 잡고 남자들에게 양동이를 나눠주었지요. 그리고 할당량을 채우지 못하거나 저항한 자들은 그들의 눈앞에서 가족들의 손목이나 발목을 잘랐대요. 고작 20여 년의 점령 기간 동안 콩고 전체 인구의 절반인 천만 명이 살해됐으니, 아우슈비츠의 발명보다도 더 참혹한 역사였죠. 그렇게 벌어들인 돈으로 벨기에 국왕은 자신의 딸보다도 어린 정부와 연애를 즐겼다고 하니, 히틀러의 여성혐오증에 오히려 감사해야 할 것 같아요. 벨기에 국왕과 어린 정부에게서 태어난 아들 중 한 명의 손이 기형이니 이를 두고 호사가들은 붉은 고무의 저주라고 불렀다지요. 혹시 테르뷰렌에 있는 왕립 중앙아프리카 박물관에 가보신 적이 있나요? 유감스럽게도 그곳에서 벨기에 국왕의 악행을 확인할 수 있는 자료는 전혀 발견할 수 없어요. 그곳을 찾은 후세에게 과거의 영광을 기억시키고 식민지 지배를 역사의 정당한 발전 과정으로 이해시키려는 자료들로만 가득 채워졌지요. 심지어 방문객들에게도 그런 논리를 제공하고 있어요. 이탈리아 식당의 주인 부부는 가끔 저를 그곳으로 데려가서 마치 벨기에의 국왕처럼 협박했지요. 열심히 일하지 않으면 제 남은 다리 하나마저 쓸모없게 만들어버리겠다고. 반년이나 월급이 밀렸는데도 제대로 항의하지 못했어요. 그러고는 그 부부에게서 사내아이가 태어나자마자 곧바로 해고됐지요. 하지만 붉은 고무의 저주가 그 아이에게 노동만이 인간을 자유롭게 만든다고 가르치길 원하진 않았어요. 그저 제가 운이 나빴을 뿐이고, 그건 누구라도 마찬가지였을 거예요.

편두통의 저주에서 깨어난 아내는 운전석에 앉아서 시동을 켠 채 내가 출근 준비를 마치길 기다렸다. 그러다가 글로브박스 속에서 헤비메탈 음반을 발견하고는 나를 매처럼 쏘아보았다.

"당신은 정말 구제불능이야."

내가 조수석의 안전벨트를 매기도 전에 자동차를 출발시킨 아내는 시디를 카오디오에 집어넣고 볼륨을 끝까지 올렸다. 헤비메탈의 기타와 드럼 소리는 자동차를 절반씩 분리시켰는데 아내가 도로를 소모하는 데에만 집중한 반면 나는 소모된 도로를 복원하는 데에만 온통 신경을 쏟았다. 그때 갓길에서 엄지손가락을 들고 있는 소녀가 보였다. 하지만 그 소녀의 충직한 애완견 같던 나의 자동차는 조금도 머뭇거리지 않은 채 아우슈비츠의 철조망을 통과하던 고압 전류처럼 맹렬하게 소녀 앞을 지나치는 게 아닌가. 자신의 몸 앞에 갑자기 생겨난 진공의 구덩이로 몸이 빨려들어 소녀는 하마터면 자동차 바퀴 아래에서 고슴도치처럼 터질 뻔했다. 사이드미러 속에서 작아지는 소녀를 확인한 뒤 안도하고 있을 때 아내가 소리의 장벽을 걷으며 말했다.

"도로에서 집시나 아시아인들을 태워줘선 절대 안 돼. 특히 저런 소녀들을 조심해야 한다고. 자칫 오해받을 짓을 시도했다간 어마어마한 합의금을 뜯기고 말 거야. 저런 아이들 뒤에는 늘 나쁜 어른들이 숨어 있기 마련이거든."

아내가 말한 나쁜 어른이 마치 나 자신인 것만 같아서 아내와 소녀에게 동시에 미안해졌다. 소녀의 마른 엄지손가락이 불편한 오른쪽 다리를 대체해주지 못한다면 그 밤은 소녀에게 음식과 잠자리를 허락하지 않을 것 같았다. 운전자가 미처 문을 잠그지 않고 갓길에 세워놓은 자동차를 그녀가 운좋게 발견하기를 소망할 뿐. 그리고 내일 아침 퇴근길에 소녀의 건재함을 확인할 수 있다면 적어도 하루 분량의 죄책감을 덜어낼 수 있으리라.

"또 내 말 안 들었지?"

아내는 다시 소리의 장벽을 쌓아올리며 최대제한속도를 넘겨 달리기 시작했다. 블랙아웃의 위험 속에서도 나는 아내에게서 자유인의 표식과도 같은 자동차 열쇠를 빼앗을 방법을 궁리했다. 멀리서 초콜릿 공장이 나타나자 나의 혀는 뇌의 명령 없이 움직이며, 내일부터 두 명의 동료들을 태우고 함께 출퇴근하기로 약속했기 때문에 더 이상 호송차를 운전할 필요가 없다고 아내에게 말했다.

"그들도 우리처럼 이웃의 관심이 불편한 사람들이니까. 차비는 서운하지 않게 챙겨주겠다고 했어."

예상과는 달리 나의 어눌한 거짓말에 아내가 쉽게 속아 넘어가자 나는 적이 당황했다. 마침내 정상적인 유럽인들의 생활방식대로 살 수 있게 됐다는 사실에 아내가 감격한 것일까. 그래서인지 다음 날 아침 아내는 평소보다 일찍 공장에 도착하여 마치 은퇴를 앞두고 마지막 운행에 나선 기관사처럼 웅숭깊은 시선으로 공장 주변을 오랫동안 둘러보더니 휴대전화로 기념사진 몇 장을 남겼다. 그러고는 내가 자동차를 시속 백 킬로미터 이하의 속도로 운전하는 동안 조수석에 앉아서 아내는 차창 밖의 계절을 느긋하게 감상했다. 아내의 눈치를 살피느라 나는 소녀의 엄지손가락을 미처 발견하지 못한 채 지나쳤는데, 사이드 미러 속에서 멀어지는 그 소녀의 실뚱머룩한 표정으로부터 지난밤의 상황을 대강 짐작할 수는 있었다.

그 이후로 반년 동안 내가 저녁에 출근하는 방향으로 소녀는 퇴근했고, 내가 아침에 퇴근하는 방향으로 소녀는 출근했다. 어디서 누구와 함께 살고 어떤 일을 하는지 여러 번 물어

보았으나 소녀는 끝내 대답하지 않았다. 여전히 불안정한 신분이었기 때문에 어느 누구도 완전히 믿을 수 없었으리라. 게다가 벨기에 국왕이 콩고에서 저지른 거대한 죄악과 이탈리아 부부에게서 얻은 상처가 그 소녀의 경계심을 벼리고 있는 게 분명했다.

소녀는 자신의 오른쪽 다리를 몽당연필이라고 불렀다. 소녀는 그 다리를 끌고 다니면서 유럽의 역사책에 밑줄을 긋고 편지나 일기에 그걸 옮긴다고 말했다. 걷지 않은 길은 그 소녀가 한 번도 읽지 못한 책들의 문장과도 같았다. 그렇다고 소녀에게 유럽의 모든 길과 책들이 필요한 건 결코 아니었다. 그저 단 한 줄의 문장을 완벽히 이해하는 것만으로도 소녀는 브뤼셀에서 몽스에 이르는 시간 동안 이야기를 멈추지 않고 들려줄 수 있었다. 아내가 그 소녀의 존재를 몰랐던 것처럼 나 역시 소녀가 들려준 이야기들의 출처를 전혀 알지 못했다. 책을 읽을 수 있을 만큼 안전한 밤이 희귀했을 그 소녀에게 독서란 그저 우연히 발견한 광고 문구나 신문기사에서 시작하여 자신의 경험과 동료들의 수다를 뒤섞고 몽상으로 마무리하는 것이라고 생각했다. 그래서인지 소녀의 이야기는 전혀 귀에 설지 않았지만 그렇다고 딱히 원작을 떠올리는 것도 쉽지 않았다. 보편적 세계사로부터 완벽하게 격리되어 있는 곳에서 열다섯 살이 될 때까지 살았다는 사실을 감

안한다면 의혹은 미궁에서 빠져나올 수 없었다. 하지만 아이
로니컬하게도 그 미궁 덕분에 나는 훨씬 폭넓은 독서를 효율
적으로 할 수 있었다.

　타인과의 경쟁에 필요한 지식과 경험을 얻기 위해서 항상
독서가 권장되는 건 아니다. 이미 최대제한속도 이상으로 질
주하고 있는 자본주의 체제에 짐짝처럼 실려 가면서 한가롭
게 독서를 하느라 한눈을 파는 사이에 삶의 성패를 결정하
는 중요한 신호를 자칫 지나칠 수도 있기 때문이다. 방콕에
서 사는 동안 내가 신뢰한 지식과 경험은 순전히 대중매체나
인간관계를 통해 얻은 것들이었다. 1년에 시사 잡지나 주식
투자 가이드 서너 권쯤 읽는 게 고작이면서도, 훗날 사업에
크게 성공한다면 서재를 화려한 장정의 책들로 가득 채워놓
고 유럽풍 흔들의자에 앉아서 유명 작가에게 내 자서전에 들
어갈 내용을 구술하겠다는 계획을 세우기도 했다. 나의 초라
한 독서 편력을 생각한다면 이미 수백 년 전에 세상에 출간
된 책들을 훑어보는 것만으로도 여생이 부족할 지경이었다.
하지만 나는 사업에서 실패했고, 고작 시사 잡지나 주식투자
가이드 몇 권만을 챙겨 모국을 급히 떠나야 했다. 만약 내가
견고한 독서 습관을 지녔더라면 적어도 실패의 인과를 쉽게
이해하고 받아들일 수도 있지 않았을까. 책꽂이의 빈자리
를 볼 때마다 영혼의 일부를 모국에 떼어두고 온 것 같아 쓸

쓸해졌다. 물론 인터넷 덕분에 언제라도 모국어로 된 뉴스와 저작물들을 읽을 수 있지만 목적과 출처가 모호한 정보들은 더욱 깊고 무거운 갈증을 일으켰을 따름이다.

조수석에 앉아서 소녀는 시사나 주식과 관련된 용어를 전혀 이해하지 못한 채 기계적으로 책들을 읽어갔기 때문에 마치 이미 오래전에 소멸해버린 외국어처럼 내게 들렸다. 그래서 처음엔 소녀가 더듬거린 용어의 발음을 고쳐주고 내용을 설명해주었으나, 소녀의 심드렁한 반응에 거듭 낙담하게 되자 나는 다시 위태로운 몽상 속으로 자동차를 몰았다. 결국 왼쪽 사이드 미러의 사각에서 갑자기 나타난 자동차를 피하다가 갓길의 흙더미에 처박히는 사고가 일어나면서 운전 중의 독서는 영원히 멈추었다. 소녀는 자신이 이해하지 못하는 책을 읽는 대신 자신이 명확하게 기억하는 이야기를 들려주기 시작했다. 그것은 『천일야화』를 유럽의 현실에 맞게 각색하고 태국어로 다시 번역한 판본이었다. 소녀는 자신의 이야기 속에 등장하는 인물과 배경은 물론이거니와 그것들 사이의 인과관계와 쓸모까지 완벽하게 이해하고 있었기 때문에 나의 몽상을 단숨에 제압할 수 있었다. 나는 진의가 의심될 때마다 문장부호를 찍듯 방향지시등을 켜고 차선을 바꾸면서 엉뚱한 질문을 해댔는데도 소녀는 이야기의 속도와 방향을 한결같이 유지했다. 단 한 차례의 실수가 천 일의 불면과 수고를 무위로 돌리고 자신과 가족의 생명을 빼앗아갈 수 있다는 셰에라자드의 절박함이 꼭 이러하지 않았을까.

그리하여 어떤 날은 순전히 소녀의 이야기를 읽기 위해 운전을 했고 이야기의 결말을 확인하려고 일부러 먼 길을 돌아가느라 출퇴근 시간을 넘기기도 했다. 아내는 나의 늦은 귀가를 불행의 전조로 여기고 자동차 열쇠를 돌려받을 적당한 때를 찾고 있었다. 하지만 퇴근한 뒤에도 이상한 열정에 사로잡혀 집안일을 스스로 해결하기 시작한 남편의 변화가 싫지만은 않은 것 같았다. 무슬림의 태교와 출산에 관한 이야기에 너무 심취한 나머지 소녀를 태운 채 룩셈부르크를 경유하여 평소보다 네 시간이나 늦게 귀가한 오후엔 마치 무쇠솥 속의 팥죽처럼 분노로 들끓고 있는 아내를 진정시키기 위해 또다시 거짓말을 해야 했다.

"알제리 출신의 동료가 오늘 출근하려다가 집 앞에서 경찰에게 붙잡혔대. 그래서 지난밤엔 부득이 공장 문을 닫고 직원들은 모두 외부에 숨어 있어야 했지. 미행을 당할까 봐 집으로 곧장 돌아올 수도 없었어. 걱정하고 있을 당신이 생각났지만 동료들을 위태롭게 만드는 행동을 해서는 안 됐지. 다행히 오늘 저녁엔 정상적으로 출근하라고 연락받았으니까 사건은 잘 해결된 것 같아. 그래도 너무 미안해."

적절한 거짓말 덕분에 나는 느긋하게 정찬을 누릴 수 있었다. 그리고 출근을 위해 욕실에서 샤워를 하고 있을 때 벌거벗은 아내의 방문을 받았다. 나는 그저 한밤의 고슴도치처럼 웅크린 채 아내를 실은 몽마(夢魔)가 내 몸 위로 서둘러 지나가길 기다렸다. 우리가 목적지에 거의 도착했다고 생각할 무렵, 아내의 아랫배가 갑자기 부풀어오르는가 싶더니 단말마 같은 비명이 아내를 바닥에 쓰러뜨렸다. 젖은 머리카락에 실내복 차림으로 찾아온 환자를 한참 동안 살핀 의사는 산모에게 흔히 나타나는 현기증이라고 진단했다.

임신진단 시약으로 제 몸의 상태를 다시 확인한 아내는 외출을 일체 삼가고 나의 출퇴근 따윈 신경 쓰지도 않은 채 오로지 아이가 자신의 육신과 영혼을 골고루 갉아먹으며 자랄 수 있도록 침대 위에 하루 종일 누워서 지냈는데, 가끔은 마치 혼자만의 노력으로 얻어낸 횡재를 내게 빼앗기지 않으려는 듯 배타적인 태도를 취함으로써 윤리성을 의심받은 적도 있었다. 하지만 아내의 무관심은 내가 유럽식 독서법에 더욱 열중할 수 있도록 도와주었고 자유가 스스로를 노동하게 만드는 나날이 지속됐다.

아내가 임신 30주째 접어든 아침부터 나는 자동차 안에서 지린내와 향수 냄새를 번갈아 맡기 시작했다. 그래서 지난밤 내 자동차 안에서 일어났을지도 모를 사건들의 단서를 찾아보았다. 어느 날엔 바닥에 천 조각과 낙엽이 떨어져 있었다. 어느 날엔 운전석 의자와 룸미러의 각도가 미세하게 달라져 있었고 카오디오의 볼륨도 평소보다 낮게 맞춰져 있었다. 히터에서 갑작스레 쏟아져 나오는 뜨거운 바람에 놀라 하마터면 운전대를 놓칠 뻔한 적도 있었고, 뒷자리에 던져둔 담뱃갑이 트렁크 안에서 빈 채로 발견됐다. 아내는 자동차를 마치 독주나 마약처럼 여기고 병적으로 멀리하고 있었으므로, 정체를 알 수 없는 자들이 내 자동차로 은밀하게 드나들고 있다고 확신하게 됐다. 그래서 나는 공장 앞에 자동차를 세우고 문틈마다 머리카락을 걸쳐 붙여놓았는데 다음 날 아침에 확인해보니 머리카락들은 모두 끊어져 있었다. 이로써 주인 몰래 자동차 문을 열어주고 숙박료를 챙긴다는 전문가들과 그들의 고객에 대한 이야기를 믿지 않을 수 없게 됐다. 만약 주인에게 발각됐다는 사실을 알게 된다면 그들은 자신의 알리바이를 증명하기 위해서라도 자동차를 훔치거나 불태울 우려가 있었고, 더욱이 주인이 불법체류자여서 경찰에 쉽게 신고할 수 없다는 약점까지 간파하고 있을 것이므로, 나는 그들의 결단을 자극할 수 있는 경보장치와 블랙박스를 즉각 설치하지는 않았다. 대신 자동차 안 곳곳에 그것들의 카탈로그를 넣어두어, 주인이 곧 적절한 조치를 취할 것이니 현행범으로 체포되지 않으려면 이쯤에서 그만두는 게 좋겠다는 메시지를 남겼다. 그랬더니 그다음 날부터 지린내와 향

수 냄새가 사라졌다.

소녀가 내 자동차에 오르려는 순간 도난경보음이 요란하게 울리자 그녀는 힘없이 웃었다. 그리고 초콜릿 공장이 전방에 나타날 때까지 사이드 미러 속으로 사라지는 풍경만을 들여다볼 뿐, 아무런 말도 하지 않았다. 자동차가 멈추자 소녀는 나를 쏘아보며 비로소 입을 열었다.

"당신도 유럽의 인종차별주의자처럼 그들을 추방시켰군요. 그들이 당신에게 큰 손해를 끼친 것도 아닌데 말이에요. 오히려 그들은 숨어서 당신을 돕고 있었을지도 몰라요. 비록 숙박료를 당신과 나누진 않지만, 자동차 상태를 수시로 점검하고 간단한 수리도 했을 수도 있으니까요. 당신이 추방한 사람들 중엔 초콜릿 공장에서 어제 해고된 당신의 동료들도 있지 않았을까요? 그리고 다음엔 당신의 차례가 되겠죠."

다음 날에 만난 소녀는 멕시코의 거미여인에 대한 이야기를 들려주었다. 그게 소녀의 마지막이자 천번째쯤 되는 이야기였다.

거미여인은 세상의 모든 곳에서 출발한 여행객들을 자신의 거처로 불러들인다. 침실 한가운데 놓인 유럽풍 흔들의자에 앉아서 그녀는 그들의 이야기를 조용히 듣는다. 그리고 몇 개의 인상적인 단어들은 직접 소리를 내어 뇌까린다. 그러면 놀랍게도 그 소리의 씨앗들 속에서 생명과 사물 들이 태어난다. 생명이 있는 것들은 그녀 주위로 직접 모여들고, 생명이 없는 것들은 증인들을 대신 보낸다. 물론 거미여인이 모든 생명과 사물을 창조하기만 하고 파괴하지 않는다면 그녀의 상상력은 전 우주적 재앙이 됐을 것이다. 하지만 주기적으로 찾아오는 두통 때문에 거미여인은 자신이 이미 상상했던 것들의 일부를 다시 상상해야 했는데, 그런 교정 과정이 지닌 모순 덕분에 탄생과 소멸의 균형이 영원히 유지될 수 있다고 소녀는 말했다.

거미여인의 이야기를 들은 다음 날 아침, 아내는 침실에서 손가락 크기만 한 거미를 발견했다. 그리고 자신에게 거미공포증마저 내재돼 있다는 사실도 처음으로 깨달았다. 방역회사를 불러 집 안 전체를 소독했지만 효과는 오래가지 못했다. 큰비가 지나가자 집 안 곳곳에서 수십 마리의 거미들이 발견됐다. 아내는 구급차에 실려 응급실을 다녀오기도 했다. 만약 아이가 예정일보다 하루라도 더 늦게 태어났더라면 나 역시 탈진하여 구급차에 실려 갔을지도 모른다. 산통은 하루 종일 계속됐다. 결국 나는 산모의 배를 갈라 아이를 꺼내자는 의사의 제안에 동의했다. 아이는 건강했지만 아내의 회복은 더뎠다. 그래서 나는 나흘 동안이나 초콜릿 공장에 출근할 수 없었다. 알제리 출신의 사장에게 전화로 일러두었지만 그의 호의가 진심을 담고 있는 것 같지 않아서 나흘 내내 마음이 불편했다. 게다가 불법체류 중인 부모에게서 태어난 아이를 유럽의 합법적인 시민으로 변태시키려면 얼마나 처절한 투쟁의 과정을 겪어야 할지 상상하니 몸이 저절로 웅송그려졌다. 그때 갑자기 소녀의 말이 떠올랐다.

"상상이란 아주 위험한 화학물질이기 때문에 잘못 취급하면 돌이킬 수 없는 상황을 초래하지요. 당신도 곧 그 사실을 깨닫게 되겠지만, 그렇다고 달라지는 건 거의 없을 거예요."

나흘 밤이 거의 끝나고 있을 무렵 초콜릿 공장 사장에게서 전화를 받고 나는 감격했다. 그래서 평소 출근 시간보다도 한 시간이나 일찍 집을 나섰는데 공장에 거의 도착할 무렵에야 소녀의 엄지손가락이 떠올랐다. 그래서 나는 5년여의 준법생활을 단숨에 수포로 만들 수 있는 위험도 무릅쓴 채 불법 유턴을 하고 최대제한속도 이상으로 달렸다. 그리고 소녀가 늘 서 있던 도로의 갓길에 자동차를 세운 뒤 걸레로 외관을 닦고 매트를 털고 실내를 환기시켰다. 휘파람까지 불면서 나는 비로소 유럽식 독서법의 미덕을 인정하게 됐다. 소녀에게 진심으로 사과하고 싶었다. 그리고 그녀가 보는 앞에서 기꺼이 도난경보장치를 떼어낼 작정이었다. 하지만 소녀는 나타나지 않았다. 혹시 내가 엉뚱한 곳에서 엉뚱한 시간에 그녀를 기다리고 있는 건 아닌지 의심되어 내비게이션과

시계를 연신 확인했지만 기억과 다른 점을 찾을 순 없었다. 나를 앞질러 달려간 자들이 더 이상 내가 도달하려는 세계를 망쳐놓지 못하도록 하기 위해 나는 다시 최대제한속도 이상으로 달렸지만 출근 시간보다 한 시간이나 늦게 도착하고 말았다. 땀으로 번들거리는 내 얼굴을 한참 동안 뚫어지게 쳐다보던 사장은 고개를 돌리면서 혼잣말처럼, 호의가 지나치면 독이 된다는 알제리 속담을 불쑥 내뱉었다.

파국의 전날, 아내는 아이가 잠든 틈을 타서 저녁식사를 준비했다. 마지못해 식탁 앞에 앉긴 했으나 러시아워의 도로 정체가 걱정되어 음식에 집중할 수 없었다. 게다가 내 옷에 밴 음식 냄새가 어쩌면 오늘 저녁 출근길에 극적으로 다시 만나게 될 소녀의 이야기를 방해할 것 같아서 걱정되기도 했다. 하지만 출산 이후 거의 한 달 만에 재개된 아내와의 저녁식사를 미루거나 중지시킬 명분이 내겐 없었다. 모국의 음식들이 그릇의 크기에 따라 원형 식탁에 대칭적으로 배치되고, 그날의 요리를 완성하는 음식 하나가 용의 눈동자처럼 중앙에 놓였다. 하지만 냄새나 형태가 너무 생경하여 나는 그 음식의 재료를 묻지 않을 수 없었다.

"고슴도치에 진흙을 발라서 구운 거야. 살이 너무 퍽퍽하면 살사 소스를 뿌리고 야채나 토마토를 곁들여서 먹어봐."

그 순간 나는 고슴도치 공포증에 사로잡힌 사람처럼 연신 헛구역질을 해댔고 식탁 위에 놓인 모든 음식을 쓰레기통에 쏟아부은 다음에야 겨우 진정할 수 있었다. 그러자 아내는 마치 잠에서 깨어난 듯 소리쳤다.

"난 분명 닭 요리를 준비하고 있었어. 서랍 속에 마트 영수증이 있을 거야. 내가 결코 미치지 않았다는 증거는 그것만으로도 충분해. 누군가 슬쩍 바꿔치기한 게 틀림없어. 난 고슴도치를 어떻게 요리하는지도 모른다고. 이게 다 코르티솔 때문에 일어난 일이겠지, 여보? 말 좀 해봐. 그걸 오래 복용하면 기억력을 해친다는 사실을 당신도 의사한테 분명히 들었잖아?"

아내의 비명에 잠에서 깬 아이가 공포에서 벗어나기 위해 몸부림치기 시작했다. 하지만 출근 시간에 쫓긴 나는 아내와 아이를 그 자리에 그대로 놔둔 채 자동차 시동을 걸어야 했다.

다음 날 아침 귀가했더니 아내는 형광색 포스트잇 한 장을 냉장고에 붙여놓은 채 아이와 함께 사라져 있었다. 땀으로 젖은 속옷만을 갈아입고 실종자들을 찾아 나섰을 때 집 밖에 세워두었던 자동차마저 온데간데없었다. 하지만 나는 경찰서로 곧장 찾아가지 않았다. 그 소녀에 대한 이야기를 장황하게 늘어놓는다고 한들 그들이 곧이곧대로 들을 리가 없기 때문이었다. 오히려 최초의 목격자가 가장 유력한 용의자라는 선입견에 따라 경찰들은 나의 신원을 조사할 것이고, 모국에다 허물처럼 숨겨놓은 죄악까지 발견된다면 나는 그 자리에서 체포되어 아내와 아이를 찾아 나설 기회를 영원히 잃게 될 수도 있었다. 초콜릿 공장의 동료들마저 파멸시키지 않으려면 더욱 신중하게 판단하고 행동해야 했다. 그래서 나는 일단 집 안에 머물면서 아내로부터의 소식을 기다려보기로 했다.

아내가 운전하는 자동차의 조수석에 앉아서 퇴근하던 나는 도로의 갓길에 서서 엄지손가락을 치켜들고 있는 소녀를 발견한다. 그 소녀를 미처 발견하지 못한 아내는 그녀의 엄지손가락 아래를 지나치려 하는데 내가 슬그머니 손을 뻗어 핸들을 내 쪽으로 힘껏 당긴다. 그러자 자동차가 갓길로 뛰어들고 소녀를 덮친다. 1초쯤 지나자 오른쪽 바퀴 아래에서 물컹한 무엇이 터지면서 자동차가 크게 흔들린다.

"젠장, 또 고슴도치를 터뜨렸나봐."

아내는 아무렇지도 않게 말하며 속도와 방향을 조정하고 나는 집에 도착하자마자 고압분사기로 자동차 바퀴에 묻은 살점이며 핏자국을 불어내며 맥주를 마신다. 죄의식은 유럽인들의 발명품에 불과하고, 길거리를 떠도는 아시아 소녀 한 명이 사라진다고 한들 인류가 통째로 휘발하는 것도 아니다. 게다가 유럽은 내 상상보다도 훨씬 넓고 모호하기 때문에 살인자를 찾아내는 건 거의 불가능할 것이고, 나는 유럽 어디서든 자유 의지에 따라 노동하면서 행복과 안위를 지켜낼 것이다. 하지만 이런 몽상도 자동차와 직업이 사라진 내겐 더 이상 자극적이지도, 오래 지속되지도 않았다. ── 자동차가 먼저 사라지고 그다음에 직업이 사라졌다. ── 오른쪽 다리를 저는 소녀가 정말로 내게서 자동차와 직업을 훔쳐간 것일까? 조수석에 앉아서 반년 동안 나를 관찰하는 것만으로 소녀는 운전 방법을 배웠거나, 내게서 추방당한 전문가의 도움을 받았을 수도 있다. 더 극적인 상상도 얼마든지 가능하다. 즉, 고무나무 수액의 할당량을 채우지 못해서 손발이 잘린 콩고 사람들의 이야기를 소녀에게서 전해 들은 거미여인이 세상의 모든 비극과 죄악을 없앨 목적으로 인간의 자동차와 직업을 없앤 것이라고 상상할 순 없을까. 자유 의지로 노동하는 내게서 자동차와 직업을 빼앗기 위해 거미여인은 아내와 아이를 내 몸에서 먼저 잘라냈던 것이다. 자동차와 직업이 사라졌으니 유럽식 독서도 당연히 불가능해질 수밖에.

초콜릿 공장으로 출근하기 위해 나는 고속도로 입구까지 걸어 나가 엄지손가락을 흔들어보았지만 단 한 대의 자동차도 멈춰 세울 수 없었다. 유럽의 운전자들은 엄지손가락을 추켜들고 있는 아시아인 앞을 그냥 지나쳤을 경우 어떤 일이 일어나는지 이미 알고 있거나, 아니면 전혀 모르고 있는 것 같았다. 그래서 나는 한두 시간가량 서성거리다가 러시아워가 끝날 무렵 집으로 돌아와야 했다. 닷새째 되던 날, 드디어 자동차 한 대를 멈춰 세우긴 했으나, 빈약한 독서 편력과 불완전한 언어 때문에 운전자의 관심과 인내심을 오래 유지시킬 수 없었다. 결국 고속도로 한복판에 버려진 나는 집으로 돌아가기 위해 도로를 가로지르다가 별똥별처럼 달려드는 자동차의 앞바퀴에 하마터면 짓눌려 터질 뻔했다.

이제 나의 비극에서 당신은 다음과 같은 교훈을 얻어야 한다. 첫째, 운전 중에 책을 읽는 것은 대단히 위험하다. 그러므로 만약 경찰이 아닌 낯선 이가 도로의 갓길에 서서 엄지손가락을 치켜든 채 당신에게 독서를 권한다면, 결코 자동차를 멈춰 세우거나 방향을 바꾸어서는 안 되며 관성력과도 같은 체념의 힘으로 가능한 한 멀리까지 나아가야 한다. 둘째, 운전 중에 읽은 책의 내용을 누군가에게 들려주는 것도 대단히 위험하다. 운전과 독서는 시공간과 죽살이의 경계를 왜곡하기 때문에 작가와 독자, 등장인물들 사이의 난삽한 관계를 정의하거나 통제할 수 없다. 인과율이 사라진 현실은 더 이상 당신을 필요로 하지 않는다. 셋째, 운전 중에 읽은 책의 내용을 어쩔 수 없이 누군가에게 들려주었다면 반드시 그것을 기록해두어야 한다. 운전과 독서는 어리석은 자들을 오만하게 만들어 운전대와 브레이크가 달린 책, 또는 낭독으로 속도와 방향을 제어하는 자동차를 발명해낼 위험성이 있으므로 이를 방지하기 위해선 명확한 지침을 문자와 이미지로 단단히 새겨두어야 한다. 유럽처럼 모호한 시공간에서는 기록의 중요성을 아무리 강조해도 지나치지 않는다.

이 소설의 목적지에 이르러, 나는 그 소녀의 목소리나 냄새, 표정이라도 당신에게 말해주는 게 좋겠다고 생각하여 첫 문장부터 여러 번 반복해서 읽어보았지만, 독서가 거듭될수록 소녀는 아내에서 아이로, 그다음엔 거미로 변해가더니 나중엔 검고 작은 돌멩이의 모습에 수렴됐다. 그리고 당신의 얼굴이 어쩐지 나와 닮아 있을 것이라는 몽상이 안개처럼 밀려들었다. 그러니 이것은 소설이 아니라 차라리 청동거울에 가까울지도 모른다.

프랑스

누군가는
할 수 있어야 하는
사업

EUROPEAN

READING

METHOD

오늘의 유럽에는 납세하는 시민과 불법 이민자, 극우주의자, 유태인 그리고 로마니만 존재한다.

불법 이민자인 열다섯 살의 나우팔 첸토프는 주차장에서 발레파킹을 한다.

그는 또래보다 덩치가 크고 표정이 어둡기 때문에 나이를 속이고 취업할 수 있었다.

그래도 노파심에 그는 턱수염을 기르고 담배를 피운다.

말을 아끼되 부득이 응대해야 할 경우에만 턱을 끌어당기고 성대를 짓눌러서 허스키한 목소리를 짜낸다.

하지만 뛰어난 운전 실력만큼은 속일 수가 없었다.

동료들이 다섯 대의 자동차를 세울 수 있는 공간에 그는 한 대를 더 끼워 넣을 수 있다.

경험과 지식이 상상과 행동을 제한했다면 결코 드러나지

않았을 재능이다.

게다가 그의 뛰어난 기억력과 방향감각도 명성을 유지하는 데 큰 도움이 됐다.

그는 주차장에 세워진 모든 자동차의 종류와 번호판, 위치 그리고 주인의 인상착의까지 정확히 기억할 수 있다.

여행을 마치고 돌아온 고객은 나우팔의 안내를 받아 미로와도 같은 주차장 안에서 단 한 번도 길을 잃지 않은 채 가장 빠르고 짧은 경로를 따라 자신의 자동차에 다다른다.

나우팔은 마치 허공에 정지한 채 체스 판을 내려다보는 벌새와 같다.

그의 나안 시력은 2.0이 훨씬 넘지만 2.0으로 기록된다.

하지만 발레파킹은 체스보다는 루빅스 큐브를 다루는 일에 가까워서, 공간을 조정할 순 없고, 공간을 채우고 있는 것들의 순서만을 바꿀 수 있을 뿐이다.

뛰어난 기억력과 방향감각, 시력은 어머니에게서 비롯됐다.

어머니의 가계도는 양 떼와 카라반을 이끌고 사막을 넘나들던 조상들로 가득 채워져 있다.

비록 지금은 주차장 안에서 백여 대 자동차들의 순서를 바꾸는 일을 하고 있지만, 열아홉 살이 되어 운전면허증을 정식으로 발급받는다면 나우팔은 주차장과 주차장 사이, 주차장과 길 사이, 길과 길 사이로 천여 대의 자동차를 몰고 다니면서 모계의 전통을 뽐낼 것이다.

그때까진 주차장 밖으로 자동차를 몰고 나가선 절대 안 된다.

주차장 밖에서 그의 턱수염과 허스키한 목소리는 교통경찰들의 선병질적 의심을 결코 견뎌낼 수 없다.

하지만 주차장 안에서 그의 복장과 말투는 관광객들의 그것과 전혀 다를 바 없어서 언제나 께느른한 인상의 이민국 공무원들을 속일 수 있다.

그래서 그와 동료들은 매일 여권과 슈트케이스를 들고 주차장으로 출근하는 것이다.

주차장은 오를리 공항 근처에 있다.

주차장이라고 해봤자 사무실로 사용하는 컨테이너 하나와 대여섯 대의 자동차를 동시에 세울 수 있는 공간이 전부다.

사무실에는 책상 하나와 사물함, 컴퓨터 그리고 정수기 하나가 놓여 있고, 인터넷 사이트를 관리하는 직원 한 명이 상주한다.

사무실 밖에는 승합차 한 대가 하루 종일 시동을 건 채 서 있다.

인터넷을 통해 발레파킹을 예약한 고객들이 약속된 시간에 맞춰 자동차를 몰고 사무실 앞으로 찾아오면 승합차가 마치 목동의 개처럼 앞장을 서며 대여섯 대의 자동차들을 한 방향으로 이끈다.

그 승합차를 타고 나우팔과 그의 동료들이 적재적소에 배치된다.

모두의 목적지는 공항 부근에 위치한 음료회사의 물류 창고 앞이거나 자동차부품 공장의 운동장이거나 전자회사의 공터이다.

그곳들은 하나같이 평일 저녁이나 휴일에는 쓸모가 없어지는 공간들이므로 임대계약의 조건은 까다롭지 않았다.

나우팔과 그의 동료들은 그곳들 중 한 곳에 나뉘어 머물면서 고객의 자동차 열쇠를 받아 발레파킹을 한다.

그들에게 자신의 자동차 열쇠를 넘긴 고객은 슈트케이스를 들고 승합차에 오른다.

승합차는 음료회사의 물류 창고 앞과 자동차부품 공장의 운동장과 전자회사의 공터를 거쳐 오를리 공항으로 향한다.

여행을 마치고 오를리 공항으로 돌아온 고객들은 다시 승합차를 타고 자신의 자동차가 세워진 곳을 찾아가야 한다.

여전히 아랍 출신의 직원들을 경계하는 고객을 안심시키려면 그의 자동차 종류와 번호를 묻지도 않은 채 즉각 열쇠를 건네면서, 마치 그 고객의 부재 기간 동안 그곳에는 단 한 대의 자동차밖에 주차되어 있지 않아서 직원들 모두가 각별한 주의를 쏟아 관리했다는 듯한 메시지를 전달하는 게 필요하다.

이때 나우팔의 비범한 능력, 즉 주차장에 세워진 모든 자동차와 주인 들의 인상착의를 정확히 연결하여 기억하는 능력이 진가를 발휘한다.

고객들은 그런 서비스가 감시 카메라와 컴퓨터 그리고 무전기 덕분에 가능한 것이라고 여기는지 그리 놀라지 않는다.

나우팔의 동료들조차도 나우팔에게 감사의 마음을 표시하는 걸 이따금 잊어버린다.

하지만 나우팔은 동료들을 위해, 한 달에 하루씩 쉴 수 있는 권리마저도 기꺼이 포기한다.

주차장은 1년 중 단 하루도 문을 닫지 않는다.

왜냐하면 세상 모든 사람들은 자신의 일생의 일부가 파리에 도착하길 희망하는 반면, 파리의 시민들은 관광객이 기웃거리지 않은 일상을 찾아 잠시나마 파리를 떠나고 싶어 하기 때문이다.

만약 자동차를 세울 곳이 없다면 파리는 그저 19세기 역사에 잠시 드러났다가 사라진 신기루와 다를 바 없다.

그래서 카이사르 사장은 자신의 헌신 덕분에 파리의 명성이 유지되고 있다고 자부한다.

나우팔도 자신에게 일자리를 제공해준 카이사르 사장에게 깊이 감사한다.

카이사르 사장 역시 나우팔 어머니의 가계도에 포함되어 있다.

낡은 가방 하나 들고 파리로 건너온 뒤로 그가 20년 동안 쌓아올린 개인사를 나우팔은 어려서 어머니에게 들은 적이 있다.

하지만 카심 아저씨가 어떻게 카이사르로 불리게 됐는지
는 어머니도 알지 못했다.

카이사르 사장은 자신의 뛰어난 사업 수완이 이탈리아의
유산으로 간주되는데도 애써 교정하려 하지 않았다.

합법적인 파리 시민으로서 그는 자신에게 부과된 세금을
줄이기 위해 회계사를 고용하고, 유태인의 탐욕과 로마니의
방종에 반대하는 정치인에게 투표한다.

그는 지금 파리 시내 두 곳과 오를리 공항 근처에 주차장
을 소유하고 있다.

하지만 그의 성공은 마흔두 살에 파리 19구역의 지하철역
화장실 하나를 도맡아 청소하게 되면서 시작됐다.

화장실은 시민혁명의 산물이 아니어서 유럽 시민이 직접
청소해야 할 의무는 없다.

화장실을 청소하는 일은 유럽 시민의 인권 장정에 의해 결
코 보호받지 못한다.

그래서 불법 이민자가 나서야 비로소 유럽 시민의 인권은
보호받을 수 있다.

공익을 위해 쓸모가 분명한 소수의 불법 이민자만큼은 무
해한 유령으로 간주될 뿐만 아니라 여러 곳에서 환영받는다
는 사실을 유럽 시민들은 의도적으로 숨겨왔다.

비밀은 늘 바닥으로 가라앉는 법이고, 바닥까지 내려가본
자들만이 그걸 건져낼 수 있다.

카심 아저씨는 고객이 지불하는 화장실 사용료와 화장지를 팔아서 얻은 수입으로 지하철 회사에 임대료를 지불하고 수도세와 전기세까지 납부해야 했다.

구두 계약을 계속 유지하려면 지하철 회사의 직원들과 친밀하게 지내야 했다.

뇌물이라고 부를 수 있는 특별한 거래는 없었지만, 통상 비용으로 간주할 수 있는 거래는 많았다.

특히 예고도 없이 새벽에 들이닥친 지하철 회사 직원에게 그는 대청소를 하거나 하수관을 교체하기 위해 침낭을 준비할 수밖에 없었다는 핑계를 대면서 푼돈이라도 쥐여주어야 했다.

화장실에서 숙식을 해결하면서 모은 돈은 모두 모로코의 가족들에게 송금됐다.

그 지하철역에는 열 개의 출입구와 세 개의 화장실이 있었는데, 카심 아저씨의 화장실 앞으로 지나다니는 사람들의 숫자가 가장 적었다.

설상가상으로 지하철역 출입구 사이를 연결하는 횡단보도가 지상에 생겨나면서 고객의 숫자는 더욱 줄어들었다.

하지만 설상가상이 있으면 전화위복도 있는 법.

화장실을 이용하는 고객이 줄어들자 콧구멍과 입 안으로 모래바람처럼 밀려들던 악취가 사라졌다.

드물게 등장한 고객은 등 뒤에 길게 늘어서 있는 자들의 검열 없이 느긋하게 몸의 균형과 리듬을 유지하면서 배설할 권리를 누릴 수 있었다.

임대료는 줄지 않았지만 수도세와 전기료 그리고 지하철 회사 직원과 관련된 통상 비용이 줄어들면서 모로코의 가족들에게 송금할 수 있는 금액은 오히려 늘어났다.

그리고 배설 이외의 목적을 지닌 고객들이 은밀하게 찾아오기 시작했다.

그들 역시 대부분은 파리 19구역을 오아시스로 여기고 찾아온 불법 이민자들이었다.

어떤 고객은 물수건으로 몸뚱이를 닦고 향수를 뿌렸다.

어떤 고객은 도색잡지를 펼치고 수음을 했다.

어떤 고객은 헤로인 주사를 맞았다.

어떤 고객은 자신의 항문 속에다 콘돔으로 싼 지폐 뭉치를 쑤셔 넣었다.

어떤 고객은 주먹으로 입을 틀어막고 울었다.

어떤 고객은 노루잠을 잤다.

어떤 고객은 홀로 늦은 저녁식사를 해결했다.

카심 아저씨는 변기에 앉아 우는 자들과 잠자는 자들을 제외하고 모두 쫓아냈다.

그리고 나중엔 노루잠을 방해한다는 이유로 우는 자들의 출입마저 막았다.

무거운 울음이 아니라 순수한 상태의 잠을 통해서만 불법 이민자가 위안을 얻을 수 있다고 생각했기 때문이다.

게다가 꿈의 세계는 그들에게 비자를 요구하거나 체류 목적과 출국 날짜를 묻지 않고 드나들 수 있는 유일한 유럽의 국가였다.

카심 아저씨는 특별히 제작한 플라스틱 의자를 변기 위에 고정시키고 칸막이벽과 출입문에는 스티로폼을 붙였다.

추가 금액을 지불하면 고객은 담요와 베개뿐만 아니라, 귀마개와 안대, 방향제와 식수, 알람 서비스까지 제공받을 수 있었다.

그곳에서 하룻밤을 온전히 보내기 위해선 적어도 이틀 전에는 예약을 마쳐야 했으며, 사흘 이상 연속으로 이용할 순 없었다.

수상한 낌새를 감지한 지하철 회사 직원들이 감시를 강화했기 때문에 카심 아저씨는 더욱 엄격한 규정을 적용하지 않을 수 없었다.

그 덕분에 고객은 인종이나 재산이나 국적과 상관없이 밤거리의 범죄와 자괴심으로부터 공평하게 보호받을 수 있었다.

카심 아저씨의 화장실이 파리 19구역에서 가장 값싸고 안전한 숙소로 알려지면서 모로코의 가족들은 더욱 안정된 생활을 할 수 있게 됐다.

반면 파리의 불법 이민자를 둘러싼 생존 조건은 조금도 나아지지 않았다.

폭력과 망각만이 그들의 생존 방편이자 유희였다.

크고 작은 소동 때문에 카심 아저씨 역시 노루잠을 자거나 입을 막고 우는 날이 많았다.

그러다가 결국 고객 중 한 명이 그의 엄격한 규정에 불만을 표시하며 칸막이벽에 불씨를 묻었다.

옆 칸에서 미처 잠들지 못한 자들이 신속하게 대처한 덕분에 큰 화재로 번지진 않았지만 예민한 화재경보기의 비명까지 막을 수는 없었다.

소화기를 들고 들이닥친 지하철 회사 직원들은 그제야 비로소 왜 북쪽 화장실의 청소부가 유독 자신들에게 곰살궂게 굴었는지 이해하게 됐다.

하지만 이미 불법 이민자들의 오아시스와 그것의 관리인은 흔적도 없이 사라진 뒤였다.

전 재산을 챙겨들고 무사히 도망친 카심 아저씨는 20여 년이 흐른 지금까지도 그 지하철역 주변을 얼씬거리지 않는다.

20여 년 전의 지하철 회사 직원들이 연금과 노동조합 덕분에 아직까지도 그곳에서 화장실 관리 같은 업무를 담당하고 있을 것 같기 때문이다.

아마도 그 사건이 카심 아저씨에게 카이사르라는 가명을 만들어주었는지도 모른다.

그는 파리 7구역에 위치한 빌딩의 화장실 몇 개를 빌려 숙박 사업을 다시 시작했고, 사업이 정상 궤도에 올라섰을 때

가족에게 그곳의 운영을 맡기고 다른 빌딩의 화장실에 숙박 시설을 갖추었다.

고객들이나 빌딩 관리인이 문제를 일으키기 직전에 지인에게 웃돈을 얹어 권리를 팔아치운 뒤, 가족들과 다른 도시로 건너가서 똑같은 사업을 시작하는 방식으로 재산을 크게 불렸다.

그러고는 마침내 예순 살의 나이에 파리의 시민이 됐다.

파리 시민이 된 뒤로 그는 유럽 시민의 인권을 보장해주기 위한 노동을 멈추었다.

하지만 성공에 도취되어 길을 잃을 때마다 그는 그날의 화재를 떠올리면서 멀리 도망친 마음을 사막 한가운데 다시 세운다고, 언젠가 술에 취해서 나우팔에게 말한 적이 있다.

무슬림은 결코 술을 마셔서는 안 된다고 코란에 적혀 있다.[1]

물론 코란의 가르침에도 불구하고 하루에 다섯 번씩 기도하지 못하는 무슬림이 파리에 아주 많이 살고 있다는 사실을 나우팔은 잘 알고 있다.

불법 이민자는 병을 앓고 있거나 여행하고 있는 자와 같은 처지에 놓여 있기 때문에 종교적 의무를 부과하지 않는 게

---

1   "믿는 자들이여, 술과 도박과 우상숭배와 점술은 사탄이 행하는 불결한 것들이거늘 그것들을 피하라. 그리하면 너희가 번성하리라"(코란 5:90).

율법의 정신이라고 카심 아저씨는 설명했다.

세상의 처음과 끝인 알라는 자신의 불경이 선행을 위해 불가피한 선택이었다는 사실과, 파리 시민이라면 술이나 담배에 관대할 수밖에 없다는 변명을 충분히 이해하고 있다고 덧붙였다.

그래서 나우팔은 파리 시민으로 인정받기 전까지만 담배를 피우기로 결심했던 것이다.

하지만 하루에 다섯 번씩 기도해야 하는 규율만큼은 결코 어기지 않았다.

매번 메카의 위치를 확인해야 하는 절차는 그의 방향감각을 단련시켰을 뿐만 아니라, 낙타와도 같은 마음이 칼날 같은 일상 위를 똑바로 걸어갈 수 있도록 고삐를 바투 잡게 해주었다.

발레파킹 도중에 경미한 사고라도 일으킨다면 그의 모계적 특성은 더 이상 파리에서 쓸모없어질 것이다.

그래서 알라이Alrai가 될 준비를 마칠 때까지라도 알라의 자비 안에서 머물 수 있게 해달라고 하루에 다섯 번씩 나우팔은 정성을 다해 기도하고 있다.

석별의 인사도 없이 카심 아저씨에게서 도망치는 일은 결코 일어나지 않길 진심으로 바란다.

알라이로 독립한 뒤에도 카심 아저씨의 선의를 결코 잊지 않을 것이며, 불법 이민자에게 정착의 기회를 찾아주는 선행에 자신도 헌신할 것을 약속하겠다.

비록 파리와 자동차를 발명해진 못했지만, 파리에 주차된 자동차들을 값싼 숙소로 활용하는 방법을 발명해낸 무슬림을 알라는 무척 자랑스러워할 것이다.

하지만 자신의 선행과 희생을 좀더 깊이 이해받고 싶다면, 카심 아저씨는 나우팔과 동료들이 알라이라고 부르는 자들을 더 이상 볼뢰voleur라고 매도해서는 안 된다.

알라이는 아랍어로 목동이라는 뜻이고 볼뢰는 프랑스어로 도둑을 의미한다.

파리 곳곳에 알라이가 등장한 이후로 카이사르 사장의 수입이 줄어든 것은 사실이다.

하지만 어느 누구도 카이사르 사장의 주머니에서 돈을 훔치지 않았다.

지적재산권을 침탈당했다는 그의 주장은, 그 사업이 법으로 보호받지 않는다는 사실만으로 간단히 부정될 수 있다.

날달걀을 세울 수 있는 방법을 발명했다고 해서 전 세계의 모든 날달걀을 소유하고 통제할 권리까지 얻게 되는 건 결코 아니다.

주차된 자동차들을 숙소로 빌려주는 사업이 공공의 목적을 지닌 이상, 카아사르 사장의 동의 없이도 누군가는 할 수 있어야 하는 사업이라고 나우팔은 생각한다.

목적의 제약과 수단의 독점은 필경 선의를 위악으로 만든다.

게다가 고객의 욕망은 비가역적 반응을 통해 무한 증식하므로 누구도 결코 예측할 수 없다.

그러니 무한경쟁과 자연도태만이 자본주의의 유일하고 위대한 원칙이다.

그걸 카이사르 사장은 어느 누구보다도 잘 이해하고 있기 때문에 파리의 서로 다른 세 곳에 주차장을 만들 수 있었던 게 아닌가.

파리는 저임금 노동자가 아주 많이 필요하지만 그들이 파리의 낭만과 자유에 포함되는 걸 원하지 않는다.

저임금 노동자는 파리 안에서 일자리를 구할 수 있지만 숙소를 구할 여력은 없다.

오를리 공항 부근에 주차되어 있는 자동차는 숙소로서 많은 장점을 지녔다.

자동차 주인이 되돌아올 날짜와 시간을 정확히 알고 있기 때문에 투숙객은 그의 갑작스러운 방해를 걱정하지 않고 한곳에 오랫동안 머물 수 있다.

또한 자동차의 숫자가 투숙객의 그것보다 많기 때문에 기호에 따라 숙소를 선택할 수 있을 뿐만 아니라 장기 계약일 경우 비용을 할인받을 수도 있다.

마을과 멀리 떨어져 있기 때문에 이웃의 감시를 받지 않고 자유롭게 생활할 수 있다.

가족이나 반려동물과도 함께 지낼 수 있으며 간단한 취사 행위까지 가능하다.

하지만 시내버스와 지하철을 이용해서 매일 파리 시내로 출퇴근해야 하는 투숙객들에겐 교통비 부담이 너무 커서 위의 장점들이 거의 무시될 수도 있다.

게다가 일행이 없는 투숙객에겐 섬과 같은 공항 주변의 일상이 지루해질 수도 있다.

그런 자에게 카이사르 사장은 파리 시내에 위치한 두 곳의 주차장을 추천한다.

물론 그곳 생활의 단점에 대해 고객에게 미리 고지하는 것은 주차장 직원들의 의무다.

주차장 주변에 살고 있는 이웃 때문에 생겨난 제약 사항을 이해시키는 일이 가장 어렵다.

주차장으로의 출입은 이웃이 잠드는 새벽에만 가능하고 일단 숙소에 들어간 투숙객은 주차장 직원들의 허락 없이 밖으로 나올 수 없다.

숙소 안에서 취사 행위를 하거나 반려동물을 키우는 것은 금지돼 있다.

또한 마약, 섹스, 도박, 음주, 흡연을 할 수 없으며 히터나 전등, 라디오를 켜서도 안 된다.

땀냄새나 기름 자국이 실내에 남지 않도록 투숙객은 손발을 씻고 깨끗한 옷으로 갈아입은 다음 취침해야 한다.

대부분의 자동차는 하루 단위로 머물기 때문에 장기 투숙을 예약하는 것은 불가능하다.

자동차 주인이 한밤중에도 주차장으로 나타나 자동차 열쇠를 요구할 수 있기 때문에 빠른 도피를 위해서 투숙객은 자신의 짐을 주차장 식원들에게 맡겨야 한다.

만약 주인에게 발각된다면 이는 전적으로 투숙객의 책임이며 주차장 측은 아무런 변호나 변상을 하지 않는다는 조건으로 숙박료를 할인해준다.

하지만 주차장 직원들 역시 밤잠을 설치며 투숙객을 보호하기 위해 최선을 다한다.

직원들은 투숙객에게 자동차 문을 열어주기에 앞서 연료와 배터리 잔량, 운행 마일리지, 라디오 주파수, 쓰레기, 매트 상태, 실내 공기 청정도, 글로브박스 안의 보관품 등을 세심하게 확인해야 한다.

만일 이상이 발견되면 투숙객의 소지품을 검사하고 수리비를 요구하기도 하는데, 이를 거부하는 고객과 실랑이를 벌이다가 자동차 사이드 미러나 범퍼를 파손한 적도 있다.

결국 카이사르 사장은 순수한 인류애만으로 수리비를 감당할 수 없다는 판단 아래 투숙객의 안전과 편의 그리고 직원들의 인권을 담보로 숙박료를 올렸다.

자연히 고객의 원성이 높아지면서 알라이의 등장은 예견됐다.

왜냐하면 불법이거나 익명의 방법만이 가난한 불법 이민

자의 욕망을 충족시킬 수 있기 때문이다.

자정 무렵부터 파리 시내 어느 곳이든 10여 분만 서성거린다면 그날 밤 숙소로 사용할 수 있는 자동차의 문을 열어줄 사람을 쉽게 발견할 수 있다.

여러 명의 투숙객을 끌고 다니면서 길가에 줄지어 세워진 자동차를 차례대로 배정해주는 자들에게 목동이라는 이름은 너무 잘 어울렸다.

알라이는 특정 조직이나 지역에 속해 있지 않고 독립적으로 활동했지만 최근에는 지역별로 연대를 시작했다는 소문도 들렸다.

그들은 불법으로 사유물을 점유하여 이익을 편취하고도 자동차 파손이나 물품 도난으로 인한 금전적 손해를 자동차 주인에게 고스란히 떠넘기고 있으며, 주인에게 발각됐을 경우 자신이 먼저 도망침으로써 자동차 안에서 곤히 잠들어 있는 투숙객의 신변을 위태롭게 만들고 있다고 카이사르 사장은 핏대를 세우며 비난했다.

하지만 그렇게 무능력하고 무책임한 알라이는 무한경쟁 속에서 자연도태되기 때문에 카이사르 사장의 비난은 정당하지 않다.

지금이라도 그가 알라이의 등장을 자본주의와 대도시 발전의 역사 속에서 필연적으로 나타나는 결과로 인정하고 오를리 공항 근처의 주차장을 알라이 양성 학교로 활용한다면,

오히려 더 많은 명예와 부를 얻게 될 텐데.

카이사르 사장만 알지 못할 뿐, 그의 주차장에서 일하고 있는 직원들의 대부분은 알라이가 되는 것이 파리의 시민권을 얻어내는 가장 빠른 방법이라고 확신한다.

파리의 시민이 된 뒤에도 카이사르 사장으로부터 여전히 볼뢰라고 불린다면 나우팔의 여생은 쓸쓸함과 죄책감 사이를 오갈 것이다.

설령 시간이 오래 걸리더라도 나우팔은 카이사르 사장에게 진 빚을 혼자 힘으로 갚고 싶다.

불법 이민자에게 빼앗긴 일자리를 되찾기 위해 이민법을 개정해야 한다고 주장하는 프랑스 극우주의자들의 선동이 나우팔을 조급하게 만들고 있지만, 알라이가 될 준비를 마치기도 전에 이런저런 이유로 인해 카이사르 사장과 절연하는 상상을 미리 하고 싶진 않다.

유능한 알라이가 되기 위해선 운전 능력과 기억력, 방향감각과 시력 이외에도 자동차 정비 기술 또한 필수적이어서, 투숙객이 일으킬 수 있는 모든 문제를 혼자서 해결할 수 있어야 한다.

요즈음엔 리모컨으로 문이 여닫히거나 경보장치와 블랙박스가 설치되어 있는 자동차가 많아졌기 때문에 멀리서 대충 훑어보는 것만으로도 잠재 위험을 완벽히 간파할 수 있는 능력마저 요구되고 있다.

자동차의 상태로 주인의 성향과 생활 패턴까지 유추할 수 있는 자라면 짧은 시간 안에 파리에서 최고의 알라이로 칭송받을 확률이 매우 높다.

숙소로 사용 가능한 자동차의 목록을 만들고 수시로 정보를 업데이트하는 성실함은 시행착오와 위험을 확실히 줄여줄 것이다.

투숙객의 정체를 정확히 파악하는 능력 또한 사업의 성패를 좌우한다.

세계 모든 곳에서 파리로 도착하는 투숙객들의 모국어로 간단한 의사소통을 할 수 있다면 위기와 맞닥뜨렸을 때 큰 도움을 받을 수 있다.

그 언어에는 지리와 종교, 문화와 정치에 대한 지식이 포함되어야 한다.

불법 이민자뿐만 아니라 유럽 시민의 미래에 자신의 직업이 미칠 긍정적 영향을 생각한다면, 모든 알라이는 범죄자와 분명히 구별되는 직업윤리를 갖추어야 한다.

직업윤리로선 세속주의나 신정분리주의가 절대적으로 유리하다.

자신의 일상을 구성하고 있는 배경과 인물과 사건 사이의 인과관계를 끊임없이 찾아라.

하지만 배경이나 인물이나 사건은 하나같이 모든 가능성 위에 적절히 산포되어 있는 양자적 현상에 지나지 않기 때문에 하나의 진실은 또 하나의 거짓으로 해석될 수 있다는 역설을 이해해야 한다.

그럴 자신이 없다면, 세상은 오로지 자신을 철저하게 절망시키기 위해 존재한다고 간주하는 편이 훨씬 낫다.

하지만 오를리 공항 부근의 주차장에서 1년 내내 갇혀 지내는 열다섯 살의 나우팔이 이해하기엔 너무나 모호하고 어려운 잠언일 따름이었다.

생의 중요한 가르침은 오로지 실수와 후회 그리고 침묵을 통해서만 전달될 수 있다니, 그런 가르침이 불법 이민의 현실을 벗어나는 데 어떤 쓸모가 있단 말인가.

나우팔의 평정심을 뒤흔든 사건들이 몇 차례 일어났지만, 그의 일상은 궤도를 벗어나지 못했다.

궤도를 벗어나지 못했으므로 궤도와 궤도 사이를 건너갈 때 별처럼 잠깐 반짝이는 희망과 열정을 발견할 수도 없었다.

한번은 로마니 소녀에게 매혹되어 그녀의 숙박비를 자신이 대신 지불한 적이 있다.

그녀는 검은색 벤츠 E220에서 일주일 남짓 머물면서 투숙객들에게 몸뚱이의 일부를 팔았다.

화대로 받은 코카인을 처음으로 흡입하다가 소녀는 쇼크 상태에 빠졌다.

그녀를 태운 검은색 벤츠 E220이 인근 병원의 응급실에 5분만 늦게 도착했더라면 나우팔의 전 재산은 소녀의 장례식 비용으로 지불됐을 것이다.

또 한 번은 투숙객이 회색 아우디 A6를 훔쳐 달아났다.

나우팔만 겨우 주차시킬 수 있을 정도로 비좁은 공간에 세워놓았기 때문에, 나우팔처럼 허공에 정지한 채 체스 판을 내려다볼 수 있는 자만이 유력한 용의자였다.

파리에서 사라진 자동차들이 시베리아나 튀니지에서 발견된다는 소문은 공공연했다.

나우팔은 자신의 슈트케이스에다 급히 소지품을 쑤셔넣다가 문득 자신의 모계적 특성을 떠올렸다.

그 절도범의 얼굴과 그의 슈트케이스에 붙어 있던 항공사 태그가 기억났다.

그래서 오를리 공항 출국장에서 동료들과 나흘 동안 잠복한 끝에 범인을 붙잡을 수 있었다.

다행히 회색 아우디 A6는 프랑스와 독일 국경 부근에 숨겨져 있었다.

범인 역시 불법 이민자라는 사실을 참작하여 현금과 귀중품을 빼앗는 것으로 사적 처벌을 끝냈다.

동료가 회색 아우디 A6를 찾아오자 나우팔은 자신의 노트에 기록된 대로 연료와 배터리 잔량, 운행 마일리지, 라디오 주파수, 쓰레기, 매트 상태, 실내 공기 청정도, 글로브박스 안의 보관품 등을 세심하게 조정했다.

다음 날 오후 승합차를 타고 주차장으로 돌아온 아우디

A6 주인은 파리의 날씨와 공기에 투덜대면서 에어컨 다이얼과 라디오 볼륨을 최대로 올린 다음 액셀러레이터를 힘껏 밟았다.

하지만 하늘색 시트로앵 C5의 주인이 예고도 없이 일정보다 이틀이나 일찍 크레타 섬에서 귀국하는 바람에 투숙객이 현장에서 발각되는 사건도 있었다.

그때 나우팔은 보라색 스코다 옥타비아를 발레파킹하고 있어서 위험을 미처 감지하지 못했다.

장기 주차된 자동차의 실내 청소를 맡은 직원이 너무 피곤해서 잠깐 잠들었던 것뿐이라는 해명으로는, 그와 함께 실내에서 발견된 슈트케이스와 음식물쓰레기까지 설명할 순 없었다.

자신의 동의 없이 사유재산을 사용한 사실을 주차장 사장이 직접 사과하고 금전적 배상을 하지 않는다면 경찰에게 신고하겠다며 하늘색 시트로앵 C5의 주인은 직원들을 협박했다.

사과나 배상이란 단어에는 아무런 반응을 보이지 않던 나우팔과 동료들은 경찰이라는 단어를 듣자 흥분하기 시작했다.

결국 하늘색 시트로앵 C5의 주인은 자신의 자동차 트렁크에 실려 루마니아 국경까지 끌려갔다가 자신의 무례함을 사과하고 일체의 금전적 배상을 요구하지 않겠다고 약속한 뒤 겨우 풀려났다.

양보와 이해가 부족하면 투쟁과 반목이 이어진다.

투쟁과 반목은 늘 승자와 패자를 만들어내기 때문에 끝없이 반복될 수밖에 없다.

그러니까 하늘색 시트로앵 C5의 주인은 카이사르 사장이 시작한 사업의 공익성을 이해한 뒤 자신의 권리를 자발적으로 양도했다가 되찾아간 것이라고 간주하는 편이 나았다.

나우팔은 자신이 직접 휘말린 사건보다도 더 극적인 것을 상상하기도 했다.

나치 친위대의 추적을 받던 유태인 은행가가 절체절명의 순간에 카이사르 사장의 주차장으로 숨어든다.

나우팔은 순수한 인류애에 이끌려 도망자를 흰색 혼다 어코드 안에 숨겨준다.

그리고 기꺼이 알라이를 자처하며 자신도 회색 포드 머스탱 속에 숨는다.

주차장의 출입문을 봉쇄한 나치 친위대는 도망자와 협력자를 찾기 위해 카이사르 사장과 주차장의 직원들을 모두 붙잡아 고문한다.

고통보다는 공포를 참지 못한 직원 한 명이 나우팔의 신상에 대해 발설한다.

나치 친위대는 주차장에 보관된 모든 자동차를 샅샅이 수색한다.

하지만 나우팔의 뛰어난 기억력과 방향감각, 시력 덕분에 그와 은행가는 결코 발견되지 않는다.

연합군의 진격이 임박해오자 나치 친위대는 급히 후퇴하면서 카이사르 사장과 직원들을 학살한다.

카이사르 사장은 죽기 직전에 자신의 재산 목록이 적힌 비밀 장부를 주차장 안에 숨기면서 나우팔만 해독할 수 있는 유언장을 남긴다.

연합군마저 떠나고 마침내 은신처 밖으로 모습을 드러낸 나우팔은 비밀 장부를 찾아내어 카이사르 사장의 유가족에게 돌려주려 한다.

유태인 은행가가 행정적 처리를 자원한다.

그때 주차장 문을 부수며 자동차 주인들이 들이닥친다.

그들은 자신의 자동차가 크게 파손된 걸 알아차리고 나우팔에게 일제히 몰려와 배상을 요구한다.

나우팔이 소란에 대처하는 사이 유태인 은행가는 비밀 장부를 훔쳐 달아나면서 나우팔이 나치 친위대에 협력한 배신자라고 경찰에 신고한다.

주차장으로 들이닥친 경찰은 자동차 주인들 중 아랍계 남자를 나우팔로 오인하고 그를 폭력으로 제압한다.

그사이 나우팔은 갈색 도요타 캠리의 트렁크에 몸을 숨기고 밤의 연쇄반응이 세상을 검은 진흙 덩어리로 변모시킬 때까지 기다린다.

마침내 낯익은 세계가 사라지자 비좁은 트렁크 내부는 빅뱅 직전의 에너지로 가득 채워진다.

유태인 은행가가 파괴한 순수한 인류애를 회복하는 것이 갱생의 유일한 목적이다.

면허증 없이 길과 길 사이를 넘나들기 위해선 낮에 잠들고 밤에 운전해야 하기 때문에 목적지에 도착하는 데까지 시간이 많이 걸리겠지만, 자신의 모계적 특성이 반드시 자신을 그곳에 데려다줄 것이라고 나우팔은 확신한다.

추적자의 인생은 도망자의 그것보다 항상 길기 마련이다.

그래서 그는 어스름과 작달비가 동시에 내리기 시작한 밤에 도요타 캠리의 트렁크에서 빠져나와 열정과 희망으로 충만해진 인생에 시동을 걸었다.

하지만 주차장을 빠져나가려는 순간 온몸을 날려 그의 진격을 저지하는 동료들 때문에 급히 브레이크를 밟아야 했는데, 작달비가 뼈와 살을 완전히 분리한 뒤에야 비로소 그는 갈색 도요타 캠리 안에서 꿈을 꾸었다는 사실을 깨닫게 됐다.

하마터면 발레파킹 도중에 사고를 일으키고 알라의 자비 밖으로 추방될 뻔했던 것이다.

동료들은 그날의 사건이 자신들을 돕느라 1년 내내 단 하루도 마음 편히 쉬지 못했던 나우팔을 위해 알라가 보내는 경고 메시지로 해독하고, 그의 특별 휴가를 카이사르 사장에게 부탁했다.

그 덕분에 반강제적으로 사흘을 쉬면서 나우팔은 피로감과 불안감을 다소 덜어낼 수 있었으나, 망상이 언제 또다시 발작하게 될는지 걱정돼 대인 관계에 더욱 소극적일 수밖에 없었다.

나중에 알라이로 독립하게 되더라도 지금의 동료들에겐 적어도 피해를 입히지 않겠노라고 그는 거듭 다짐했다.

권력이 없는 약자는 연대의 방법만으로 창과 방패를 마련할 수 있으니까.

하지만 나우팔과 동료들이 미처 헤어질 준비를 마치기도 전에 인생은 이미 다른 곳으로 흘러가버리고 말았다.

어쩌면 각자의 인생 속으로 내동댕이쳐졌다는 표현이 더 어울릴지도 모르겠다.

왜냐하면 어느 누구도 그 당시의 배경과 인물과 사건 사이의 인과관계를 논리적으로 설명할 수 없기 때문이다.

오를리 공항 근처에서 발레파킹을 했던 일곱 명의 직원들 중에서 고작 한 명만이 알라이로 독립하여 지금까지 활동하고 있다.

그는 나우팔이 아니다.

이제 열여덟 살이 됐을 나우팔의 근황에 대해 아는 자는 없다.

갑작스레 이별한 직후에 동료들은 그가 모로코로 돌아가 조그만 카펫 가게를 열었다고 믿었지만, 어떤 자가 스위스와 이탈리아의 국경 마을에서 그의 빨간색 포르쉐 카이엔을 직접 보았다고 증언하면서부터 괴이한 소문들이 이어졌다.

나우팔을 프랑스 이민국에다 신고한 사람이 카이사르 사장이라고 확신한 자도 있었다.

파리의 주차장 세 곳을 모두 팔아버리고 연금에만 의존하여 살게 된 카이사르 사장은 나우팔 첸토프라는 이름을 들을 때마다 불같이 화를 냈다.

법은 전기 철조망 위의 고압 전기처럼 모든 파리 시민에게 평등하게 적용되어야 한다고 그는 강변했다.

그리고 그는 더 이상 불법 이민자의 딱한 사정 따윈 괘념치 않았다.

대신 술과 담배를 끊고 하루에 다섯 번씩 기도했다.

이웃들은 그의 성실한 일상 속에서 음험한 과거의 단서를 찾아낼 수 없었다.

그가 항상 주머니 속에 사탕을 가득 채워 다닌다는 사실을 잘 알고 있는 아이들은 그의 집 주변을 서성서리다가 그가 나타나면 일제히 달려가 인사를 했다.

나중엔 인근 초등학교의 발전위원회장으로 선출되어 교육부를 방문하기도 했다.

그러니까 3년 전 그 사건은 카이사르 사장의 일상을 낯익은 궤도에서 일탈시켰지만, 타고난 운 덕분에 그는 더욱 안정된 준위(準位)의 궤도로 옮겨갈 수 있었던 것이다.

궤도와 궤도를 건너간 나우팔 역시 별처럼 반짝이는 희망과 열정을 발견했을까.

하지만 그 사건이 오직 나우팔만을 파리에서 추방했다는 사실로부터, 한때 그의 동료였으며 지금도 여전히 불법 이민자의 신분에서 벗어나지 못한 남자는 나우팔의 운명에 작용한 불운의 인과관계를 이렇게 설명했다.

주사위를 한 번 굴렸을 때 각 숫자가 나올 확률은 정확히 6분의 1이지만, 열두 번쯤 굴렸을 때 각 숫자가 나올 확률은 결코 6분의 1이 아니다.

무한 반복의 결과로 6분의 1이라는 확률에 수렴해갈 수는 있겠지만 인생에서 무한히 반복할 수 있는 사건은 결코 일어나지 않는다.

만약 3년 전 그 사건 역시 무한히 반복될 수 있다면 그때 그곳에 있던 사람들에게 정확히 같은 확률로 일어났을 것이고, 나우팔 혼자서 불운 결과를 감당하지 않을 수도 있었다.

하지만 그 사건은 그들에게 고작 두 번 반복됐으므로 불운이 그들 중 한 명을 선택할 확률은 서로 달랐다.

첫번째 사건이 일어나서 마무리될 때까지 그들은 마치 한밤중의 허공 속을 날아간 나비처럼 그것의 위험을 전혀 감지하지 못했다.

그래서 같은 사건이 두번째 일어났을 때, 그들은 자신이 불행해질 확률이 동료들의 그것과 정확히 같기 때문에 쉽사리 피해갈 수 있다고 방심했던 것이다.

방심한 육신은 위험에 오히려 강하다, 잡초가 나무보다 강

풍을 더 능숙하게 버텨내듯.

동료와 뚜렷이 구별되는 모계적 특성을 지니지 않았더라면 오히려 나우팔은 쉽게 파국을 피할 수 있었겠지만, 모든 시공간이 자신 안에 응축되어 있고 자신의 의지가 그것을 작동한다는 생각이 그를 경직시켰다.

나우팔의 동료는 두 사건을 정확하게 기억해냈다.

어느 5월의 여름밤에 은색 피아트 500 안에서 연기가 희미하게 피어올랐다.

불길한 생각이 들었지만, 거동이 불편한 노파에게 실내에서 간단한 취사 행위를 허락한 이상 자동차 문을 무례하게 열어젖히면서 볼멘소리를 하고 싶지 않았다.

다음 날 아침 은색 피아트 500의 문을 열었을 때 노파는 보이지 않고 매캐한 냄새만 남아 있었다.

진공청소기로 실내를 청소하고 방향제를 뿌리면서 나우팔은 투덜댔다.

그리고 이틀 뒤 카이사르 사장은 오를리 공항 부근의 공터에서 노파의 시체가 발견됐다는 뉴스를 심드렁한 표정으로 전달하면서, 경찰의 갑작스러운 방문을 조심하라고 충고했다.

하지만 경찰은 찾아오지 않았고 노파의 죽음은 자연스러운 현상으로 처리됐다.

3개월이 지난 뒤 이번엔 파란색 재규어 XF에서 연기와 함께 비명이 새어 나왔다.

그 안엔 포르투갈에서 건너온 젊은 연인들이 머물고 있었다.

공포를 감지한 나우팔이 급히 자동차 문을 열었을 때 그들은 이미 유독 가스에 질식해 죽어 있었다.

언어도단의 처참한 현장은 죽음이 그들의 의지를 거스르며 찾아왔다는 사실을 말해주었다.

숙소에서 잠을 자다가 나우팔의 전화를 받은 동료들이 급히 주차장에 도착했다.

그들은 승합차를 타고 음료회사의 물류 창고 앞과 자동차부품 공장의 운동장과 전자회사의 공터를 돌아다니면서 107대의 자동차 내부를 일일이 확인했다.

61대의 자동차 속에서 잠들어 있던 79명의 투숙객은 소란을 감지하자마자 소지품을 급히 챙겨 한밤의 어둠 속으로 박쥐처럼 몸을 피했다.

미처 도망치지 못한 12명의 투숙객은 7대의 자동차 속에서 시체로 발견됐다.

그들이 머문 자동차의 유리 창문은 하나같이 조금씩 열려 있었고 불씨에 그을린 하얀 가루들이 시트 위에 흩뿌려져 있었다.

피해자들은 에어컨을 사용할 수 없어서 유리 창문이라도 열고 밤의 열기를 식히려 했던 것 같다.

반세기 전 나치가 유태인과 로마니에게 적용한 방식을 누군가 치밀하게 연구한 게 분명했다.

하지만 미국과 이스라엘이 버티고 있는 한 유태인은 안전하다.

박해는 유태인 대신 무슬림에 집중된다.

로마니는 종교와 국가를 전적으로 부정한다는 이유로, 반대로 무슬림은 종교와 국가에 지나치게 경도됐다는 이유로 극우주의자들은 자신들의 혐오를 정당화한다.

오를리 공항 부근의 주차장을 로마니와 무슬림의 게토로 여겼을 수도 있다.

마을과 멀리 떨어져 있어서 이웃의 감시를 받지 않고 사적 정의를 자행할 수 있을 뿐만 아니라 범죄 사실을 숨기는 데에도 이보다 적합한 곳이 없었으리라.

하지만 유감스럽게도 로마니나 무슬림이 아닌 시체도 발견됐다.

그러니까 종교와 국가에 전혀 관심이 없는 자들도 오로지 가난하다는 이유로 이웃에게 처참히 살해된 것이다.

자동차 문을 열자마자 쏟아져 나오는 매캐한 연기에 나우팔과 동료들은 연거푸 기침을 하다가 구토를 하고 두통과 오한을 느꼈다.

시체에서 흘러나온 토사물로 실내는 더럽혀져서 아무리 공들여 청소한다고 하더라도 자동차 주인을 속일 자신이 없었다.

그렇다고 여기서 파리의 시민권을 포기할 수도 없었다.

동료 두 명이 열두 구의 시체를 황토색 랜드로버 레인지로
버에 싣고 루마니아 남부의 숲에다 버리고 돌아오는 사이,
나우팔과 나머지 동료들은 여섯 대의 자동차에서 좌석을 모
조리 떼어내고 고압 호스까지 동원하여 내부 세차를 끝낸 다
음 시트커버를 새것으로 바꾸고 다시 좌석을 조립했다.

그리고 모두 힘을 합쳐 황토색 랜드로버 레인지로버의 청
소까지 마쳤다.

하지만 프랑스에서 완전 범죄는 결코 불가능하다는 사실
을 나우팔과 동료들은 인정하지 않을 수 없었다.

경찰이 찾아온다면 가장 먼저 나우팔을 의심하게 될 것이
라는 데 동료들은 동의했다.

허공에 정지한 벌새처럼 주차장 안의 미로를 내려다볼 능
력이 없었더라면, 살인자는 투숙객 중 가장 허약한 열두 명
을 골라 범죄를 저지를 수 없었을 뿐만 아니라, 나우팔이나
동료들에게 들키지 않고 살인 현장을 빠져나가지도 못했을
것이다.

그렇게 뛰어난 기억력과 방향감각, 시력을 지닐 수 있는
자는 나우팔이거나 적어도 그의 어머니의 가계도와 연결된
자라고 의심할 수 있었다.

하지만 증거 없는 의심으로 나우팔을 괴롭히고 싶진 않았다.

그래서 동료들은 십시일반 돈을 거둬 나우팔이 모로코로
돌아갈 수 있는 항공권과 작은 선물을 마련해주었다.

덩치가 크고 표정이 어두울 뿐만 아니라 턱수염까지 기르고 있는 나우팔은 세상이 오로지 자신을 철저하게 절망시키기 위해 존재한다는 사실을 이미 받아들이고 있었기 때문에, 울거나 분노하지 않았다.

대신 평소와 다름없이 시간에 맞춰 메카를 향해 기도를 올린 다음 짧지만 뜨거운 작별 인사를 동료들과 나누었다.

그때도 턱을 끌어당기고 성대를 짓눌러서 허스키한 목소리를 짜냈다.

나우팔의 덤덤한 모습은 그가 파리와 영영 작별하는 게 아닐지도 모른다는 인상을 동료들에게 각인시켰다.

그래서 동료들은 조금이나마 슬픔을 덜어낼 수 있었다.

나우팔을 태운 모로코행 비행기가 오를리 공항을 이륙하자마자 그들은 서로에게 다시 만나자는 약속도 하지 않은 채 자신의 슈트케이스를 끌고 파리 시내로 숨어들었다.

하지만 알라이로 성공한 한 명을 제외하고 여섯 명은 모두 얼마 지나지 않아서 자동차 절도 혐의로 경찰에게 붙잡혔다.

그들은 프랑스 정부가 마련해준 항공권으로 파리에서 추방됐으나, 훗날 비유럽연합 국가들을 거쳐 파리로 다시 숨어드는 데 성공했다.

하룻밤 사이에 흔적도 없이 사라진 직원들을 대신하여 카이사르 사장은 성난 자동차 주인을 상대하느라 곤욕을 치렀다.

파리 시내 두 곳의 주차장에서 급히 불러들인 직원들은 루

빅스 큐브처럼 세워져 있는 자동차들을 고객의 요구 순서에 맞춰 꺼낼 수 없었다.

카이사르 사장은 나우팔의 능력에 지나치게 의존했던 걸 너무 늦게 후회했다.

나우팔에 필적할 만한 직원을 미리 확보하지 못한 것도 자신의 잘못으로 인정했다.

결국 카이사르 사장은 네 대의 대형 크레인을 동원해서 고객의 자동차를 미로 밖으로 꺼내기로 결정했다.

하지만 자동차 주인의 원성을 제압할 수 없을 정도로 작업은 너무 더디었고 그마저도 이런저런 파손 사고 때문에 한참 동안 멈춰야 했다.

사흘 동안의 악몽에서 겨우 벗어나자마자 카이사르 사장은 음료회사의 물류 창고 앞과 자동차부품 공장의 운동장과 전자회사의 공터를 사용하기 위한 임대 계약을 해지했다.

그리고 파리 시내의 두 곳의 주차장도 적당한 때를 봐서 팔아넘기겠다고 결심했다.

돈벌이도 중요하지만 파리 시민권을 박탈당할 위험은 무조건 피해야 했기 때문이다.

현재의 재산과 프랑스 정부로부터 매달 받게 될 연금만으로도 그는 여생을 안락하게 보낼 수 있을 것이다.

자신이 더 이상 헌신하지 않아도 파리는 명성을 유지할 것이며, 나중엔 파리 곳곳의 주차장마저 관광 명소로 각광받을 지도 모른다.

납세하는 시민과 불법 이민자, 극우주의자, 유태인 그리고 로마니가 유럽에 존재하는 한, 주차장이나 길가에 주차된 자동차를 숙소로 빌려주는 사업은 반드시 번창할 것이다.

납세하는 시민의 인권을 침해할 소지가 높다는 이유로 자동차에 경보장치나 블랙박스를 설치하는 걸 불법 행위로 간주하는 프랑스 정부의 무능력에 오랫동안 기생할 것이다.

그러니 파리 시민이라면 자신의 자동차는 집 차고에 넣어두고 대신 대중교통을 이용해서 파리 시내를 이동하는 게 바람직하다.

부득이 자신의 자동차를 집 밖에 밤새 세워두어야 할 경우엔 반드시 담과 폐쇄 카메라로 둘러쳐진 장소를 골라 주차한 뒤 반드시 경고문을 유리창에 붙여놓아 불뢰의 접근을 막아야 한다고 카이사르 사장은 충고한다.

가능하다면 그는 나우팔의 사진을 파리 시내 곳곳에 붙여놓고 파리 시민들의 각별한 주의를 당부하고 싶다.

오를리 공항 부근의 주차장 사업을 정리한 뒤부터 그는 파리 곳곳에서 나우팔처럼 보이는 젊은이를 발견할 때마다 끝까지 쫓아가 신분을 확인하고 있다.

한번은 나우팔의 먼 사촌이 우연히 파리에 들렀다가 그에게 봉변을 당했다.

자신의 나우팔의 근황을 전혀 알지 못한다고 아무리 이야기해도 카이사르 사장은 멈추지 않고 지팡이를 휘둘러댔다.

　참다못한 나우팔의 사촌이 긴급 전화로 경찰을 불렀는데, 그가 노동 허가서 없이 여섯 달 동안 프랑스 남부의 포도원에 머물렀다는 사실이 발각되면서 오히려 범죄자로 내몰렸다.

　불법체류보다 더 극악한 범죄가 오늘의 유럽에선 존재하지 않는 게 분명했다.

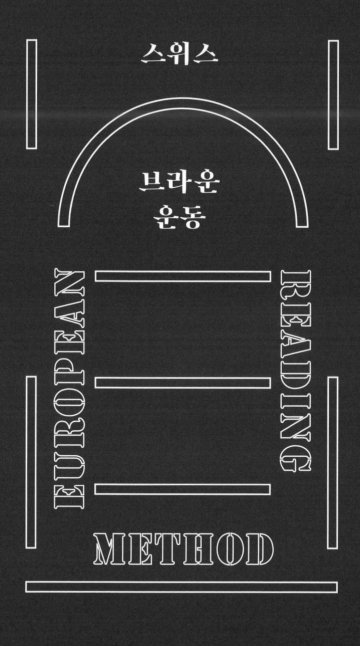

스위스

브라운
운동

EUROPEAN READING

METHOD

라반은 그것을 여갈사하두다라고 불렀고
야곱은 그것을 갈르엣이라고 불렀으니[1]

『창세기』 31:47

그는 자신의 몸속에서 배 한 척을 발견했다. 몇 겹의 거대한 돛을 보고 나서야 비로소 그것이 대항해 시대에 유행했던 범선이라는 사실을 깨달았다. 수세기 전에 항해를 멈추고 박물관이나 영화 속에 박제됐어야 하는 것을 누가 어떻게 그곳에다 옮겨놓았을까. 그리고 왜.

그것은 꿈을 꾸는 날이면 어김없이 나타난다. 게다가 꿈을 꾸지 않는 날은 거의 없다.

그러므로 누군가는 그것이 꿈과 현실을 구별하는 기표에 지나지 않는다고 폄훼한다. 그리고 꿈속으로 들어가는 데 굳이 범선까지 탈 필요는 없다고 빈정댄다. 매일 같은 꿈을 꾸

---

1   '여갈사하두다Jegar Sahadutha'는 아람어 방언으로 '증거의 무더기'라는 뜻이고, '갈르엣Galeed'은 같은 뜻의 히브리 방언이다.

는 건 억압된 방어기제 때문이고, 규칙적인 정신상담과 꾸준한 약물 복용으로 얼마든지 치료 가능하며, 꿈으로 빚어진 것들은 결코 몸속에 저장되지 않는다고 설명한다. 무게가 수백 톤이 넘고 전장이 백여 미터가량 되는 범선을 한 인간의 몸속에다 숨기는 것은 불가능하며, 설령 가능하더라도, 그걸 몸속에 지닌 채 정상적으로 생활할 수 없다고 단언한다.

하지만 범선이 그의 몸속으로 들어온 날 이후로 편두통과 축농증 증상이 나타났다. 편두통이 그의 몸 곳곳에 구멍을 뚫으면 축농증은 그 구멍들 속에다 고름을 채운다. 규칙적으로 진통제를 삼키고 식염수로 코 안을 씻어내어도 증상은 조금도 수그러들지 않는다.

이처럼 고립된 곳에서 규칙적인 정신상담을 받으려면 절차가 아주 복잡한 데다가, 그보다도 더 심각한 증상을 호소하는 자들이 아주 많아서, 반세기쯤은 족히 기다려야 그의 이름이 불릴 것이다. 게다가 꿈을 없애는 약물이라는 게 기껏해야 소화제나 근육이완제에 불과하다는 이야기를 들었다.

차라리 원인과 방법을 스스로 찾는 편을 선택하겠다.

우선 인간의 몸은 80퍼센트 이상 물로 채워져 있고, 하루의 절반을 수면 상태 또는 가수면 상태와도 같은 고독 속에서 그가 수년째 지내고 있기 때문에, 범선은 얼마든지 물과 꿈을 통해 그의 몸속으로 흘러들어올 수 있다.

설령 수백 톤의 무게와 백여 미터의 전장을 지닌 범선이 한꺼번에 흘러들어올 수는 없다고 하더라도, 범선을 이루는 재료들이 음식이나 들숨이나 감각이나 사유에 섞여 조금씩 흘러들어온 뒤에 몸속에서 차례대로 조립됐을 수도 있다.

그가 몸속에서 범선을 발견하는 과정은 매번 이렇다. 그는 매일 잠자리에 들기 전에 꿈속에서 더 이상 그 범선을 발견할 수 없게 해달라고 기도한다. 하지만 눈을 감자마자 그는 그것을 다시 발견하게 되리라는 불안감에 사로잡힌다. 그래서 곧바로 눈을 뜬다. 하지만 사위가 너무 어둡고 조용하기 때문에 자신이 꿈의 안으로 들어온 것인지 아니면 여전히 꿈 밖에서 머무르고 있는 것인지 결코 구분할 수 없다. 그는 한쪽 방향을 선택하여 의식을 전진시키면서 감각에 집중한다. 시간이 꽤 흘렀는데도 아무런 이정표를 발견하지 못하자 그는 반대쪽으로 몸을 돌리고 더욱 웅크리면서 속도를 높인다. 하지만 거기에도 여전히 아무런 징후도 없다. 눈을 뜬 곳이 꿈의 안쪽이라면 눈을 감아야 비로소 잠에서 깰 수 있지 않을까, 그는 생각한다. 감각 또한 꿈에 길들여져 있다면 가능한 한 직관에 의지해야 한다. 그는 바닥을 구르기 시작한다. 나무 합판과 합판 사이의 틈새가 주기적으로 열리고 닫히면서 삐걱거린다. 그 소리가 그의 방향감각을 제거한다. 날파람이 그의 얼굴 위로 지나가고 물기가 남는다. 비린내가 사지를 갉는다. 난간에 부딪힐 때마다 몸의 속도가 줄어든다. 그리고 마침내 균형을 잡는다. 눈을 뜨면 자신은 이미 천장의 한 점spot으로 응축되어 있고, 그것에서 탈출하려는 순간 그와 관련된 징후들은 감쪽같이 사라진다. 당황하여 점 안팎을 살피고 있을 때 멀리서 범선이 보이는 것이다.

설령 안개나 화산재나 수만 마리의 비닷새들 때문에 범선의 형태를 정확히 확인할 수 없더라도 여러 가지 징후들, 가령 삐걱거리는 소리나 날파람, 비린내, 물기로부터 존재의 제일성(齊一性)[2]을 확신할 수 있다.

범선은 해발 수천 미터의 산 중턱에 처박혀 있기 때문에[3] 노련한 선장이나 거센 바람조차 그것을 조종할 수는 없다. 그런데도 그것은 멀어졌다가 제자리로 돌아오길 반복한다.

인간은 잠을 자는 동안 여러 편의 꿈을 동시에 꾼다. 그 꿈들은 서로 완벽한 수미상관의 형식으로 연결되어 있기 때문에, 전편의 결말은 후편의 원인으로 작용하고 후편의 결말은 전편의 원인으로 귀속된다. 또한 전편에 등장했던 인물들은 똑같은 모습과 행동으로 후편에 등장하여 전편과는 정반대의 이야기를 이어간다. 마치 색이나 빛의 삼원색을 섞으면 검은색이나 흰색이 되듯이, 여러 편의 꿈들이 완벽하게 포개

---

2   경험론적 사유의 체계를 제시한 존 스튜어트 밀에 의하면, 자연현
      상은 과거에서부터 현재까지 변함없이 반복되고 있기 때문에 몇
      차례의 개인적인 경험으로부터 보편적 진리를 유추할 수 있다.
3   터키와 이란의 국경에 위치한 아라라트Ararat 산에서 노아의 방주
      로 추정되는 유물이 발견됐다는 신문기사를 그는 이전에 결코 읽
      은 적이 없다.

지면 전혀 다른 이야기가 되기 때문에 그것의 시작과 끝을 찾는 건 쉽지 않다. 더욱이 그것을 이해하거나 꿈 밖에서 기억해내는 일은 거의 불가능하다. 그러니 매일 같은 꿈을 꾸게 될 확률이나, 매일 같은 꿈을 꾸고 그것을 기억할 확률은 거의 같다고 말할 수 있다.

만약 그가 매일 발견하고 기억하는 범선이 존재의 제일성을 지녔다면, 그것은 결코 변덕스러운 꿈으로 빚어진 게 아니라, 항구적인 현실로 만들어져서 그의 몸속에 저장되어 있는 실재라고 설명할 수밖에 없다.

물론 인간이 현실과 꿈으로 빚어져 있다는 사실을 인정한다면, 그 범선이 꿈 안에 있는 것인지 아니면 꿈 밖에 있는 것인지 굳이 구별할 필요는 없다. 오로지 그 범선의 목적과 의미와 가치를 발견해내는 것만이 중요하다.

새벽에 불상 앞에서 오줌을 누다가 스승에게 발각된 동승이 반문했다.

"부처가 없는 곳을 가르쳐주십시오. 그러면 다음부터는 그곳에다만 오줌을 누겠습니다."

그리고 맹인 도서관장은 자신의 책에다 이렇게 적었다.

"다시 말해, 한 인간의 삶이 없는 것처럼, 역사도 없고, 심지어 수많은 밤들 중의 하룻밤도 없다. 그저 우리가 살아가는 매 순간만 존재할 뿐, 그 순간의 가상의 총체는 존재하지 않는다."[4]

설령 꿈의 안팎이 존재한다고 하더라도 범선을 완전히 파괴하는 것은 불가능하다. 왜냐하면 기억이나 상상에서 비롯된 사물들은 모두 가능태(可能態)이기 때문에, 그것이 존재할 가능성을 완전히 제거하지 못하는 한 범선은 언제든지 다시 나타날 수밖에 없다. 그것을 없애는 방법이라면 고작 다른 이의 꿈이나 현실로 그걸 옮겨놓는 것뿐이다. 하지만 해발 수천 미터의 산 중턱에 처박혀 있는 것을 물소리 위에 띄우려면 수백여 명의 일꾼들과 수십 톤의 장비들이 필요할 텐데, 그것들을 꿈속이든 현실 속에다 집어넣는 일 역시 결코 만만한 역사(役事)가 아니다. 자신의 꿈이나 현실에 늘 불평만 늘어놓는 게으른 일꾼들을 능숙하게 다룰 자신도 그에겐 없다. 게다가 잠시도 쉬지 않고 이어지는 장비들의 진동과 소음 때문에 편두통과 축농증은 더욱 심각해질 것 같아 엄두조차 내지 못하겠다.

그저 삶의 명징한 징후로서 편두통과 축농증이 끊임없이 주입되는 것이라면, 굳이 무게가 수백 톤이 넘고 전장이 백여 미터가량 되는 범선까지 동원할 필요는 없었다. 손톱 밑을 깊게 파고 들어갈 가시 하나로도 충분하지 않았을까. 하긴 꿈속에선 범선이나 가시의 무게와 길이는 모두 같을 수

---

4   호르헤 루이스 보르헤스, 「시간에 대한 새로운 반론」, 정경원 옮김, 『만리장성과 책들』, 열린책들, 2008, p. 316.

있다. 그러니까 꿈속에선 육하원칙 중 '누가' '언제' '어디서' '무엇'을 따지는 것은 의미가 전혀 없고, 오직 '어떻게'와 '왜'를 살피는 것만 중요하다.

이 사실을 미처 알아차리지 못한 뱃사람들은 그곳의 조수 간만이 그토록 크고 빠르게 바뀔 것이라고는 미처 예상하지 못했을 것이다. 산중턱의 자갈 더미에 범선이 처박혔어도 그들은 수일 동안 오롯이 버티며 썰물을 기다렸을지 모른다. 하지만 허기와 전염병으로 동료들이 하나둘씩 쓰러지자 더 이상 결단을 머뭇거릴 수 없었으리라. 배를 버리고 뭍으로 내려오다가 발이 미끄러져 천 길 낭떠러지 아래로 처박힌 자들이 대부분이었을 것이다. 용케 살아남은 자들은 서로를 식량으로 삼으며 수일을 버텼겠지만 마지막 생존자에겐 맹수의 등장이 절대자의 은총처럼 여겨졌을 게 틀림없다.

범선에는 더 이상 구체적인 개인의 삶이나, 인간의 역사, 우주의 순리 따윈 남아 있지 않다. 범선이라고 추정되는 현실태(現實態)만 겨우 드러나 있을 뿐이다.

수백여 명의 일꾼들과 수십 톤의 장비들을 동원하지 않고 범선을 옮기려면, 바닷물이 해발 수천 미터의 산 중턱까지 차오르거나 해발 수천 미터 아래로 그 산이 스스로 무너져 내려야 한다. 하지만 그렇게 갑작스러운 변화에는 '왜'라는 질문이 결여되어 있다.

산을 옮겨서 전지전능한 능력을 증명해 보이라고 을러대

는 대중들 앞에서 예언자 무함마드는 이렇게 말했다.

"내가 산에게 명령하여 이리로 오라고 했으나 오지 않았다. 그러므로 내가 거기로 가겠다."

만약 산이 순순히 거기로 다가왔다면 지상의 인간과 동물은 어찌 됐을 것이며, 무함마드는 어떻게 알라의 선한 의지를 증명해낼 수 있었겠는가.

그러니 범선을 옮기려면 이에 앞서 산이나 바다 그리고 꿈 안팎에 사는 생명체들부터 피신시키거나 범선에 실어야 하는데 그는 그곳에 무엇이 살고 있는지 전혀 알지 못한다. 그렇다고 노아처럼 절대자의 계시를 받을 수 있을 만큼 그가 정직하거나 경건하게 산 것도 아니다.

다른 이의 꿈속으로 들어가는 통로와 방법을 알지 못한다는 사실이나, 알프스의 산속에서 마흔 살이 넘도록 홀로 지냈기 때문에 범선은커녕 비행기나 자동차조차 타본 적이 없다는 사실은 나중에 고백해도 늦지 않다. 범선이 몸속으로 흘러들어온 뒤부터 이따금 느껴지는 메스꺼움과 더부룩함이 뱃멀미와 비슷한 증상이라는 사실도 몰랐다. 그는 말의 구보(驅步)보다도 빠른 속도가 인간의 몸과 영혼에 미칠 부정적 영향을 몹시 걱정한다.

그는 영화 속에서, 수백여 명의 벌거벗은 원주민들이 호수 위의 증기선을 통나무로 이어붙인 선로에 올려놓고 줄로 끌어서 산을 넘어가던 장면을 보면서 현기증을 느끼고 식은땀을 흘렸다. 영화가 끝난 뒤에도 이 대사만큼은 귓가를 떠나지 않았다.

"그들은 현실을 환상이라고 믿고 실재 세계는 꿈 안쪽에 있다고 생각하지요."[5]

하지만 해발 수천 미터 높이의 산 중턱 어디에도 범선을 강제로 끌어당긴 흔적을 찾을 순 없다. 누군가 엄지와 검지만으로 그것을 공중으로 집어든 다음 체스의 말을 옮기듯 그곳에 내려놓았다는 설명만이 이해 가능하다. 그런 능력을 지닌 자에겐 현실이나 꿈은 같은 물질이거나 같은 시공간일 게 분명하다. 모든 것을 창조하고 모든 것에 편재하는 자에게 퍼즐을 맞추는 논리 따위가 어떤 쓸모가 있겠는가.

만약 전지전능한 자가 그의 삶에 개입했던 순간이 있다면, 해독할 수 없는 문자로 채워진 책을 읽거나 순도 높은 코카인을 정제할 때였으리라. 그때 그는 알프스의 눈 덮인 봉우리만큼이나 순수하고 고독해서 묘한 카타르시스를 느꼈다. 어느 누구도 결코 깨뜨릴 수 없는 외피에 둘러싸인 채 보호받고 있다는 착각에 빠져들기도 했다.

그는 오두막으로 급습한 경찰들에 의해 체포됐고, 코카인

---

5   베르너 헤어조크의 1882년 영화 「피츠카랄도Fitzcarraldo」에 등장하는 선교사는 원주민들의 사유 방식을 이렇게 설명했다. 그러자 고무농장 부지를 찾고 있던 피츠카랄도가 이렇게 대답했다. "나도 그렇게 생각한다. 꿈은 오페라와 같은 것이다."

을 제조하고 밀매했다는 이유로 종신형을 선고받았다. 그에게서 코카인을 구입한 고객들끼리 총격전을 벌여 무고한 시민들까지 희생시키면서 그의 형량도 덩달아 높아졌다. 코카인을 흡입한 자가 권총으로 상대방을 조준하여 정확히 맞힐 수 있는 확률은 번개에 연달아 두 번 맞을 그것보다 결코 높지 않은데도, 배심원들은 여론의 협박에 굴복하여 살인방조 및 범죄 집단 설립의 죄목으로 법정 최고형을 선고했다.

하지만 그는 자신의 순도 높은 코카인이 종교나 정치보다 더 해롭다고 생각하진 않는다. 그는 전지전능한 존재를 믿지만 어느 종교도 따르지 않는다. 그는 차라리 플라톤주의자에 가까워서, 코카인이나 총알로는 결코 훼손할 수 없는 세계가 반드시 존재하며 윤회하는 것은 영혼이지 육체가 아니라고 굳게 믿고 있다.

노파심에서 중언부언하자면, 코카인을 들이켜는 습관 때문에 그가 현실과 꿈의 경계를 구별하지 못하게 됐다는 주장은 재판 과정에서 공식적으로 폐기됐다. 만약 중독 증세가 심각했다면, 그를 최종 검진한 의사는 특별한 치료시설이 없는 이곳에 그를 방치하는 데 결코 동의하지 않았을 것이다. 의사는 자신의 의학적 소견을 입증하기 위해 정밀검사를 세 차례나 실시했다. 그토록 많은 양의 코카인을 매일 들이켜고도 그처럼 지극히 정상적인 상태의 몸과 의식을 유지할 수 있다는 걸 쉽게 이해할 수 없었기 때문이다. 하지만 똑같은 결과를 세 번씩이나 확인한 이상 반증 불가능한 진실로 받아들여야 했다. 그래도 예외적 임상 징후를 단번에 수용하는 게 꺼림칙했던 의사는, 일주일에 한 번씩 정기적으로 혈액과 소변을 검사해야 하며, 정확한 병리가 밝혀질 때까지 그를 외부로부터 완전히 격리시켜야 한다는 단서를 덧붙였다. 그가 마약중독자들 사이에서 유명해지지는 걸 막으려는 의도도 있었으리라.

시체조차도 쉽게 빠져나올 수 없다고 알려져 있는 감옥에 그가 수감되는 데에는 그 의사의 소견서도 중요한 역할을 했을 게 분명하다.

그래서 그는 지금 자신의 무덤 안에 갇혀 있다고도 말할 수 있다.

감옥의 위치는 그에게 전혀 중요하지 않다. 어차피 그는 그곳의 높은 담장과 밝은 서치라이트 때문에 주변을 거의 확인할 수 없다. 풀씨나 철새들, 심지어 비구름까지도 자유롭게 드나들지 못한다. 면회나 서신 교환마저 금지되어 있으므로 이곳의 주소는 전혀 쓸모가 없다. 그의 생명이 국민의 세금으로 유지되는 이상 그의 시체를 건네받으려면 별도의 세금을 추가 납부해야 하는데, 그에겐 그렇게 어리석은 피붙이는 없다. 제 몸뚱이를 태운 열로 간수들의 커피 물이라도 끓일 수 있다면, 그것으로 죄수들의 회개는 충분하다.

하지만 그는 자신이 종신형을 끝까지 조롱할 수 있을 만큼 건강한 반면, 국가는 세금 관련 법규들을 더욱 치밀하게 개정하다가 치명적인 모순에 부딪히어 끝내 모든 납세자를 해방시키리라는 사실을 잘 알고 있다.

역설적이게도 종신형을 선고받은 뒤로 시간은 더 이상 그에게 아무런 가치와 목적과 의미를 주입하지 못한다.

그래도 수감된 직후엔 벽에다 매일 날짜를 기록하면서 자신의 몸에서 죄가 빠져나가는 과정을 기록했으나, 몇 차례의 서머타임과 수일 동안 이어진 정전으로 인해 시간에 대한 감각이 교란되고, 복수나 용서가 과거나 미래를 결코 바꿀 수 없다는 잠언에 수긍하게 되자, 날짜를 일주일씩 묶어서 세다가 이마저도 그만두었다.

그에게 시간은 강물처럼 연속적으로 흐르다가도 갑자기, 강물 위에 떠 있는 꽃가루들처럼, 전혀 연관되지 않은 자리로 옮겨가서 잠시 멈춘다.[6]

강물처럼 흐르는 시간은 미래에서 현재를 거쳐 과거로 흘러가지만, 꽃가루들처럼 움직이는 시간은 과거에서 미래를 거쳐 현재에 도달하거나, 미래에서 과거를 거쳐 현재로 건너

---

6 이를 브라운 운동Brownian motion이라고 한다. 영국의 식물학자 로버트 브라운은 액체나 기체 속에 포함된 작은 입자들은 진로를 예상할 수 없을 정도로 불규칙한 운동을 한다는 사실을 발견해냈다. 훗날 알베르트 아인슈타인이 이를 수식으로 정리했고 장 바티스트 페랭이 실험으로 이 수식을 증명했다. 이 이론은 자연의 비가역적 현상을 설명하는 데 더할 나위 없이 유용하다.

온다.

현재라는 순간은 과거와 미래의 곤죽 상태이므로, 현재는 결코 한 방향으로 흘러갈 수 없으니, 그것은 마치 오래전에 멈춰 선 증기 기관차와 다르지 않다. 그 아래의 철로마저 이미 사라지고 없다.

그래서 그는 자신이 대항해의 시대를 곧 지나가려고 하는 것인지 아니면 목성 개발시대를 막 지나왔는지 확신할 수 없다. 어느 쪽이든 희망이나 절망으로 들썩이지 않는다. 외부의 시간은 오직 간수들의 손목시계 안에서만 흘러가고 수감자들에게 그것을 알려주는 행위는 법으로 엄격하게 금지되어 있다. 경과된 시간만큼 죄의 부피가 줄어들었다는 망상으로 수감자들이 행복해지는 걸 방지하기 위함이다.

이곳은 인간이 저지를 수 있는 모든 종류의 범죄들로 가득 차 있다. 어쩌면 타락한 천사가 인간으로 태어나는지도 모르겠다. 그리고 이곳 수감자들에게 선고된 징벌의 기간을 모두 합한다면 만년 왕국을 세우고도 남는다. 이곳의 역사를 책으로 옮기려면 수만 그루의 자작나무와 열 명 남짓의 헤로도토스가 필요하다.

그런데도 인간이 아직까지 저지르지 않은 범죄는 감옥 밖에 여전히 무궁무진하다. 왜냐하면 부모 없이 태어나는 인간이 늘어나고 그들 사이의 안전거리는 줄어드는 데 반해 그들 사이의 갈등을 제어할 윤리의 구속력은 점점 줄어들고 있기 때문이다. 인간의 상상력은 신의 권위를 넘어선 지 오래다. 상상이 현실의 부피를 늘리면, 욕망과 죄목은 더욱 모호해질 것이고 그걸 밝혀내느라 더 많은 시행착오를 겪게 될 것이다.

범죄는 윤리의식의 부재가 아니라 상상력의 한계 때문에 창발한다. 그리고 윤리의식이나 상상력은 집단의 소유물이지 개인의 전리품은 아니다. 한 인간이 다른 인간을 강제로 징벌하는 행위는, 모든 인간의 잘못을 한 인간에게 대속시키려는 것에 불과하다. 특히 종신형은 범죄자의 부모까지 직접 징벌하려는 목적을 지녔다. 범죄자를 출산하기 이전까지 발견된 삶의 가치와 의미만을 인정하겠다는 선언이다. 그 이후의 삶은 없느니만 못하다.

하지만 전지전능한 자의 법전에 따르면 단 한 명의 인간에게도 죄를 물을 수 없다. 피조물에게 죄를 묻는다는 건 조물주가 자신의 실수를 인정한다는 뜻인데, 조물주의 실수란 토끼의 뿔과 같아서 결코 존재할 수 없다. 그러므로 조물주 앞에선 모두가 무죄이며, 설령 인간의 시체 속에서 죄가 발견된다고 하더라도 그것으로 조물주를 비난할 순 없다.

타인의 잘못이 반영된 종신형 덕분에 그는 인큐베이터 같은 감옥 안에서 환각과 위험으로부터 완벽하게 절연된 채 무산(無産)생활을 향유하면서 오직 제 몸과 영혼의 반응에만 집중할 수 있게 됐다. 모든 수감자의 일거수일투족이 철저하게 관리되고 있기 때문에 어느 누구도 더 이상 잘못을 반복하지 않을 수 있었다.

만약 그가 낙천적인 성정을 지니고 태어났다면, 이렇게까지 탄식할 수도 있었으리라.

"죄가 죽음을 유예시켰도다."

그저 그 범선을 몸속에서 꺼내고 그것의 빈자리에 코카인 몇 그램을 채워 넣을 수만 있다면 더 바랄 게 없을 텐데.

하긴 그가 윤리의식이 없었더라면 코카인을 만들지도 않았을 것이다. 어느 누구도 합법적인 희망을 지속적으로 제공하지 않았고, 주기적으로 전쟁을 일으켜 생사의 경계를 모호하게 만들어주지도 않았기 때문에, 스스로 위안과 절망을 자신의 삶에 번갈아 투여하지 않으면 인간으로서 쓸모없어질 것이라고 그는 생각했다.

이성으로는 통제되지 않는 중독성 때문에 코카인을 금지시킨 자들에겐, 왜 고가의 상품을 선전하는 광고나 이벤트는 왜 장려하고 있는지 묻고 싶다.

권력, 자선, 소비, 규제, 분배, 정의, 자원, 윤리, 감정, 지식, 신앙.

그것들을 탐닉하고 있는 자들은 공공의 선을 위해 스스로 통제하고 있는가.

그는 적어도 소비자의 자격과 숫자를 엄격하게 규정해두고 경제적 논리가 아닌 사회적 상황에 따라 코카인 판매량과

가격을 적절하게 조절했다. 그리고 자신의 오랜 소비자들 역시 자아와 몰아 사이에서 아슬아슬하게나마 균형을 잡고 있었다고 확신한다. 하지만 위정자들은 자신들의 욕망 이외엔 아무 관심이 없기 때문에, 자신들의 신념과 방식을 일방적으로 강요하고, 기대치에서 벗어난 결과를 모조리 범죄로 간주한다. 범죄자가 많아질수록 그들의 권위는 더욱 강화된다. 감옥은 새로운 법률이 잉태되는 또 다른 국회에 불과하다.

감옥에 갇혀 그가 더 이상 절망과 희망을 번갈아 공급할 수 없게 된 이후로, 세상은 낙원에 더욱 가까워졌을까. 그리고 권태와 망각뿐인 낙원에서 인간은 잘 견뎌낼 수 있을까.

권태와 망각에 저항하기 위해서라도 그는 범선의 정체를 밝히는 일에 더욱 집중하지 않을 수 없었다. 그래서 밥을 먹거나 배설을 하고, 운동하거나 독서를 하고, 청소를 하거나 처벌을 받으면서도 틈만 나면 토막잠을 청했다. 감자로 된 피를 가졌다[7]는 간수들의 핀잔에도 그의 호기심은 전혀 줄어들지 않았다.

범선의 정체를 밝혀내는 데 독서는 거의 도움이 되지 않았다. 문자는 꿈으로 드나드는 문의 경첩을 녹슬게 만들었다. 간신히 비집고 들어간 꿈속은 너무 어둡고 습했다. 순전히 우연에 기대어 범선을 찾아냈더라도 책이 지닌 세 가지 해악[8]

---

7   프랑스 사람들은 게으른 자들을 오래전부터 그렇게 불러왔다.

때문에 그것의 운전법을 익힐 수 없었다. 게다가 수감자들의 탈옥을 염려한 교정당국은 이동수단 ── 선박, 비행기, 자동차, 기차, 사이클, 심지어 말이나 마차까지 ── 과 관련된 책들을 감옥 안의 도서관에 비치하지 않았다. 그래서 그는 독서를 멈추어야 했다. 그러자 토막잠은 더욱 길고 단단해졌고, 그 속으로 다시 밝고 건조한 꿈이 채워졌다.

꿈속에서 범선을 찾아낼 확률은 높아졌지만, 그것은 수시로 형상과 구조를 바꾸었기 때문에 입구에서 갑판까지 오르는 시간은 좀처럼 줄어들지 않았다.

만약 시간이 강물처럼 미래에서 현재를 거쳐 과거로 흘러간다면, 그 범선은 백인 노예와 선교사 들을 아프리카의 황금 해안에 하역한 뒤 목화와 가축을 채워 아메리카로 돌아오는 정기선이었을지도 모른다.

만약 브라운 운동을 통해 시간이 미래에서 과거로 곧장 건너갔다가 현재에 튕겨졌다면, 그리스도와 함께 골고다 언덕의 십자가에 못 박혔다가 구사일생으로 도망친 두 명의 죄수들이 그 범선을 번갈아 끌고 밀면서 알프스 산맥을 넘었을 수도 있다.

---

8   스승인 소크라테스의 대화법을 전승한 플라톤은 다음과 같이 말했다. "책은 기억을 약하게 만들고, 질문에 대답하지 못하며, 어리석은 자들을 오만하게 만들죠." 하지만 이렇게 말했다는 기록은 없다. "그러니 책 한 권이 사라졌다고 슬퍼할 일이 뭐가 있겠습니까?"

양자론적 세계에서 확률은 언제나 정확히 절반이다. 주사위의 한 면이 맨 위로 드러날 확률을 일반적으로 6분의 1이라고 말할 수는 있지만, 각자의 숫자가 드러날 확률은 그 숫자가 드러나지 않을 확률과 같으며, 그 밖의 경우는 없는 것이다.

풀씨나 철새들, 심지어 비구름까지도 자유롭게 드나들지 못할 만큼 높은 담장과 밝은 서치라이트로 둘러싸인 곳에서나, 종신형을 언도받은 자의 몸속에서, 시간이나 강물은 결코 연속적으로 흘러갈 수 없으므로 브라운 운동으로 전개되는 세계를 수긍하지 않을 수 없다.

그러니 그 두 명의 죄수들이 어떻게 해서 그의 몸속에 범선이 숨겨져 있다는 사실을 알게 됐는지는 중요하지 않다. 결과가 원인보다 앞서는 세상이라면, 그들이 그런 사실을 먼저 알게 됐기 때문에 그의 몸속에 범선이 나타났을 수도 있다. 간수와 죄수 수백 명이 뒤섞여 있는 이곳에서 오직 두 명의 죄수들만이 그 범선에 대해 알고 있다는 사실만큼은 매우 중요하다. 마치 그리스도의 존재를 알아본 자들이 세상에 열두 명밖에 없었듯이.

그리고 두 명의 죄수 중에서 크리스천으로 개종한 자가 자신을 디스마Dismas라 부르고 다른 한 명을 게스타Gestas라고 지칭했기 때문에, 범선은 그리스도와 함께 골고다 언덕의 십자가에 못 박혔다가 구사일생으로 도망친 두 명의 죄수들에 의해 알프스 산맥을 넘게 된 것이다.

자신의 죄를 반성한 대가로 그리스도로부터 낙원을 약속 받은 디스마는 틈만 나면, 즉 밥을 먹거나 배설을 하고, 운동하거나 독서를 하고, 청소를 하거나 처벌을 받는 동안에, 성서 구절을 읊조리고 찬송가를 불렀다. 그리스도의 권위를 끝까지 부정한 탓에 영생을 빼앗긴 도둑의 존재뿐만 아니라, 자신이 지극히 혐오하는 자가 정작 자신을 그런 이름으로 부르고 있다는 사실 또한 전혀 알지 못한 게스타는 고대 그리스 견유학파(犬儒學派)의 우두머리처럼 대여섯 명의 무리를 이끌고 운동장을 어슬렁거리면서 햇볕을 쬐거나 잡담을 늘어놓다가도 간수들의 눈을 피해 동료들을 괴롭히고 서열을 만들었다. 만약 자신의 별명에 대해 알게 된다면 그는 디스마가 아무 어려움 없이 낙원으로 걸어 들어가는 것을 결코 멀리서 팔짱을 낀 채 보고만 있지는 않으리라.

몸속에 범선을 숨기고 있는 남자를 디스마는 항해사라고 불렀지만 게스타는 선장이라고 추켜세웠다. 범선을 움직이는 바람은 하느님의 숨결이기 때문에 디스마에게 그 남자는 결코 선장이 될 수 없다. 반면 게스타에게 바람은 아무런 이유도 없이 어디서나 늘 불어오는 것이기 때문에 항해의 성공은 범선의 키를 잡은 선장의 판단과 경험에 전적으로 달려 있다.

디스마와 게스타가 감옥 밖에서 저지른 죄는 골고다의 십자가로도 결코 용서받을 수 없는 것이었다. 디스마는 강간과 존속살해, 방화치사에 대한 범죄를 순순히 인정했으나, 게스타는 살인과 약취유인, 강도상해, 폭력단체를 조직했다는 검사의 기소장에 격렬히 반박했다. 수많은 인권운동가가 사형제도를 폐지시킨 덕분에 그들은 자신들의 죽음을 유예시킬 수 있었다.

종신형을 선고받고 감옥에 수감되는 순간 죄수들은 마침내 피해의식이나 죄책감으로부터 해방된다. 간수들이 하루 종일 죄수들을 세심히 감시하고 그들의 욕망을 강력히 통제하고 있기 때문에 적어도 감옥 안에선 강간이나 방화, 살인사건은 거의 일어날 수 없으며 폭력단체를 구성한다고 한들 이권을 기대할 수도 없다. 그래서 감옥 안의 죄수들은 그저 자신의 권리를 빼앗기지 않기 위해 버둥거리는 소시민과 전혀 다르지 않다. 오히려 자신들의 갱생 의지와 인권을 파괴하고 있는 간수들이야말로 범죄자들이라고 그들은 주장한다.

하지만 디스마의 의견은 이와 달랐다. 인간은 태어날 때부터 이미 죄인이며 오직 그리스도에게 귀의하여 끊임없이 회개하는 방법으로 죄를 덜어낼 수는 있지만 완전히 없앨 수는 없다. 그건 마치 양피지로 된 책과 같다. 이미 적혀 있는 글자를 아무리 잘 지워내고 그 위에 새로운 글자와 문양을 채워 넣는다고 해도 흔적은 여전히 남기 때문에, 책을 읽는 자들은 행간에서 길을 잃을 수밖에 없다. 수많은 필경사들에 의해 수세기 동안 필사되어 전해져온 성서 또한 오류를 다분히 내포할 수밖에 없으므로 문자의 마업(魔業)에서 벗어나 하느님과 직접 대면하는 방법을 찾아야 한다고 그는 주장했다.

반면 게스타는 최종 변론의 순간까지도 자신의 무죄를 주장하면서, 자신의 무례한 행동 때문에 일어난 오해와 갈등을 제때에 현명하게 해결하지 못한 데 깊이 반성하고 있으며, 피해자를 직접 만나게 해준다면 자신과의 인연을 훗날 축복으로 여길 수 있을 만큼 충분히 변상하겠다고 약속했지만 배심원들을 감동시킬 순 없었다. 판사에게 욕설을 하고 배심원들을 협박했다는 이유로 법정모독죄가 추가됐으나, 법정모독죄와 종신형 중 어떤 형벌이 먼저 적용되는지 판사는 알려주지 않았다.

디스마와 게스타가 이야기하는 동안에도 선장 또는 항해사라고 불리는 남자는 토막잠을 자고 있었다. 그들에게 범선의 존재를 들킨 뒤로부터 그는 더욱 조급해졌다. 그래서 범선의 형태와 구조를 수시로 바꾸고 정박된 위치를 옮겼다. 하지만 무자비한 간수들에 의해 꿈밖으로 강제로 끌려나왔다가 수시간 뒤에 다시 꿈속으로 돌아가 보면 범선의 모든 것들, 즉 형태와 구조, 위치뿐만 아니라 재질과 냄새까지 이미 원래대로 되돌려져 있었다.

누군가의 개입 없이, 가령 제논Zenon과 같은 자의 궤변을 수긍하지 않고선, 결코 시간은 멈추거나 원래 자리를 향해 맴돌 수 없다.

디스마는 그 범선을 타고 세계의 오지로 돌아다니면서 성서 없이 말씀을 전파하려고 한다. 게스타는 그 범선 위에다 자신만의 국가를 세우고 세상의 모든 쾌락을 경험하고 싶다. 그래서 그들은 호시탐탐 그 범선을 약탈할 기회를 엿보고 있는 것이다.

고작 스물두 살밖에 되지 않은 게스타는 종신형의 의미를 정확히 이해하지 못한 게 분명하다. 너무 늙어서 석방이 된다면 낯선 세계에 적응하지 못하고 방황하다가 또다시 황망한 범죄를 저지르게 될까 봐 두려워 그는 어떻게든지 젊었을 때 이곳을 빠져나가려 한다. 그래서 선장이라고 부르는 남자가 토막잠을 자고 있을 때마다 그 옆에서 함께 잠을 청하면서 꿈과 꿈이 운하로 연결되고 범선이 그곳을 통과하여 자신에게 건너오길 기대했다. 하지만 스물두 살의 젊은이에게는 인내를 무기력으로 폄훼하는 경향이 있기 때문에 초조함을 견뎌내지 못하고 게스타는 매번 운하가 연결되기도 전에 잠 밖으로 튕겨져 나왔다. 잠든 선장의 안위나 지켜야 하는 불침번의 처지에 자괴감을 느꼈지만, 범선을 타고 탈옥하려는 의지마저 폐기한 것은 아니었으니, 범선의 위치를 확인하고 그것의 조종법을 배우기 전까진 선장의 배를 가를 순 없었다. 종신형의 축복 속에서 견뎌내지 못할 고통이 없다는 사실을 이해하기에도 스물두 살의 나이는 전혀 적합하지 않았다.

　게스타보다 서른 살 남짓 더 늙은 디스마는 종신형의 의미를 잘 알고 있지만, 그리스도가 약속한 기적을 굳건히 믿기 때문에 감옥 밖의 여생에 대한 계획을 버리지 않았다. 그는 그리스도의 신발과도 같은 선박을 악마들에게 빼앗기고 싶지 않았다. 그래서 토막잠 안에서도 밖을 들여다볼 수 있도록 구멍을 내고 게스타를 감시해야 한다고 항해사에게 충고했다. 그것을 디스마는 유다의 구멍Juda's hole이라고 불렀다. 원래 유다의 구멍이란 감방 밖의 간수가 감방 안의 죄수를 들여다보기 위해 뚫어놓은 것인데, 디스마에게 간수는 그리스도뿐이고 나머지는 모두 죄수였으므로, 자신의 생각이 틀렸다고는 전혀 의심하지 않았다.

　플라톤주의자인 항해사 또는 선장에게 현실은 이데아의 그림자에 불과하기 때문에, 꿈 안에 들어 있는 자가 구멍을 통해 꿈 밖을 들여다볼 수는 있어도 그 반대의 가정은 성립할 수 없다.

　디스마는 게스타에게만큼은 선교 활동을 하지 않았다. 게스타가 살아서 단 한 번도 성서를 읽어보지 않았을 뿐만 아니라 신앙을 기껏해야 감기약 정도로 여긴다는 게 표면적인 이유였지만, 디스마는 게스타가 저지른 죄악이 자신의 그것보다 더 잔혹해서 자신의 능력으로는 도저히 구원할 수 없다고 생각한 게 분명했다. 그래서 게스타 스스로 자신의 죄악을 덜어낼 때까지 거리를 두는 게 낫겠다고 판단했으리라. 짖는 개는 실제로 물지 않는다고 알려져 있지만, 누군가 짖는 개에게 그 사실을 끊임없이 인지시키지 않는다면 짖는 개는 인간을 물 수밖에 없다. 그렇다면 그건 결코 개의 잘못이 아니다.

게스타는 디스마를 병원균처럼 여기고 자신의 주위에 얼씬도 못하게 했을 뿐만 아니라 디스마가 머물 수 있는 공간까지 지정해주었다. 그리고 자신 앞에선 한마디도 하지 못하도록 명령했고 이를 어길 경우 부하를 시켜 가차없이 복수했다.

그래서 선장 또는 항해사라고 불리는 남자는 디스마와 게스타 사이를 오가며 각자에게서 들은 이야기를 마치 자신의 이야기인 듯 들려주어야 했다. 태양과 달이 힘의 균형을 유지하게 되면서 비로소 지구에 질서가 생겨났듯이, 범선을 두고 약탈자들 사이 팽팽한 긴장감이 자신의 안위를 보장해줄 것이라는 기대는 조금도 어긋나지 않았다. 그렇다고 약탈자들 몰래 범선을 제 몸이나 꿈속에서 제기하려는 시도를 멈춘 것은 결코 아니었다.

가지런히 쌓여 있는 블록들을 무너뜨리지 않고 가운데 블록 하나만을 감쪽같이 제거하는 방법은 관성을 활용하는 것이다. 익숙한 상태를 영원히 유지하려는 것들은 찰나에 틈입한 자극에 유연하게 대처할 수 없다. 그러므로 기둥에서 블록 하나를 골라 나무망치로 타격하는 순간만큼은, 결코 시간이 어느 곳으로도 흘러가지 않으며 결과가 원인보다 앞선다는 주장을 굳게 믿어야 한다. 조금이라도 머뭇거린다면 영원히 실패하고 말 것이다. 한꺼번에 결과에 이르려고 하지 말고 결과에 닿기까지의 시공간을 무한하게 쪼갠 다음 단 하나의 조각에만 완전히 도달하려고 노력하라. 그러면 관성에 의해 나머지 조각들에 차례로 도달할 수 있을 것이고 나중에 모든 조각들이 하나로 뭉쳐져 확실한 결과로 완성될 것이다. 이것은 베르그송[9]의 주장에 가깝다.

게스타처럼 자존감이 강한 자들은 외부의 자극을 감지한 즉시 방어기제와 균형감각을 총동원하여 원래의 상태를 지켜내려고 애쓴다. 하지만 과도한 반응은 오히려 내적 긴장감을 증가시켜 결국 단두대 위에 자신을 세운다. 변화란 임계점 부근에 분포해 있는 2퍼센트를 조정하여 49퍼센트의 소수를 51퍼센트의 다수로 만드는 과정에 불과하다는 사실을 이해하지 못한다면, 설령 역사의 거대한 파도가 지나간 폐허 위에서도 전후의 차이를 전혀 알아차릴 수 없다.

하지만 디스마는 나비 한 마리가 일으킬 수 있는 재앙에 대해 잘 알고 있을 뿐만 아니라, 종신형이 영생을 방해하게 될까 두려워한다. 그래서 그는 인간의 죄는 육신에서 비롯되

---

9   제논의 역설을 부정하기 위해, 앙리 베르그송은 무한히 쪼갤 수 없는 운동의 개념을 제시한다.

는 것이지 영혼과는 무관하다는 사실을 증명하려고 애쓴다. 인간의 영혼은 전지전능한 자의 숨결에서 시작되는 것이기 때문에 결함이 있을 수 없다는 게 그의 논리이다.

만약 선장 또는 항해사라고 불리는 남자가 골고다의 십자가 위에 매달려 있던 그리스도였다면, 디스마보단 게스타에게 낙원과 영생을 약속했을 것이다. 죄를 모르는 자는 얼마든지 교정할 수 있지만, 죄를 수긍하지 않는 자에겐 영원한 파멸뿐이다. 게스타의 즉물적인 사고와 행동은 무지에서 비롯됐지만, 디스마의 부드러운 혀는 결코 자신 이외의 주인을 섬기지 않을 것이다. 그들이 살아서 저지른 범죄의 경중은 용서와 구원에 아무런 영향을 미치지 않는다.

디스마는 최종 선고를 받자마자 천주교의 신부에게 고해성사를 하고 반년 동안의 입문교육을 거쳐 세례를 받았다. 성서의 내용에 너무 감명받은 나머지 누구의 방해도 받지 않고 그것을 완독할 수만 있다면 기꺼이 독방을 선택하겠노라고 공언할 정도였다. 그의 긍정적인 변신은 교정당국의 존립이유를 납세자들에게 홍보하는 데 큰 도움이 됐다. 하지만 츠빙글리[10]의 종교개혁 방법을 두고 신부와의 몇 차례 격렬

---

10   울리히 츠빙글리는 스위스의 종교개혁가로 마르틴 루터의 영향을 받아 면죄부의 기능을 부정하고 성서 중심의 교리를 펼쳤다. 개신교도들로 이루어진 군대를 이끌고 가톨릭교도들과 카펠 지역에서 전쟁을 벌이다가 사망했다. 루터는 츠빙글리의 악수를 거절했다.

한 논쟁을 벌인 뒤 그는 이내 기독교로 개종했다. 거기서 그는 전도 활동의 역동성에 깊이 매료됐다. 동료들 앞에서 자신이 저지른 죄를 인간의 원죄에 섞어 희석하고 자신의 종신형을 목회자의 성스러운 숙명으로 해석하면서부터, 자신이 감옥과 천국 사이에 머물고 있다고 확신하게 됐다. 그는 무슬림이나 불교신자, 힌두교도 들의 종교행사를 방해하고 그들의 경전들을 공개적으로 훼손한 벌로 40일 동안의 독방 신세를 졌다.[11] 독방의 벽에서 그는 하느님의 문장을 발견했다고 주장했다. 그러고는 독방에서 나오자마자 교정당국이 공인한 기독교 종파마저 탈퇴하더니 16세기 독일에서 유행했던 문맹파abecedarians의 부활을 선언했다. 그는 원죄마저 부정하고 유아세례와 교회에 대한 국가의 간섭을 분명하게 반대했을 뿐만 아니라, 성서는 하느님의 고귀한 말씀을 담고 있는 책이 아니라 그저 고귀한 말씀을 그대로 비추어주는 책이기 때문에, 어떤 종이에 어떤 문자로 기록된 문장도 하느님의 이야기를 오독할 수 있다고 주장했다. 그래서 성서마저 버리고 오직 기도와 꿈을 통해서만 하느님과 직접 소통하려

11   그리스도가 40일 동안 황야에 머물면서 사탄의 유혹을 견뎌냈다는 사실과, 죽음에서 부활한 뒤 40여 일 동안 세상에 머물렀다는 사실을 연상시키기 위해 디스마는 치밀한 계획을 세웠다. 2주이상의 독방형은 법으로 엄격히 금지되어 있었으나 갖가지 기행을 저지르며 기어이 40일을 채웠다. 하지만 교정당국의 서류에는 39일로 기록되어 있다.

고 했다. 그는 하루가 멀다 하고 교정당국을 찾아가 자신과 같은 소수 종교인들을 위한 공간을 할당해달라고 요청했고, 거절을 당할 때마다 이틀 정도 단식투쟁을 시도했다가 슬그머니 그만두었다.

글을 이미 깨친 자가 한순간에 문맹이 될 수 없음에도 불구하고, 굳은 믿음에 따라 문맹처럼 행동하는 죄수를 통제하는 건 쉽지 않았다. 만약 교정당국이 디스마의 신념을 묵인한다면, 훗날 다른 죄수들도 이런저런 신념을 앞세워 맹인이나 귀머거리, 벙어리가 됐다고 우기면서 형법으로 정해놓은 노역을 거부하는 한편 자신의 정상적인 생활을 도와줄 조력자를 요청할지도 몰랐다. 교정당국은 감옥 내에서 일체의 종교 활동을 금지시키는 규정까지 검토했다가 후원단체들의 반발로 폐기했다. 하는 수 없이 교정당국은 전염병이 창궐했을 때를 대비하여 만들어둔 절차에 따라 디스마의 생각과 행동을 더 좁은 공간에 가두는 수밖에 없었다.

그런 일련의 탄압은 디스마를 열네번째[12] 제자의 위치까지 격상시켰다. 이에 고무된 디스마는 가끔씩 이렇게 중얼거

12 프랑스 사람들은 어쩔 수 없이 13명으로 식탁을 채워야 할 경우, 악마가 그 행복한 시간을 망치지 못하도록 14번째 손님인 콰토르지엠quatorzième을 고용해서 옆에 앉힌다. 그는 음식의 주인들이 나누는 이야기에 전혀 개입하지 않을 뿐만 아니라, 음식을 축내서도 안 된다. 요즈음은 사람 대신 반려동물이 대용되는 경우가 늘어나고 있다.

렸다.

"행함이 없는 믿음은 그 자체가 죽은 것이라."[13]

야곱의 사다리를 타고 올라가 하느님과 대면하는 꿈을 기대하며 잠자리에 들지만 매일 땀으로 번들거리는 악몽과 자괴감 속에서 깨어나는 디스마로선 항해사라고 불리는 남자에게 질투심을 느끼지 않을 수 없었다. 그래서 같은 꿈을 매일 꿀 수 있는 방법을 알아내려고 항해사 주변을 자주 기웃거렸지만 별다른 소득이 없자 나중엔 그의 꿈속으로 직접 들어갈 수 있는 방법, 그러니까 현실과 꿈 사이에 운하를 놓는 방법을 궁리하기에 이르렀다.

만유의 주인은 하느님이다. 그가 창조해낸 모든 것은 똑같은 목적과 의미와 가치를 지녔으므로 언제 어디서든 일대일 교환이 가능하다. 그러니까 양 한 마리를 받은 대가로 바늘 하나를 내주는 것은 전혀 부당한 거래가 아니다. 하물며 하느님의 진리를 일러주는 대가로 범선을 빌리는 것이 뭐가 문제겠는가. 인간은 아무것도 소유할 수 없으며 그저 잠시 빌려 사용한 뒤 후손이나 이웃에게 순순히 건네주어야 한다.

디스마는 범선의 항해사에게 자신의 신앙을 주입하려고 노력했다. 하지만 성서의 도움 없이 그리스도와 하느님의 존재를 이해시키는 것은 결코 쉬운 일이 아니었다. 목적을 달

13 『야고보서』 2:17~2:26.

성할 때까지 잠정적으로나마 문맹파의 주장을 철회하고 싶은 유혹에 수시로 빠져들었다. 그때마다 디스마는 스스로 신체적 고통을 가하고 견디는 방식으로 저항했다. 몸 곳곳에 남아 있는 기괴한 상처가 항해사에게 동정심을 유발했는지 아니면 공포심을 주입했는지 알 수 없으나, 적어도 경계심을 누그러뜨리는 데 도움이 됐다.

꿈꾸는 일이 기도하는 일만큼이나 신성한 의무라는 이야기를 디스마에게서 듣게 된 뒤로, 항해사는 범선의 존재를 긍정적으로 수용했다. 하지만 꿈과 현실의 경계를 모호하게 만드는 것이 악마와 디스마의 전략일지도 모른다고 염려하여, 그는 꿈속으로 들어가기에 앞서 디스마의 말과 행동들을 수첩에 꼼꼼히 기록해두었고 꿈 밖으로 나오자마자 그 기록과 꿈의 내용을 세심하게 대조해보았다.

게스타의 관심은 오로지 감옥의 구조와 벽의 두께, 틈새, 간수들의 숫자와 교대 시간, 감시 카메라의 위치 등에만 집중되어 있었다. 그래서 자신의 일상을 방해하지 않는 한 그에겐 동료들의 숫자나 죄명, 형벌 기간, 습관 따위는 전혀 중요하지 않았다. 하지만 디스마가 무슬림과 불교신자, 힌두교도 들에게 저지른 폭력에 대해 듣게 됐을 때만큼은 게스타도 흥분을 누를 수 없었다. 인류가 폭력을 발명하게 된 까닭이 종교 때문이라는 생각에 이르자 자신의 종신형이 부당하게 여겨지기까지 했다. 적절한 때를 보아 디스마에게 교훈을 일러주겠다고 공언했으나 실행에 옮기지는 않았는데, 자신의 죄를 더 늘리는 게 두려웠기 때문이 아니라, 죄수들이 간수들을 대신해서 스스로 감시하고 처벌하기를 은근히 기대하고 있던 교정당국을 실망시키고 싶었기 때문이었다. 하지만 그는 언젠가 범선의 선장에게 말했다.

"범선을 타고 여길 빠져나갈 때 저 미친 예수쟁이도 데리고 갈 거야. 여행 내내 갑판 아래 가둬두고 노를 젓거나 오크통을 나르게 하겠어. 그러다가 상어나 식인종을 만나게 되면 기꺼이 먹이로 내줄 거야. 하느님의 충복이 어떤 기적을 일으키는지 함께 지켜보자고."

하지만 게스타는 또다시 감옥의 구조와 벽의 두께, 틈새, 간수들의 숫자와 교대 시간, 감시 카메라의 위치 등에 정신이 팔려 범선과 디스마의 존재를 잊고 지냈다. 그러다가 한 달 뒤 큰비가 나흘 동안 쏟아졌을 때 다시 그것들을 기억해냈다.

비는 나흘 동안 단 1분도 멈추지 않고 쏟아졌다. 건물 안으로 밀어닥치는 물을 필사적으로 퍼내느라 누가 간수이고 죄수인지 구별할 수 없을 정도였다. 그들은 제 목숨을 지켜내기 위해 자발적으로 협력했다. 나란히 서서 양동이를 전달하던 게스타와 디스마의 모습에선 음모와 반목의 징후를 전혀 찾을 수 없었다. 선장 또는 항해사라고 불리는 남자는 채찍과도 같은 빗줄기를 맞아가며 담장 아래 물길을 내다가 문득, 지금이야말로 범선을 제거하기에 기적과도 같은 순간이라고 생각했다. 그래서 바닥에 드러누워 토막잠의 입구로 급히 들어갔다. 범선은 산 중턱에 멈춰 서 있었다. 하지만 이미 그것은 큰비를 피해 몰려든 생명체들로 몇 겹씩 둘러싸여 있어서 그는 범선 주위로 다가갈 수조차 없었다. 발은 점점 바닥으로 빠져드는데, 절벽 아래로부터 물이 차오르는 소리는 점점 가까워졌다. 조금만 버티면 배는 물 위로 떠오를 수도 있을 것 같았다. 하지만 물소리가 먼저 그를 덮쳐 산 아래로 힘껏 밀어냈다. 범선의 입구와 토막잠의 출구는 빠르게 멀어져갔다. 아홉 개의 구멍이 모두 막혀 생사를 확인할 수도 없었다. 그래서 남자는 마침내 자신의 죄가 죽음을 집행하려 한다고 생각했다. 전지전능한 신의 능력 앞에선 인간의 종신형조차 무의미하다는 허탈감이 관통하는 순간, 관성의 법칙을 거스르는 거대한 힘이 그의 몸과 영혼을 공중으로 들어올렸다. 버둥거리다가 겨우 정신을 차렸을 때 비둘기 대신 게스타가 보였다. 자신이 그리스도라면 디스마보다 게스타에게 낙원과 영생을 약속했을 것이라고 생각이 그를 살렸다.

채찍비는 멈추었다. 감옥은 절반 정도 파손됐지만 죄수들의 죄와 형기는 조금도 줄어들지 않았다. 대신 간수들의 숫자가 늘었다. 교정당국은 죄수들의 방을 재배치했다. 종신형의 죄수들은 독방을 사용하는 게 원칙이었지만 파괴된 시설을 복구할 때까지 서너 명의 죄수들이 하나의 방을 함께 사용해야 했다. 그리고 이틀 뒤 디스마가 같은 방의 동료들에게 집단으로 비역질을 당했다는 소문이 떠돌기 시작했다. 그다음 날 공교롭게도 교정당국은 디스마를 목사 서리로 임명했다. 그래서 디스마가 자신의 항문으로 신앙을 증명해 보였다고 수군거렸다.

선장 또는 항해사라고 불리는 남자는 의무실 침대 위에 누워서 다시 범선을 찾아 나섰다. 다행히 범선은 조금 기울어졌을 뿐 제자리에 머물러 있었으나, 돛이 부러지고 갑판의 널빤지가 군데군데 떨어져 나가서 대대적으로 수리하지 않고선 그것을 움직일 수 없을 것 같았다. 이젠 그것을 고치기 위해서 수백여 명의 일꾼들과 수십 톤의 장비들이 필요했다.

게스타는 범선에 이상이 없는지 여러 번 물었다.

하지만 목사 서리가 된 디스마는 더 이상 범선에 대해 묻지 않았다. 대신 그는 매번 "감사하는 것이 좋다"[14]라는 표현을 사용하기 시작했다. 그 이외엔 침묵하거나 동물의 언어로 울부짖었다. 일요일 오전 예배를 마치고 회당을 나오다가 복도에서 마주친 항해사에게 슬그머니 내뱉은 말 한마디가 인간으로서 디스마를 이해할 마지막 단서가 되리라고는 아무도 몰랐다. 디스마의 표정과 목소리는 악마에게서 나온 것처럼 기괴한 기운이 배어 있었다.

14   Bonum est confiteri.

"너의 범선은 우리 모두를 아켈다마Akeldama[15]로 이끄는 유다의 염소Judas Goat[16]인 게 틀림없어."

하지만 유다의 염소야말로 간수들이 아니겠는가. 교정당국에 의해 잘 훈련된 그들은 감옥에 갇힌 자들을 차례대로 교수대에 데려다준 대가로 월급을 받고 있으니까. 어쩌면 종신형은 간수들이 정년을 채우고 연금을 받기 위해 고안한 것이지도 모르겠다. 사형제도는 결코 그들의 안정된 연금을 보장해줄 수 없을 테니까. 그래서 그들은 수감자들의 죽음만큼은 신처럼 공정하게 다루고 있다고 선전하는 것이다.

선장 또는 항해사라고 불리는 남자는 그날 밤에도 어김없이 범선의 꿈을 꾸었다. 멀리서 보면 여느 바위와 구별할 수 없을 정도로 범선은 심각하게 파괴되어 있었고 시체 냄새를 맡은 맹수들이 주위를 어슬렁거리고 있었다. 흰머리독수리 떼에 쫓기다가 잠에서 깼다.

침수된 부엌의 벽에 페인트를 칠하면서 게스타는 범선과 자신의 여생을 숨길 곳으로 니카라과 호수를 지목했다.

---

15   유다는 그리스도를 팔고 받은 은화 30냥을 유태인 사제들에게 주었다. 사제들은 그 돈으로 예루살렘 남쪽의 땅을 사서 비유태인들을 위한 묘지를 만들었다. 그곳이 피의 땅이란 뜻의 아켈다마인데, 유다는 그곳에서 목을 매어 죽었다.

16   목동에게 잘 훈련된 염소는 무리를 이끌고 도축장에 들렀다가 홀로 돌아온다. 그러면 목동은 그에게 기름진 옥수수와 건초를 지급한다.

"그 호수는 어쩌나 넓은지 원주민들은 소금기 없는 바다 Lago Cocibolca라고 부른다더군. 상어와 황새치가 살고 있으니 그렇게 부르게 당연하지 않겠나? 선상생활이 지겨워지면 3백 개의 섬들을 차례로 돌면서 여생을 보낼 수도 있겠지. 머지않아 태평양과 연결하는 운하가 뚫린다고 하니 그것을 끌고 뭍을 가로질러 갈 필요는 없을 거야."

호수에 상어가 살고 있다는 사실이 게스타를 매료시킨 게 분명하다. 혹시 3백 개의 섬들 중에 식인 풍습을 지닌 원주민이 살고 있는 곳도 있지 않을까. 하느님의 기적을 직접 시험해볼 수만 있다면 십자가를 짊어진 디스마를 이끌고 기꺼이 그곳으로 가야 할 이유가 게스타에겐 있었다.

감옥의 외벽에 생겨난 틈새에다 시멘트를 채워 넣던 디스마가 갑자기 발작을 일으키고 쓰러졌다. 마치 격렬한 물살을 통과하는 것처럼 몸을 비틀어대면서 비명을 지르고 침과 오줌을 흘렸다. 옆에서 함께 일하던 동료들은 그것이 일종의 선교 활동이라고 간주하고 디스마가 의식을 잃을 때까지 돕지 않았다. 간수들이 급히 달려와 그를 업고 의무실로 옮겼다. 그는 이틀 뒤에 깨어났으나 더 이상 자신이 저지른 죄악과 현재에 도착하게 된 과정을 전혀 기억하지 못했다. 그의 몸속은 텅 비어 있어서 바람이 불어올 때마다 소리가 울렸다. 가끔 찾아오는 발작만이 그가 아직 인간의 영역에 머물고 있다는 사실을 확인해주었다. 그래서 그는 교정당국으로부터 노역과 사목의 의무를 면제받았다.

이제 선장으로만 불리게 된 남자는 한때 코카인을 제조하고 판매한 적이 있기 때문에 디스마의 발작을 어떻게 통제할 수 있는지 잘 알고 있지만, 감옥에 갇혀 있는 이상 속수무책이었다. 천식 치료용 알약 몇 개만 구할 수 있더라도 디스마에게 가짜 천국의 위안을 제공할 수 있겠지만, 천국은 늘 꼭대기에 모여 있는 반면 지옥은 바닥에 넓게 펼쳐져 있고, 일단 수직으로 비상하여 꼭대기에 다다른 인간은 반드시 추락하게 되어 있으므로, 지속적으로 천국을 보여줄 수 없다면 애당초 천국이나 지옥 따윈 존재하지 않는다고 이해시키는 게 훨씬 낫다고 남자는 생각했다.

하긴 그에게 코카인을 처음으로 주문했던 이탈리아 여자도 그를 캡틴 가가린[17]이라고 불렀다. 그러니까 그의 코카인 덕분에 그녀는 자아 밖으로 탈출하여 몰윤리의 무중력장 속에서 잠시나마 절대자유를 만끽했던 것이리라. 하지만 그녀 역시 지금은 지옥에 머물러 있으면서 무책임하게 자취를 감춘 그들을 원망하고 있을 것이다. 아니면, 그녀가 직접 캡틴

17 　유리 알렉세예비치 가가린은 보스토크 1호에 올라타 1시간 48분에 걸쳐 지구를 한 바퀴 돈 다음 귀환했다. 최초의 우주인이라는 자격을 두고 여전히 논란은 있지만, 우주선에서 진급한 최초의 군인이라는 명예만큼은 부정할 수 없다. 지상을 떠난 가가린 중위는 가가린 소령이 되어 지상으로 내려왔다.

가가린이 되어 코카인을 제조하고 있을 수도 있다. 가가린은 신의 영역에 들어가본 최초의 인간이 아닌가. 그를 따르면 인간을 굴복시킬 사건이라곤 고작 자신의 죽음뿐이다.

감옥 밖에서 저지른 명백한 죄 덕분에 그는 가가린의 불행한 종말조차 두려워하지 않게 됐다. 그런데 왜 우주선이 아니라 범선이 끊임없이 그의 꿈에 등장하는 것일까.

그제야 비로소 범선이 최초로 그에게 들어온 순간이 떠올랐다. 이탈리아 여자는 감사의 뜻을 전하기 위해 엽서 한 장을 알프스의 오두막까지 보내왔다. 여름 한낮의 분수를 찍은 사진이 한 면에 인쇄되어 있었다. 분수대 중앙엔 거대한 청동 조각상이 세워져 있었는데, 바닥에는 손목이 잘린 남자가 엎드려 있고, 그 옆에 물개와 물고기가 무심한 표정으로 머리를 쳐들고 있으며, 두 명의 여신들이 젖가슴을 드러낸 채 범선을 어깨로 밀어올리고 있었다. 그리고 갑판 위에 서 있는 남자는 잘린 손목을 던지려 했다. 이탈리아 여자는 엽서가 배달되는 동안 그 손목이 누구에게 날아가지 않도록 붉은 볼펜으로 동그라미를 여러 겹 둘러놓았다. 그러고는 그 조각상이 네덜란드어로 '손목을 던지다'라는 뜻인 안트베르펜 지명의 유래를 설명하고 있다고 엽서에 적었다. 분수 아래에서 반사된 햇볕이 너무 따갑다는 말로 소식을 끝맺었다. 그는 문장의 행간을 정확히 이해하기 위해 그곳의 역사가 기록된 책을 읽었다.

안트베르펜 도시를 가로지르는 스헬데Schelde강에 거인이 살고 있었다. 그 거인은 강을 건너려는 사람들에게 터무니없이 비싼 통행료를 요구하고 이를 지불하지 못하는 자의 손목을 잘라 강에다 던져버렸다. 그곳을 지나게 된 로마의 군인이 시민들을 위해 거인을 죽이고 손목을 잘라 복수했다. 그 뒤로 그곳은 손목을 던지는 곳으로 불리게 됐다고 적혀 있었다.

그러니까 이탈리아 여자는 자신의 목덜미를 쥐고 있던 손목을 잘라 던지면서 해방을 선언했던 것이다. 그리고 남자에게도 결단을 요구했다. 하지만 남자는 알프스 봉우리만큼이나 고독한 일상을 벗어날 용기가 없었다. 그러다가 며칠 뒤, 우연의 일치라고 단정하기에도 너무 황망할 정도로, 그에게서 수전증세가 나타나기 시작했다. 더 이상 미세한 작업을 계속할 수 없었다. 불면은 허기보다 더 고통스러웠고 밤과 낮을 구분할 수 있는 감각이 마비됐다. 칠흑 같은 밤이 몇 번 반복된 뒤에 중무장한 한 무리의 사내들이 그의 오두막으로 들이닥쳤다. 그는 잠옷 차림으로 체포됐지만 너무 크고 무거운 공포에 가슴을 짓눌려 1분 여 동안 가사(假死) 상태에 빠져들었는데, 그때 손목이 잘린 남자가, 또는 젖가슴을 드러낸 두 명의 여신들이 급히 그의 몸속에서다 범선을 숨겨놓았을 수도 있다. 감옥에 도착했을 때 수전증과 가슴 통증은 씻은 듯 사라지고 없었다.

만약 디스마가 범선을 약탈하려는 의지를 스스로 거세했다면 범선을 둘러싼 힘의 균형은 이미 깨어졌을 것이고 게스타는 범선의 상태를 곧 알아차렸을 것이다. 유감스럽게도 이곳에는 게스타의 좌절감과 분노를 감시할 유다의 구멍도, 그것들을 능숙하게 다루어 창살 안에 가둘 유다의 염소도 없다.

급격히 부식되기 시작한 범선을 수리하기 위해 선장은 식사 시간까지 아껴서 꿈속으로 드나들었다. 하지만 범선이 처박혀 있는 산 중턱 부근에선 일꾼은커녕 인기척조차 찾을 수 없었기 때문에 밀림을 헤치고 산 아래로 내려가야 했다. 그리고 마침내 원주민들이 살고 있는 마을을 발견했다. 흰 피부와 노란 머리카락을 지닌 불청객의 등장에 원주민들은 극도의 경계심을 드러내 보였다. 비록 언어와 역사와 생활방식은 달라도 불가사의한 자연현상이나 사건에 대처하기 위해 전지전능한 존재를 상정하는 인간의 방식은 동서고금을 막론하고 다르지 않을 것이기 때문에, 자신과 범선을 전지전능한 존재의 메신저로 믿게 만든다면, 범선을 고치고 그것을 옮기는 데 도움을 얻을 수 있을 것 같았다. 물론 신뢰를 얻는 데까진 시간이 필요했는데, 학살과 파괴의 역사가 그들을 더욱 움츠리게 만들었을 것이다. 말을 건네기는커녕 호의의 제스처를 보이기도 전에 선장은 여러 차례 꿈 밖으로 튕겨져 나오고 말았다. 하지만 다행히 토막잠을 잘 때마다 꿈의 내용은 정확히 반복됐고 그때마다 그들의 적의가 호기심으로 바뀌고 있다는 사실을 감지할 수 있었다. 다만 마을 입구로 모여드는 원주민들의 숫자가 매번 줄어들고 있어서 선장은 점점 초조해졌다.

그래서 그는 어느 날 몇 채의 가옥에 불을 질렀다. 하지만 그의 기대와는 달리 원주민들은 산 중턱으로 올라가지 않고 산 아래로 몰려갔다. 또 한 번은 큰비를 뿌렸더니 원주민들은 큰 나무 위로 올라가 몸을 묶고 버텼다. 가뭄을 일으키자 그들은 서로를 잡아먹는 방법으로 마을을 지켜냈다. 천연두 균을 살포한 것은 치명적인 실수였다. 원주민들의 절반 이상이 잠자리에서 죽었다. 시체에서 흘러나온 악취 때문에 그는 며칠 동안 두통을 앓아야 했다. 거짓 신과 선교사 들을 보낸 적도 있었지만 그들은 모두 살해당했다. 메뚜기 떼를 풀어 마을의 식물들을 모두 없앴을 때야 비로소 원주민들은 사냥 채비를 하고 산을 오르기 시작했다.

선장은 마지막 사냥꾼까지 자신의 눈앞으로 지나가는 걸 물푸레나무 뒤에 숨어서 참을성 있게 기다렸다가 손에 쥐고 있던 줄을 힘껏 당겼다. 허공에서 그물이 쏟아져 수십 명의 원주민들을 가두었다. 거세게 버둥거리던 그들이 기진맥진 해지자 선장은 갈릴리 호수의 어부처럼 그물을 천천히 끌어 당겼다. 하지만 빈 그물을 끌 때처럼 무게가 전혀 느껴지지 않았다. 그림자와 같은 그들은 망치조차 손으로 들어 올릴 수 없어 보였다. 발목에 차꼬처럼 매달린 절망감에 질질 끌면서 잠에서 빠져나왔다.

그제야 선장은 「피츠카랄도」에 인용됐던 이 대사를 정확히 이해할 수 있었다.

"그들은 현실을 환상이라고 믿고 실제 세계는 꿈 안쪽에 있다고 생각하지요."

유다의 염소와 같은 범선을 자신의 몸속에서든지 꿈속에서든지 꺼내지 못한다면 종신형이 보장해준 안락한 인생은 더 이상 그의 몫이 될 수 없을 것 같았다. 그래서 선장은 디스마를 찾아가 거짓으로 신앙 고백을 했다. 그러고는 디스마의 첫번째 제자가 됐다. 세례식을 진행하는 내내 디스마의 표정은 결코 밝지 않았다. 마치 자신의 운명이 적혀 있는 편지를 이미 읽은 벨레로폰 같았다. 하지만 디스마라면 성서에서 그럴듯한 문장 하나를 찾아내어 인과와 당위를 설명할 수 있을 것이다.

선장의 개종 소식을 듣고 게스타는 배신감으로 몸을 떨었다. 그래서 여러 명의 추종자들을 로마군처럼 거느리고 빌라도처럼 찾아왔다. 게스타 손엔 칼 한 자루가 들려 있었다. 하루 종일 죄수들의 행동을 감시하고 소유물을 통제해야 할 간수들은 단 한 명도 보이지 않았다. 아마도 죄수들이 간수들을 대신하여 스스로 감시하고 처벌하는 광경을 교정당국은 숨어서 지켜보고 있었으리라. 선장은 디스마의 그림자 속으로 바울처럼 재빨리 숨었지만 그림자는 너무 좁고 투명했다.

"지금 당장 범선을 내 눈앞에 꺼내놓지 않으면, 몸을 갈라서 그걸 꺼내겠어."

선장은 엉겁결에 이렇게 대답했다.

"큰비가 내리던 날을 기억하나? 그때 네가 날 살려주었지. 그때 내 목숨과도 같은 범선이 네 몸속으로 옮겨갔다네. 넌 마음만 먹으면 언제든 그걸 타고 탈옥할 수 있지만 아직 그걸 모르고 있어서 안타까울 뿐이야."

"거짓말이라면 그걸 네 유언으로 간주하겠어."

게스타가 벤치 위에 드러누워 토막잠을 청하는 동안 그의 추종자들은 어깨를 맞대어 콜로세움을 세우고 그 안에 디스마와 선장을 가두었다. 30분쯤 뒤에 게스타가 잠에서 깨어났다.

"젠장, 이 빌어먹을 예수쟁이에게 범선을 뺏기고 말았어."

곧이어 디스마가 그리스도처럼 끌려나왔다.

"지금 당장 범선을 내 눈앞에 꺼내놓지 않으면, 네 몸을 갈라서 그걸 꺼내겠어."

디스마는 선장과 게스타의 표정을 번갈아 쳐다보더니, 마치 이런 상황을 예상했다는 듯이 지그시 눈을 감았다. 그러고는 흙바닥 위에 손가락으로 이렇게 썼다.

"이곳에서 범선에 포함되지 않는 곳을 가르쳐주면 내가 너를 그 밖으로 나가게 해주겠다."

게스타와 추종자들의 발길질이 파도처럼 반 시간가량 이

어졌다. 그들은 선장과 디스마가 종신형을 선고받고 있기 때문에 결코 죽일 수 없다는 사실을 잊은 게 분명했다. 속수무책인 자는 선장과 디스마가 아니라 그들을 개종시킨 주인이었다. 기적을 기대하기도 어려울 정도로 그들의 몸과 마음은 만신창이가 됐다.

그때 갑자기 망루에 서 있던 간수 한 명이 급히 소리쳤다.

"저기 물기둥이 보인다."

길게 사이렌이 울렸다. 그러자 간수들은 일제히 철창의 문을 열고 죄수들을 모두 운동장으로 끌고 나왔다. 교정당국의 최고 책임자가 망루로 올라가 확성기에 대고 말했다.

"이곳으로 곧 성스러운 물기둥이 도착할 것이다. 그러면 너희들은 마침내 죽음을 맞이하게 될 것이다. 인간이 인간에게 사형 대신 종신형을 선고한다는 발상 자체가 크나큰 실수였음을 이제야 고백하겠다. 죄를 지은 너희들은 안락한 삶을 사는 데 정작 죄를 짓지 않은 우리들은 너희들의 죄를 관리하느라 너무 고통스러웠다. 그래서 우리는 정의를 실현하기 위한 방주를 띄웠다. 자연재해로부터 우리만 살아남았다고 한들 과실치사 이상의 책임을 추궁받진 않겠지. 우린 마침내 정상적인 시간을 되찾게 될 것이고, 너희들을 대신해서 평생 세금을 내야 하는 시민들도 우리의 정의로운 행동을 이해하게 될 것이다. 그래도 행운을 빌어주겠다. 누구에게든 기도할 시간은 좀 남아 있을 테니 마지막 기회마저 포기하지 않길 바란다. 육지에 묻을 수 없는 폐기물들을 우리는 꾸준히 바닷속에 버리고 있음을 기억해라."

교정당국의 최고 책임자가 작별인사를 하는 동안 간수들은 이미 은밀하게 운동장을 빠져나갔다. 그리고 미리 준비해 둔 서너 대의 헬리콥터에 올라 감옥 주변을 두 바퀴 선회한 뒤 사라졌다. 죄수들은 폭동이라도 일으킬 듯 크게 동요하면서 자신들의 죄가 더 이상 스스로를 구할 수 없게 된 현실에 분노하다가 절망했다. 담장을 부수고 물 위로 뛰어내리는 것이 생존에 유리한지, 아니면 오히려 담장을 더욱 높이 쌓고 배 안쪽으로 기어들어가는 것이 나은지 판단할 수 없었다.

그때 선장은 자신의 옆구리에서 날카로움과 피의 뜨거움을 동시에 느끼며 쓰러졌다. 몸속으로 물소리와 함께 잠이 몰려들었다. 산 중턱에 처박혀 있던 범선이 천천히 움직이기 시작했다. 선장은 의식을 잃기 전에 범선 위로 오르려고 하다가 누군가의 발에 짓눌려 꼼짝할 수 없었다. 간신히 위를 올려다보았을 때 거기에 누군가 서 있었는데, 눈동자를 도려낼 듯 강렬한 빛 때문에 그가 게스타였는지 디스마였는지 구분할 수 없었다. 하지만 만약 시간이 브라운 운동으로 움직인다면 선장은 시체가 된 이후로도 살인자의 얼굴을 똑똑히 기억했을 것이고 살아 있었을 때 이미 살인자에게 복수했을 게 분명했다.

스페인

에스메랄다
블랑카

EUROPEAN

READING

METHOD

투명한 샬레(에덴)의 배양액(로고스) 속 한 마리의 짚신벌레(아담)는 너무 외로워서(괴로워서) 체세포분열(창조)을 통해 자식이자 아내(이브)를 낳고(잃고), 자식(어머니)은 또 우울해서(나른해서) 자식이자 형제(카인, 아벨, 셋)로 분열하고(숨기고), 그 자식은 또 다른 자식이자 형제이자 손자(에녹, 에노스)로 변신하고(버리고), 급기야 무력감(미필적고의)은 주기적(모멸적)으로 불어나 시공간(성경)을 가득 채우며(파괴하며),

프로테스탄트적 윤리가 성욕을 억제하지 못한다면 굶주린 사람들의 악덕도 기하급수적으로 불어날 것이라고 위협한 경제학자 맬서스의 저주처럼,

우루과이의 카넬로네스Canelones에서 와이너리를 운영하는 백인 산토스—독일 이름으로는 슈미츠—도 비슷한 이야기를 들려주었는데, "굳이 신의 도움을 받지 않더라도, 인간은 스스로 개체 수를 조정하고 유지할 능력을 지녔소. 역사가 이를 증명해주지. 다만 문명인과 야만인의 불균형이 걱정이오. 게다가 야만인이 문명인 행세를 하고 있어 문제라오. 그래서 나는 와인 판매 수익의 일부를 매년 미국 민병대에 기부하고 있소. 그들은 지금 라이베리아의 혁명을 지원하고 있는데, 성공하면 나는 그곳에다 포도밭과 와이너리를 건설하고 그곳 사람들에게 문명의 달콤한 열매를 맛보게 해줄 작정이오. 그러고 나면 아프리카는 스스로 해방될 것이라 의심하지 않소."

코앞까지 들이닥친 해방(낙원 추방)은 미국 민병대의 아킬레스건(전투 비용) 덕분에 유예되고, 평화(환멸)를 유지할 숫자만큼의 자식들(시체들)만 샬레(연옥) 안에 살아남아서 역사(혼돈)를 찬양하기(모독하기)에 이르러,

러시아의 전통은 보드카와 어울리고, 라키는 터키와 그리스 사이의 국경을 지웠으며, 프랑스혁명이 벨기에의 수도원 맥주를 발명했고, 스코틀랜드인은 위스키의 명성으로 굴종의 역사를 견뎌냈는데, 멕시코의 독재자들이 하나같이 테킬

라 속에서 태어난 반면, 아바나에 주둔한 미군에 의해 쿠바 리브레Cuba Libre가 발명됐다는 사실은 알려지지 않아서, 자유 쿠바를 제조하려면 럼 45밀리리터, 라임 주스 10밀리리터, 콜라 100밀리리터, 얼음, 레몬 조각이 항상 필요하고,

카리브 바다의 태양과 바람과 습기 속에서 자라나, 한때 아프리카 노예 출신이었던 농부들에 의해 수확되고, 노동자들의 무거운 침묵과 미끄러운 손끝에서 완성됐으나, 시에라 마에스트라Sierra Maestra 산속에서 아바나까지 행진해온 17명 털북숭이들Barbudos에 의해 해방되기 전까진, 그저 차별과 권태의 산물이었던 쿠바산 시가 중에서도, 피델 카스트로의 여섯번째 손가락이라는 코이바Cohiba보다는 체 게바라의 사진 속에서 영원히 타오르고 있는 몬테크리스토Montecristo가 한낮의 고독과 더욱 잘 어울린다고 알려져 있어서,

2월 11일, 수요일, 오후 3시 25분, 아르헨티나 우수아이아, 세상의 끝Fin del Mundo, 서경 68도 18분, 남위 54도 48분, 실외온도 영상 5.7도, 실내온도 영상 17.2도, 카페 콘데사를 떠나기에 앞서,

얼음, 레몬, 자유, 소금, 혁명, 엽서, 볼펜, 땅콩, 몽상, 재떨이, 얼음, 자유, 레몬, 혁명, 냅킨, 볼펜, 허기, 엽서, 땅콩, 자유,

레몬, 연기, 소금, 침묵, 볼펜, 안경, 엽서, 자유, 얼음, 노동, 얼음, 레몬, 소금, 상처, 엽서, 시계, 윤리, 추신: 인간은 신의 개체 수를 줄일 수 있는 능력을 지녔다는 사실을 명심하시오!

주소도 없이, 모국어에 능욕당한 엽서 한 장을 서가의 책갈피에 끼워두고, 주머니에 평화La Paz라고 부르는 동전 하나와 빈 하이볼 글래스, 반쯤 타다 만 몬테크리스토 한 개비만을 남긴 채, 카페 콘데사의 모든 강박에서 벗어나, 남극이라는 관념을 향해 5분쯤 걸어가자, 덜 마른 콘크리트 벽 같은 안개가 풍경을 지우고 추억을 봉쇄하더니, 뱃사공이 서 있는 곳에 이르자 중력마저 사라지고, 끼기긱, 양모로 짠 해먹 같은 거룻배를 전진시키면서, 쩝쩝, 게걸스레 평화를 혀로 핥는 카론 때문에 M에게도 문명과 야만을 구분할 기준이 필요해졌으나, 발가락 하나 움직일 의지조차 마비되어, 겨우 그의 뇌수 속에서 배양을 시작한 건,

죽은 자의 혈관 속 같은 323번 국도, 치통처럼 아릿한 햇빛, 갓 구운 식빵 속 같은 비닐하우스, 수은 온도계 안에 갇혀 있는 붉은 부표, 파랑주의보가 내려진 이랑, 종이 상자를 들고 도착한 여자, 신발 크기보다 작은 핏자국, 그보다는 훨씬 분명한 신음 소리, 공중에서 고름처럼 터지는 토마토, 악보의 가장 높은 줄에 가까스로 걸리는 비명, 피비린내 속에

서 발견된 아이, 자궁 밖의 또 다른 자궁, 밀물처럼 멀리서부터 차오르는 거름 냄새, 플라멩코 가락을 끌고 나타난 촌부(村婦), 제 꽃그늘까지 벗어던지고 도망치는 꽃뱀, 악보의 가장 낮은 줄에 가까스로 걸리는 숨비소리, 고삐 없이 달려가는 언어들, 감정의 우기 때마다 습관적으로 드러나는 폐광, 소금물이 흘러나오는 사발젓, 울음으로도 채워지지 않는 허기, 산 자들에게 죽음의 영역을 알려주는 사이렌, 비극에 잘 훈련된 구급대원의 낡은 표정, 링거 병에 연결된 투명 탯줄, 이 빠진 늙은이들이 기억하는 흉흉한 소문들인데,

외쿠메네Ökumene[1]와 안외쿠메네Anökumene[2] 사이로 강처럼 흐르는 한계선들, 이를테면 경작한계선이나 고도한계선이 신의 거처를 보호해주던 시대는 끝이 나고, 재앙과도 같은 과학의 유행으로 오만해진 인간들이 강을 건너가 미래를 약탈하기 시작하면서, 극지와 사막과 밀림과 고산지대에 겨우 남아 있던 낙원마저도 상하수도와 고압전선의 격자무늬로 채워지자, 엘도라도를 찾아 나선 약탈자처럼, 살인자를 뒤쫓는 사복 경찰들이 나타났으니,

1   거주 지역.
2   바다나 사막, 밀림, 고산지, 극지처럼 인간이 거주할 수 없는 지역.

남극이라는 관념에 가까워질수록 안개는 해먹을 좌우로 더욱 세차게 흔들어대고, M의 뇌수 속을 심해어처럼 느리게 흘러 다니는 통증 사이에서, 전생과 관련된 회한이 잠시 암초처럼 드러나는데, 난파 직전의 생을 반추할 단서라곤 아홉 구멍 속에서 흘러나온 몇 밀리그램의 진물이 고작일 뿐,

비닐하우스 근처의 야산에 고라니처럼 숨어서 탯줄을 몸 안에 밀어 넣었을 산모와, 배고픈 아이에게 빈 젖을 물린 채 발을 동동거리다가 허리가 굽어버린 촌부와, 청과물 도매가게의 여주인처럼 억척스럽게 아이들을 실어 나르던 고아원 원장 사이에, 투명 탯줄처럼 연결되어 있는 것도 323번 국도, 에스파냐 국토 전체를 인간의 몸에 비유하자면 그것은 하지동맥과 같아서, 그것을 따라 목숨이 흘러가는 최고 속도는 시속 80밀리그램이고,

어미는 겨우 초경을 시작한 나이였거나, 아슬아슬한 불륜으로부터 위안을 구걸하는 처지였을지도 모르고, 허기를 성욕으로 채우는 자들 때문에 악덕이 횡행한다고 믿는 맬서스주의자들의 감시를 피해, 날마다 부풀어 오르는 자궁은 복대로 옮죄고, 폭풍우 같은 입덧이 몸뚱이를 갈기갈기 찢고 있는 동안 기껏해야 박하사탕이나 혀로 굴리고 있었을 터라, M에게 처음이자 마지막으로 젖을 물리면서, 손에 잡히는 토

마토를 두어 개 따서 허겁지겁 삼키다가, 토마토를 수확해
야 하는 촌부의 갑작스러운 출현에 놀라 차마 앞섶도 여미지
못한 채, 배내옷은커녕 신상에 대한 최소한의 정보조차 남길
겨를도 없이 갓 구운 식빵 속을 황망히 빠져나가면서, 캑캑,
연신 밭은기침을 쏟아냈으나, 목구멍에 걸린 토마토를 끝내
뱉어내지 못했으니,

  M의 심장은 혈관을 따라 쉼 없이 토마토 두어 개를 굴리
고, 4분의 2박자, 피아니시모, 크레셴도crescendo, 단조의 선
율로, 그것이 지나간 곳마다 생의 징후가 잠시 불끈거리지
만, 하지동맥 부근에 숨겨진 유전적 함정에 빠져 굴리기를
멈춘다면, 한쪽 다리가 썩기 시작하여 그의 일생도 한쪽으로
급격하게 기울이고, 제 몸을 토마토처럼 굴려 죽음의 입구를
통과하기 전까지, 잘라낸 다리의 길이만큼 차오르는 환지통
(幻脂痛)에 시달리면서, 구걸과 망각과 파괴와 회한을 반복
해야 한다는 공포는, 토마토가 동맥경화 예방에 탁월한 효능
이 있다는 연구 결과에도 전혀 줄어들지 않아서,

  문명의 역사 속에서 남아메리카를 처음 발명한 약탈자들
에 의해 에스파냐로 굴러온 토마토는, 로고스에서 유일신을
발명한 성직자들에겐 에덴의 선악과로 간주되어 세례를 거
부당했으나, 쾌락은 성경보다 달콤하고 우주보다 큰 법, 게

다가 뱀의 지혜가 혀에서 비롯됐다는 말씀에 힘입어 식도락은 천연두처럼 번지고, 저마다 몸속에 뱀을 키우기 시작한 성직자들의 집단 파문을 막기 위해, 유일신은 그것을 자신의 창조물 목록에 슬그머니 끼워 넣었으니, 에덴의 정원에서 은밀하게 재배되던 것들은, 전쟁과 자연재해와 실수로 비옥해진 유럽의 역사책 안에서 급격히 체세포분열을 시작해 기하급수적으로 불어나더니, 식도락과 신앙을 혼동하게 만들다가 끝내 잉여와 분배의 균형을 무너뜨리는 바람에, 성난 농부의 손으로부터 맬서스주의자들의 얼굴로 날아드는, 8월 마지막 수요일 발렌시아의 부뇰Buñol을 향해,

그라나다를 떠나기에 앞서, 323번 국도 옆 토마토 비닐하우스 안, 맹구우목(盲龜遇木)의 바다로 떠가는 익사체처럼 M은 누워서, 몸속의 우주 하나를 통째로 쏟아내느라 밑이 빠진 제 어미의 고통을 상상하고 있을 때, 푸른 이랑들을 건너가던 뱀 한 마리가, 토마토는 우울증 — 학습된 무기력증 — 에도 탁월한 효과가 있다고 귀띔하기에, 풋내 나는 토마토 두어 개를 따먹었더니, 신기하게도 공포가 수그러들면서, 진실의 순간Moment de la Verdad으로부터 도망치기 위해 발버둥 치던 여자가 측은하게 여겨졌는데, 화해의 악수라도 건넨다는 게 그만, 성기처럼 꺼내둔 칼을 내미는 바람에, 진실은 여자를 통째로 채우고, 그 증거로서 붉은 토마토 두어 개가 여자

의 배꼽 부근에서 툭 떨어져 내렸는데, 농익은 그것이 바닥에서 퍽 터지면서, 천지창조의 순간부터 낙원추방에 이르는 서사가 허공에서 전개되는 과정을 덤덤하게 지켜본 뒤 M은, 제 가계도 비극이 농부의 탐욕이나 야생동물들의 허기에 훼손되지 않도록 이랑 아래 깊숙이 묻으며, 시원(始原)의 좌표를 영원히 지웠었으니,

살인의 인과는 시시하리만큼 너무나 무궁무진하고, 한 사람의 죽음이 반드시 다른 사람의 생존과 안락을 보장하는 것도 아니며, 모든 존재는 확률 위에서 점멸하고, 윤회는 나선구조의 계단을 주기적으로 오르내리는 게 아니어서, 고작 몇 명을 죽이기 위해 시작된 전쟁은 수만의 무고한 사람들을 희생시키고도 대개 실패로 끝났으며, 인간이 개인으로 태어났다는 환상과, 인간이 저지르는 모든 죄악이 유일신의 명령에서 시작되었다는 원죄의식이 프로테스탄트적 윤리를 발명했다고 하더라도, 필멸의 운명이 찰나의 외로움조차 해결하지 못하는 한 언제 어디서든 증식과 억제의 변증은 불가피하므로, 낙원 추방을 걱정했거나 환멸을 기대한 것은 결코 아니고, 그저 실존 또는 부재의 조건 하나를 직접 확인해보고 싶었다고 궁색한 변명을 늘어놓을 수밖에, 이와 더불어,

고치처럼 비좁은 세계에 숨어서 우울과 분노를 곱씹던 사

춘기에, 정수리에서 발견된 칼 한 자루, 세상의 부조리에 익숙해질수록 그것은 스스로 더욱 날카롭게 벼려져서, 그것을 뽑아내려고 네 번씩이나 정신상담을 받아보았건만, 모든 고아들은 유전적 결함 때문에 버려졌다는 의학적 편견만을 확인했을 뿐만 아니라, 자신에겐 꿈을 기억할 수 있는 능력마저 거세됐다는 사실을 깨달은 뒤, 형이상학적인 은유로서 형제와 부모를 살해하기에 앞서, 가련한 오이디푸스처럼, 사라진 어미의 탯줄 같은 323번 국도 위에 스스로를 열 번쯤 유폐시켰으나 그때마다 노회한 파수꾼들의 손에 이끌리어 고치 속으로 되돌아온 M이 마침내 열한번째 생일을 맞이하여, 모든 고아 앞에서 부엌칼을 뽑아든 채 독립과 자치를 선언했을 때, 투두둑, 등껍질이 갈라지면서 날개가 돋아나는가 싶었으나, 고아원 원장이 집어던진 설익은 토마토에, 툭, 무릎이 꺾이고 유리구슬처럼, 도르르, 식탁 밑으로 굴러들어가서는, 식욕과 성욕의 이분법적 투쟁을 통해서만 전진하는 삶에 다시 굴복하고 말았지만, 그래도 결코 제 부모의 윤리적 결함을 대물림하진 않으리라, 그래도 훗날 산달이 다 된 붉은 바다거북처럼 추억으로 잠시 돌아와 제 어미의 쓸쓸함 위에 눕는 순간도 있으리라, 설령,

첫사랑 역시 프로테스탄트의 기호품에 지나지 않을지라도, 아우슈비츠를 극복해낼 수 있었던 의지는 연합군의 총구

에서 나온 게 아니라 출처를 알 수 없는 낭만적 소문들로부터 나왔듯, 난파당한 뱃사람의 머리 위에서 북극성이 유난히 더 반짝이듯, 살아서는 결코 벗어던질 수 없는 고급 모피 때문에 사냥꾼의 총탄에 기어이 쓰러지던 여우가 고향 쪽으로 머리를 돌리고 마지막 숨을 내뱉듯,

음란한 고아원 원장으로부터 체세포 분열을 통해 태어난 아이들은 버펄로 떼처럼 식당이나 안방으로 몰려다니면서 아귀다툼을 벌이기 때문에, 다 자란 아이들이 비밀스러운 개인사를 쟁취하기 위해서는, 원장의 감시와 훈육을 견뎌내며, 아이들끼리의 은밀한 투쟁과 노골적인 복종을 반복하여, 제 권력이 두루 미칠 수 있는 시공간을 확보하고 다른 아이들의 출입을 엄격히 통제해야 했는데, 이는 중세 유럽의 농노들이 미개간지나 공유지에 울타리를 치기 시작한 역사와 정확히 일치했으니, 처음부터 M이 그런 목적을 지닌 채 싸움을 시작한 것은 아니고, 그저 집단적 혼란과 자학적 습관에 함몰되지 않기 위해, 더욱이 그는 성직자가 되어 평생 성기를 가문의 문장으로 사용하지 않을 작정이었기 때문에, 단체로 포경수술을 받으러 가는 사내아이들의 무리에서 홀로 빠져나온 것뿐인데, 원장의 잔혹한 체벌을 비명도 없이 견뎌내자, 거울 속 거울 같은 고아원에서 형제자매를 탈출시켜줄 모세로 칭송받기 시작하여, 거의 모든 아이들의 사생활 속을 자

유롭게 드나들다가, 제 스스로 운명을 규정짓지 못하는 소녀에게 첫사랑의 망상을 고백하고 말았으니,

　고아원을 떠난 열세 살부터 서른한 살까지 노루잠을 팔아서 모은 만5천 유로로 여자의 집을 마련해주고, 괄시받지 않는 일자리를 알아봐주고, 부나비처럼 치근덕대는 난봉꾼들을 물리쳐주는 대신, 전도유망한 남자들의 호의와 관심을 부추기고, 허영심과 자괴감을 덜어주고, 환절기마다 옷과 하이힐을 바꿔주고, 일상 밖의 세계에 데려다주고 데려왔건만, 매번 그녀는 더욱 웃자라난 상처들을 반려동물처럼 앞장세우고 제자리로 돌아와서는 정오의 그림자처럼 M의 일상 속에 숨었으니, 외로움 이외의 감정 따윈 결코 이해하지 못하는 그녀가 사악한 사채업자에게 빌린 돈 때문에 창녀나 마약중독자로 전락하는 미래만큼은 어떻게든 막아야 했기에, 처음부터 인큐베이터 같은 죽음을 생각한 것은 아니고, 우선 그녀의 정신적 귀족주의를 깨뜨려줄 요량으로, 323번 국도 한가운데 화물차를 세우고, 그녀의 부모가 어떻게 그녀를 미아에서 고아의 신분으로 타락시켰는지 일러주었는데, 어쩌면 인간이 할 수 있는 유일한 선행은 진실을 폭로하는 게 아니라 은폐하는 게 아닐까, 후회는 석양보다도 늦게 찾아왔고, 그녀의 몸속에 박힌 토마토들이 죽음의 영역으로 천천히 굴러들어갈 때까지, M은 부패한 식빵 속 같은 비닐하우스

안에 머물면서 애도했으나,

8월 마지막 수요일 발렌시아 하늘까지 날아온 토마토들에
눈두덩이 찢기고 앞니는 부러지고 온몸이 붉게 젖은 채 홀로
광장에 남겨지고 나니, 하지정맥을 따라 몸속으로 굴러다니
는 토마토들이 자신을 꼬꾸라뜨리기 전에 남아메리카에 있
다는 에덴에 도착하리라, 거기서 선악과 두어 개를 따먹고
핏자국 위에 쭈그리고 앉아서 노새 한 마리 낳으리라, 그것
에게 매일 토마토를 먹이면서 노동 대신 식도락을 가르치되,
처음엔 주인을 삼키고, 그다음엔 성경을, 그다음엔 제 부모
를 그리고 마지막엔 자신마저 삼켜서, 더 이상 외로움을 유
전시키지 않으리라, 그러고도 남은 토마토들은 고아들의 손
에 쥐여주면서, 분노를 모르는 자들은 권리를 존중받을 자격
이 없으니 제 손으로 부모와 고아원장을 쓰러뜨려야 한다고
가르치려 하다가, 에덴에 이르면 분노나 권리 따위도 무의미
해질 테니, 결국 용서는 없고 망각만 가능하다는 잠언을 중
얼거리고 있었는데,

이브처럼 환하게 웃으면서 다가와 M의 눈두덩 위에다 토
마토를 짓이기고 사라졌던 에스메랄다 블랑카와 병원 앞에
서 다시 마주치자, M의 적의를 알아챈 그녀가 비명을 지르
면서 뛰기 시작했고, 적이 당황한 M은 그녀와 화해하기 위

해 뒤쫓았는데, 숨이 가빠질수록 코페르니쿠스적 혁명을 선동하는 구호들이 점점 크게 들려와, 뒤집어 벗은 양말처럼 안은 밖이 되고 밖은 안이 되더니, 살인자야말로 그 어느 누구보다 완벽한 개인주의자이기 때문에, 병확한 이유도 없이 타인을 혐오하는 자들이 득실거리는 이상 감옥에서의 갱생은 불가능하며 오히려, 더 이상 살인할 수 없는 곳에 홀로 고립된 채 핍진한 시간 속에서, 설령 자유롭지는 않더라도 평화롭게 죽어갈 때 비로소, 격리와 갱생이라는 처벌의 목적을 달성할 수 있다는 생각에 휘둘리어, 세상에 혼자만 살아남을 때까지 자살하지 못하도록 자신에게 푹신한 어둠과 모호한 꿈을 유일신이 기꺼이 허락해주길 기도한 뒤,

자신의 첫번째 살인 사건과 네크로필리아necrophilia 성향에 대해, 손발이 뒤로 묶이고 재갈이 물려진 에스메랄다 블랑카에게 자세히 설명했는데, 마치 첫번째 살인과 두번째 살인이 서로 인과의 관계로 묶여 있는 듯, 설령 그녀가 바벨탑 이전의 언어를 모두 이해할 수 있는 능력을 지녔다고 하더라도 학습된 무기력증과 선험적 공포 때문에, M이 쌓아올리는 말의 우주를 전혀 이해할 수 없었고, 그녀가 변명을 늘어놓으려 할 때마다 침이 튀어 M의 결심을 재촉할 뿐이었으니, 그래서 세번째 살해된 산토스에겐 두번째 살인에 대해 전혀 이야기하지 않았는데, 산토스를 포도밭에 묻고 나자 M

은 에스메랄다 블랑카를 어떻게 죽였고 어디에 묻었는지 전혀 기억할 수 없게 됐고, 심지어 그녀의 얼굴마저 떠오르지 않아서, 자신이 산토스를 죽은 것인지 아니면 산토스가 자신을 죽인 것인지 분간하지 못하다가, 꿈을 기억하지 못하는 건 결국 꿈의 세계에 갇혀 있다는 뜻일 수도 있기 때문에, 현실의 인간이 꿈속의 인간을 살해했거나 또는, 꿈속의 인간이 현실의 인간을 살해하는 건, 꿈의 안팎을 두루 관장하는 유일신에겐 아무런 손해도 입히지 않은 행위라고 항변하면서, 지금 뱃멀미가 일어나는 까닭은 오로지 첫번째 살인에 대한 죄책감이 회복되었기 때문이니, 좌우로 흔들리는 양모 해먹 위에서, "여보시오, 사공, 빈란드Vinland에 도착하기 전에 생의 마지막 찌꺼기를 태워버릴 수 있도록 몬테크리스토에 불씨를 붙여주겠소?"라고 말하려는 순간, 쿵, 뱃전은 안개의 덩어리 같은 빙하에 부딪히고,

인도를 약탈하기 위해 출발한 콜럼버스가 아메리카에 불시착하기 수백 년 전에 바이킹은 이미 그곳에 빈란드를 세우고 지도까지 남겼다가 흔적을 모두 지운 채 철수했는데, 포도나무와 관련된 어원에서부터 추적을 시작한 역사학자들의 반복되는 실패에도 불구하고, 아우슈비츠에 감금된 미국계 유태인의 모험담에 매혹되어, 히틀러가 지하 벙커에서 자살하기 직전 우루과이로 탈출한 뒤, 극도의 대인기피증 속

에서 여생을 포도밭 개간과 빈란드 추적에 쏟아붓다가 자신의 침대 위에서 평화롭게 죽음을 맞이한 나치 장교의 아들답게 산토스는, 두 차례의 세계 대전 이후 타낫Tannat 품종은 유럽 대륙에서 완전히 사라지고 아메리카의 불알과도 같은 우루과이에만 겨우 보존됐다고 주장했는데, 새로운 와인 브랜드의 출시를 기념하는 파티 석상에서 칠레 출신의 유명 와인 평론가로부터 빈란드에 대한 증언을 우연히 전해 듣고 아버지의 망령을 되살려, 작년까지 6년 동안 한 해도 빠짐없이, 포도 수확을 끝내자마자 우수아이아로 건너가 석 달씩 무위도식하며, 동음이의어의 자유 라이베리아보다도 포도 재배에 최적인 땅으로 자신을 안내해줄 거룻배를 기다려왔지만, 종전 65주년 기념에 맞춰 화해를 위한 망각의 법안이 우루과이 의회를 통과한 마당에, 더 이상의 죄의식은 역사를 후퇴시킬 뿐이라고, 산토스 역시 몹시 취해서 포도 농장의 날품팔이에 불과한 M 앞에서 거들먹거렸는데, 그날 M은 야반도주에 앞서, 우루과이의 새로운 와인 브랜드가 새로운 전쟁광들의 출현을 부추기고, 그들에 의해 살해된 자들의 시체가 포도 농장의 거름으로 사용될까 봐 걱정되어, 세번째 시체를 포도 농장 앞 호두나무 아래 파묻고, 전쟁물자 같은 수백 개의 오크통에서 마개를 모두 뽑아버린 다음, 빈 와인병 두 개만 고작 채워서 카페 콘데사로 들고 갔으나,

이미 빈란드의 비밀은 산토스의 와인에 담겨 아메리카 곳 곳에 은밀하게 퍼져나간 것이 분명하여, 별자리처럼 일정한 간격을 두고 떨어져 있는 여섯 개의 테이블은 카인의 표지로 반짝이는 사람들이 채우고 있고, 그것들 사이로 종업원이 혜성처럼 느리게 지나갈 때마다 얼음 불꽃이 격렬하게 일어났으며, 우주의 진공 상태와도 같은 침묵은 다양한 언어로 번역되어 서가를 채우고 있었는데, 언어와 언어 사이에는 인과의 해독이 불가능한 시체와 살인자들이 무수히 숨어 있을 것이므로, 통역과 번역의 정확도가 높아질수록 더욱더 초조해지는 살인자들은 제 비밀을 감추기 위해 언어의 계통도를 따라 오르내리면서 서로를 연쇄적으로 죽이게 되리라는 상상에, M의 정수리에 박혀 있는 칼이 저절로 솟아올랐고, 우주의 진공을 흑요석 파편처럼 깨뜨리기 직전에, 그에게서 살타는 냄새를 맡은 종업원이 다급히 다가와 카페 입구의 임시자리로 그를 안내한 뒤, 창문을 모두 열어 실내의 뜨거운 적의를 급히 식히니, 아홉 개 구멍으로 추위를 들이켠 살인자들은 하나같이 어금니를 두드리며 움츠리고,

남극의 추위가 영혼의 타락을 막아줄 것이라는 미신은 캘리포니아 해변을 따라 남하하면서 늘어나는 범죄율에 의거하는데, 태양은 결벽증을 자극하고 미래는 고통을 무한히 연장시키기 위해 예정됐을 뿐, 위도와 경도는 개인을 고립시키

는 철조망 같은 것, 그것을 넘을 때마다 생채기가 기하급수적으로 늘어나는 한편, 마시면 마실수록 더욱 깊어지는 갈증 때문에 태평양의 해수면은 더욱 불어나서, 세상의 모든 사건은 날짜변경선 주위로 몰려들고, 시간[3]을 이해하기 위해선 우선 사건과 등장인물을 서로 분리할 것, 하나의 세계가 시계 방향으로 일정한 속도로 회전하는 한, 첫번째 시체로부터 동쪽으로 13시간 15분 36초 벌어져 있는 간극을 사건과 등장인물로 채우는 것은 거의 불가능하므로, 그것은 고정된 간극, 즉 블랙홀에 불과하고, 사건의 지평선을 건너온 이상 자신은 아무것도 아니며, 아무것도 아닌 것이 만들어낸 세 구의 시체가 어떤 의미를 지닐 수 없다는 논리에 M은 제법 만족한 듯 고개를 끄덕끄덕, 그것은 자신의 몸속에 숨겨진 태엽을 감는 행위와 같아서,

안경의 빛 투과율을 98퍼센트라 치고, 설맹(雪盲)을 방지

3   국어사전에서 '시간'은 '시각과 시각 사이의 간격 또는 단위'로, '시각'은 '시간의 어느 한 시점'으로 표현한다. 영영사전에서는 'time'을 'What is measured in minutes, hours, days, etc'으로, 'minute'은 'One of the sixty parts that an hour is divided into', 'hour'는 'The period of sixty minutes'로 나타내는데, 단어 하나를 이해하기 위해선 또 다른 단어를 이해해야 하는 고단함, 사전속에 똬리를 틀고 있는 우로보로스Ouroboros, 꼬리를 문 뱀은 머리부터 자랄까, 꼬리부터 자랄까, 철학이나 물리학사전에서의 시간은 연속된 사건의 변화이니, 사건이 없으면 시간도 없다.

하기 위해 카페 콘데사 유리창의 빛 투과율을 90퍼센트로 낮추었다고 하면, 카페 콘데사 안으로 들어오는 사물들은 실재보다 100%×98%×90%=88.2%에 불과하여, 하루 종일 유리창을 뚫어져라 들여다본다고 한들 결코 발견되지 않는 것들이 엄연히 세상을 채우고 있을 터인데, 누비이불 같은 안개까지 뒤덮여 있는 시계(視界)에서 발견되는 건 빙하기 전부터 살아남은 신기루뿐, 산토스처럼 절망하지 않는 자에게 희망은 절망의 부피를 측정하기 위한 단위이자 콤플렉스로 여겨졌고, 자신의 우울증이 약시에서 비롯됐다는 진단에 따라 M이 안경을 쓰기 시작했던 열두 살 시절의 렌즈 가공 기술로는 90퍼센트 이상의 빛조차 투과시키기가 어려웠을 터이므로, 희뿌연 세계는 불친소 같은 M을 잠시나마 미래에 대한 두려움으로부터 보호해준 프레온가스 같았으니, 비시시, 가스가 몸으로 새어나가는 순간부터 그는 어른으로 타락했고, 세계의 보호막 또한 그 가스에 커다란 구멍이 뚫렸으며, 어쩌면 어른에게 살인은 가장 윤리적인 자기방어 수단은 아닐까,

M이 안경을 쓴 다음 날 아침부터 고아원장이 감쪽같이 사라지자, 아이들은 허기도 잊은 채 M의 안경을 차지하기 위해 싸움을 벌였고, 산부인과에서 고아원장을 마지막으로 만난 목격자의 증언이 괴이한 구조의 입과 귀를 거쳐, 칠순의

후원회장의 아들이 그녀의 몸에서 태어날 것이라는 소문으로 자라나자, 익명의 후원자들이 발길을 끊고 직원들이 하나둘씩 떠나면서 고아원은 납골당처럼 변하여 음식 냄새를 맡을 수 없게 되었으나, M의 안경이 누군가의 발에 짓밟혀 깨어지고 새로운 고아원장이 등장하여 후원자와 직원 들을 다시 채우기 전까지, 에덴의 어린이 전용 구역인 네버랜드가 잠시 개장됐으니, 선한 주인공들보다는 악한 조연들의 성격과 대응방식이 훨씬 매력적이어서, 폭력성에 따라 스스로 계급을 정한 아이들은 현관문을 안에서 걸어 잠그고 하루 종일 컴퓨터 게임을 하거나 포르노 사이트를 돌아다니면서, 술과 담배와 환각제를 나누거나 성적 유희를 시도하거나 자신보다 어린아이들을 노예처럼 부리다가 곧 싫증이 나서, 어른들의 진압 작전에 대비하여 무기를 만들고 보초들을 세우고 비상 탈출구를 마련하고 발화장치를 설치하고 군인처럼 훈련까지 받았으나 이마저도 흥미를 잃고 마침내, 고아원에 버려둔 자식들 따위는 변태의 허물 정도로 여기고 두번째나 세번째의 삶을 만끽하고 있을 자신의 부모들에게 복수하기로 결심하고, 고아원 안에서 가장 낙천적인 소녀를 인질로 동원했는데, 그것은 M의 안경을 빼앗기 위한 명백한 음모로써,

어미의 자궁에서 보낸 한철을 똑똑히 기억하고, 이해할 수 없는 불운 때문에 고아원에 임시 수용된 미아의 신분으로서,

198

이를테면 제네바협정에 의거하여 본국 송환이 보장되어 있
는 전쟁포로처럼, 자신의 부모가 정상적 일상을 회복하는 즉
시 외제차를 보내어 자신을 데리고 갈 것이라는 정신적 귀
족주의에 빠져, 식탐과 피해의식에 찌들어 악취를 풍기는 아
이들과는 결코 섞이지 않은 채, 틈만 나면 자신의 여행 가방
을 정리하고 외출복을 다리던, M의 첫사랑인 소녀에게 한
무리의 아이들이 접근하여, 미국으로 이민을 가서 크게 성공
한 그녀의 부모가 비행기 티켓과 여비를 보내왔으나 사악한
고아원장이 그 사실을 감쪽같이 숨겨왔다고 속이고, 애절하
게 도움을 요청하는 편지를 쓰고 여권에 붙일 사진까지 찍은
뒤, 실종된 아이들을 찾아주는 인터넷 사이트에서 무작위로
선택한 부모에게 그 소녀의 편지와 사진을 보내고, 그들의
딸이 인질로 잡혀 있는 위치를 알려주는 조건으로 막대한 몸
값을 요구했다가, 이미 너무 많은 거짓 제보자들에 의해 상
처를 입은 그들이 경찰을 동원하여 추적해오자, 어린 사기꾼
들은 기름진 음식을 기대하고 있는 고아원 형제자매들을 실
망시키고 싶지 않아서, 고아원을 불타는 무덤으로 만들려고
했다가 배신자의 용기에 부딪혀 실패하고 소년원으로 끌려
갔으며, 경찰과 진실을 거래한 대가로 훈방된 M을 기다리는
건, 오디세우스의 발등에 쏟아지는 입맞춤 대신 유다의 정수
리 위에 쏟아지는 오물과, 새로운 고아원장의 체계적인 박해
뿐이었지만, 그래도 차마 첫사랑인 소녀에게 끝까지 말하지

않았던 진실을,

　20년 뒤, 토마토 마흔 상자를 화물차에 싣고 323번 국도 위를 달리면서 발설하고 말았던 것인데, 고아는 미아의 신분으로 시작되고, 대개는 불의의 사건이 아니라 철저하게 기획된 음모에 의해 부모가 사라졌기 때문에, 고아가 부모의 집으로 되돌아갈 확률은 붉은바다거북의 새끼가 어른으로 자라날 확률보다 훨씬 낮고, 한번 버림받은 아이가 또다시 버림받을 확률은 붉은바다거북의 알에서 새끼가 태어날 확률보다 높은 반면, 고아원에서 자랐으나 훗날 에덴에다 가정을 세우고 자식들을 위해 자신을 희생하는 부모가 될 확률은 마치 남극에서 붉은바다거북을 만나는 확률과 같아서, 설령 그녀의 아버지가 사채업자를 죽인 다음 스스로 목을 매었고, 산후조리를 끝마치지 못한 채 그녀의 어머니는 행인에게 몸을 팔아야 했다고 한들, 비극은 오직 그녀의 부모가 감당해야 할 몫일 뿐, 그녀의 연속적인 실패는 부모의 비극과 결코 무관하고, 운명은 체세포분열을 하는 짚신벌레들에게나 필요한 영양분에 불과하므로, 상처를 반려동물이라도 되는 것처럼 애지중지 키우는 일 따윈 그만두고, 외로움 이외의 감정도 이해하려 노력해야 하는데, 상위 세계에서 명예를 누리면서 결혼하지 않고 사는 게 최선이요, 상위 계급의 남자와 결혼하는 게 차선이며, 두 가지의 목적 중 어느 것이든 당장 이뤄낼 자신이 없다면 우선 자신과 결혼해서 도약을 준비하는 것도 방법이라고 M이 고백하자, 그 순간을 기다렸다는 듯이, 고아들끼리 평생 생선 비린내나 맡고 사느니 차라리 고급 콜걸이 되어 부자들의 지갑 속에서 기생하는 게 더 낫겠다며, 조수석에 앉아 있던 소녀는 글로브박스 속에서 칼을 빼어 들고 M을 겨누었다가, 뜨거운 상자 속에서 몸을 부대끼며 진물을 흘리던 토마토들이 323번 국도 위로 쏟아져 내리며 트럭을 좌우로 크게 뒤흔드는 바람에 오히려 칼은 뱀처럼 소녀의 목을 물고, 갑작스레 생겨난 붉은 구멍 밖으로 목숨의 대부분이 빠져나간 소녀는, 마치 운명론자처럼 엷게 웃으며 M에게 마지막 일격을 부탁했으니, 그녀의 평온한 죽음을 도와주는 것이 첫사랑에 대한 마지막 의무라고 판단하고 M은, 마치 수습 투우사처럼, 잘 익은 토마토 한 개를 소녀의 입에 물리고, 울고 웃기를 반복하면서 칼의 금속성이 소녀의 붉은 구멍 안으로 완전히 사라질 때까지 힘껏 밀어 넣었는데, 화물차는 붉은 황소처럼 정오의 방점 위에 멈춰 서더니,

8월의 마지막 수요일 발렌시아의 부뇰로 모여든 배심원들 앞으로, 마치 십자가를 짊어진 예수처럼, 체념의 낯빛도 없이 안경도 벗은 채 걸어가는 M에게 운석처럼 처박히는 토마토들, 예수는 피를 흘리면서도 돌을 던지는 민중의 우매를 용서했건만, 제 몸을 관통하지 못한 채 흘러내리는 토마토에

선 생리혈의 비린내가 진동하여 M의 발걸음은 점점 느려지고, 그녀에게서 더 이상 고아가 태어나지 않도록 도왔을 뿐이라고 소리치다가, 더욱 거세지는 토마토 빗줄기에 정수리를 맞고 의식을 잃었는데, 얼마나 많은 죄악이 쌓여야 윤회가 끊기는 것일까 생각하다가,

마침내 빈란드에 도착하여, M은 자신의 모든 과오를 망각하고, 두 번 다시는 인간들과 섞여 살면서 시행착오를 반복하지 못하도록, 뱃사공마저 죽이고 거룻배를 불태우려고 했으나, 자신의 정수리에 박혀 있어야 할 칼은 이미 사라졌고, 몬테크리스토의 레퀴엠을 연주해줄 불씨도 일어나지 않았으며, 설상가상으로 안경까지 잃어버렸으니, 노련한 투우사의 칼이 최후의 일격을 준비하고 있는 것 같아 덜컥 겁이 나서, M은 물소리가 멀어지는 쪽으로 내달렸는데, 출렁거리는 바닥을 벗어나느라 탈진하여, 늪과 같은 잠 속으로 점점 빨려드는데, 열 손가락을 깨물어도 고통 없이, 꺼이꺼이, 웃는 것도 우는 것도 아닌, 문둥이 시인의 목소리로, "도대체 웃음이란 얼마나 가볍게 스쳐가는 시장기냐/도대체 울음이란 얼마나 짓궂게 왔다 가는 포만증(飽滿症)이냐"[4] 중얼거리다가, 이 정도면 평화롭게 죽는 것이고, 이 모두가 유일신의 특별

4   한하운, 「자화상」 부분.

한 배려인 것 같아 점점 나른해지더니,

　얼마의 시공간이 흘러갔을까, 칼날 같은 한기에 눈꺼풀이 찢겨 동공이 드러나고, 네거티브 필름 위에서 명암이 뒤바뀐 사위는 완전히 운행을 멈춘 듯, 아무리 힘을 주어도 두어 개의 토마토들은 유전적 함정에서 빠져나오지 못하여, 생은 다시 한쪽으로 급격하게 기울고, 제 몸을 공처럼 굴려야 죽음에 가깝게 다가갈 수 있으나, 허기와 갈증과 외로움과 기억이 몸 안팎에서 완전히 사라지더라도, 자신의 시체를 수습해줄 타인이 없는 한 죽음은 시작만 있을 뿐 결코 끝나지 않을 것이며, 한기는 외로움 때문이고 부자유가 어둠을 불러들였다면, 누구든 곧 적응하리라 자위했더니, 쏙쏙, 바람이 파랑을 쓰다듬거나 안개가 나무를 두드리는 소리가 들리고, 시큼한 냄새가 빛 쪽으로 얼굴을 돌려놓더라, 그제야 몽환은 빠져나가고 생명 현상이 감지됐으나, 여전히 M의 팔다리는 움직이지 않아서, 하선 도중에 사고를 당하여 식물인간이 된 건 아닐까, 빈란드는 남아메리카와 남극 사이에 있지 않고 지구와 화성 사이에 떠 있어서, 희박한 공기와 엄청난 중력 때문에 제 의지대로 움직일 수 없는 건 아닐까, 가지 끝에서 다 익기도 전에 바닥에 처박혀 썩고 있는 포도들, 정말 썩고 있는 게 맞는다면, 사공은 안개 속에서 남극이 아닌 적도 방향으로 거룻배를 몰았다는 뜻일 수도,

나무에 매달린 포도를 따지 않고 부패하도록 방치한 인부들에게 산토스는 산탄총알을 퍼부어댔겠지만, M에게 그 냄새는 빈란드의 자유를 의미했으므로, 마침내 살아서 교수대 아래로 걸어 내려왔다는 안도감에 느긋해져서, 제 몸 위를 걸어가는 빛의 다리를 세어보고, 몸속의 액체들을 조금씩 쏟아내기도 하다가, 허기가 사라지니 시간도 덩달아 사라지고 기괴한 공간만 남아서, 따분해진 로빈슨 크루소처럼, 죽기 전에 제 무덤의 크기라도 측정해봐야겠다고 마음먹고, 혈관의 토마토들이 서로 부딪히며 만들어내는 관성력으로, 천천히 풍경들을 뒤로 밀어내며 전진하다가 천 길 낭떠러지 앞에 멈춰 서서 하늘을 올려다보며, 하긴 섬 전체를 둘러보고 나면 더 외로워질 따름이겠지, 자유 라이베리아에서 흑인 한 명을 납치해 와서 금요일로 삼고 포도밭 개간을 맡긴 뒤, 매년 한 번씩 바쿠스 축제를 열고 싶지만, 어둠 때문에, 자신이 여전히 꿈 안에 있는지 아니면 꿈 밖으로 추방되었는지 확신할 수 없는 데다가, 노예를 복종시킬 무기는커녕 팔다리조차 휘두를 수 없으니, 도대체 천 길 낭떠러지 같은 무력감과 무료함을 어떻게 견뎌낼 수 있을까 막막하기만 한데, 손발이 뒤로 묶이고 재갈까지 문 채 살해된 에스메랄다 블랑카는 도대체 어떻게 M에게 여전히 토마토를 던질 수 있는 것일까,

카페 콘데사를 나서기 직전, 주소도 없이 모국어로 써서 서가의 책갈피에 끼워둔 엽서 앞면에는, 수영장에 가득 차 있는 토마토 진물 속에 금발의 남자가 얼굴만 드러낸 채 누워 있었는데, 떠오르는 중인지 가라앉고 있는 중인지 구분할 수는 없고, 얼굴에 희미하게 퍼져 있는 미소는 마치 외줄 타는 광대의 부채처럼 그를 죽살이의 경계에서 아슬아슬하게 균형 잡아주고 있는 듯, 하지만 M이 그 엽서를 발렌시아 공항에서 샀을 땐, 토마토 진물 속에서 유영하고 있는 두 구의 시체들이 훤히 들여다보여서, 엉덩이를 허공으로 드러낸 자가 M의 첫사랑 소녀이고 얼굴을 드러낸 자가 에스메랄다 블랑카였는데, 소름이 돋고 구토가 솟구치는 것도 잠시뿐, 감형에 필요한 알리바이는 여권 사이에 감추고, 에콰도르의 키토에서 시작하여 해안선을 따라 천천히 남하하다가, 세상의 끝에서 쿠바 리브레 한 잔을 들이켜고 몬테크리스토 반 개비 분량의 연기를 삼킨 다음 그 엽서를 꺼내어 다시 들여다보니, 다행히 시체들은 토마토 진물 아래 가라앉았고 금발의 남자는 여전히 죽살이 경계에서 희미하게 웃고 있어서, M은 엽서 뒷면에다 볼펜으로, 나중에 카페 콘데사로 숨어들 모국의 살인자들에게 충고하길, "토마토는 이브가 남긴 자궁이다. 추신: 인간은 스스로 신의 개체 수를 줄일 능력을 지녔다는 사실을 명심하시오!"라고 썼는데,

쏵쏵, 바람이 파랑을 쓰다듬거나 안개가 나무를 두드리는 소리 들리고, 시큼한 냄새가 몸을 휘감는가 싶더니, 갑자기 사위가 붉어지면서, 핏빛 방울토마토들이 우박처럼 쏟아져 내리고, 아, 에덴의 선악과는 투명한 천구(天球) 속에서 구름을 배양액 삼아 체세포분열로 태어났구나, 징벌의 법정에 늘어선 포도나무는 마른 몸을 흔들어대며, 옴 마니 파드메 훔 Om Mani Padme Hum, 사리를 털어내고, 천 길 낭떠러지의 뿌리에서부터 홍해가 천천히 차오르는데, 카페 콘데사에서 출발한 거룻배가 또 다른 살인자를 싣고 나타나지 않기를, 모세처럼 절박한 심정으로 기도를 끝내고 문득 하늘을 올려다 보았을 때, 기적과도 같이, M의 몸이 수직으로 일어나며 토마토 붉은 빗줄기를 거슬러 오르는 게 아닌가, 천 길의 낭떠러지가 그의 눈앞에서 폭포처럼 흘러내리고, 호수에서 수천 킬로미터 떨어진 사막 위로 소나기가 지나간 뒤 물고기의 사체들이 발견됐다는 뉴스를 읽은 적은 있으나, 70킬로그램이 넘는 생명체가 빗줄기를 타고 기어오르다니, 혹시 중력이 없는 곳이라면 또 모를까, 그런데 중력이 없는 곳에선 비가 아래로 떨어질 리 없고, 어쩌면 수천 년 동안 포도나무에서 살고 있는 거미의 실타래에 묶여 끌려 올라가는 것일 수도, 부패한 포도에서 시작된 환각이라면 그것을 깨뜨리기 위해, 그는 마치 자신이 발명한 단두대에 목을 집어넣은 기요탱 박사처럼 고개를 숙여 정수리를 드러내놓고, 정수리에 박혀 있는

칼을 한 길 깊이로 박아 넣어줄 투우사를 기다리다가, 쩌억,

  역사까지 깨끗이 지운 채 바이킹이 빈란드에서 철수한 까닭도, 포도나무들을 징벌의 법정에 세워놓고 채찍처럼 내리치는 토마토 붉은 빗줄기 때문은 아니었을까, 산토스가 그 빗속에 서 있었다면, 꺼이꺼이, 웃는 것도 아니고 우는 것도 아닌 문둥이 시인의 목소리로, 빈란드를 추적하는 데 여생을 쏟아붓다가 절망의 부피조차 가늠하지 못한 채 자신의 침대 위에서 평화롭게 죽음을 맞이한 아버지의 일생을 부러워했을 터,

  다시 정신을 차렸을 때, 뜨겁고 푹신한 촉감과 함께, 토마토 붉은 빗줄기는 끊기고, 상승이나 추락도 없고, 홍해도 없고, 낭떠러지도 없고, 포도 썩는 냄새나 그늘도 없고, 사막처럼 밋밋한 풍경만이 사방으로 펼쳐져 있어, 먼 사구와 더 먼 사구 사이에 조금 남아 있는 붉은 기운마저도 바람에 흔적 없이 흩어지고, 짚신벌레의 섬모(纖毛) 같은 모래알들 위를 미끄러져가면서, 망둥이에서 방울뱀으로 몸을 바꾼 M은 자신의 망막 위에다 빈란드의 지도를 새겨 넣기 위해 정신을 집중하다가 문득, 허기와 갈증뿐만 아니라 한기와 어둠마저 사라졌으니, 곧 외로움도 사라질 터이고, 그러고 나면 더 이상의 살인도 없고, 더 이상의 욕망도 없고, 더 이상의 윤리도 없

고, 더 이상의 윤회도 없고, 더 이상의 기억도 없고, 고작 몸에
남은 상처만이 일생의 유일한 근거로 남았다가, 이마저도 제
꼬리를 삼키는 뱀처럼 몸속으로 사라지게 될 터이니, 침대의
평화는 아니더라도 그늘의 시원함 정도는 배려해주길,

  낚싯바늘에 걸려 수면 위로 끌려나오는 순간 눈동자가 녹
아버리는 심해어와는 달리, 툭, 바닥에 떨어져, 도르르, 공처
럼 구르기 시작하면서부터 현실을 감지하는 고아가 자신의
실존과 부모의 부재를 스스로 증명하는 방법 중에는, 극악무
도의 범죄를 세상에 알려 재발 방지 법령에 제 이름을 빌려
주는 것도 있을 터이니, 투명한 샬레의 평화를 유지하기 위
해선 생명을 늘이는 것보다 줄이는 일이 훨씬 더 중요하기
때문에, 프로테스탄트적 윤리가 유일한 탈출구라던 맬서스
의 주장은 틀렸고, 그렇다고 M이 인간이나 유일신을 혐오할
만큼 타락한 건 결코 아니며, 오로지 자신의 죽음에 대한 인
과를 미리 마련해두려는 목적으로 한마디 거들자면, 위선과
위악의 화학반응으로 생겨난 독성 가스를 지구 밖으로 뽑아
내지 않고선 어떤 생명체이든 집단 폐사와 절멸의 숙명을 피
할 수 없는데, 굳이 자신이 칼을 쥐고 휘두를 이유는 없었지
만, 그렇다고 굳이 거부할 변명 또한 찾지 못했다고, 거의 아
무것도 지니지 않은 자가 거의 무한의 자유를 누릴 수 있으
므로, 물론,

손발이 뒤로 묶이고 재갈이 물린 에스메랄다 블랑카는 애써 눈웃음을 흘리며 조롱하겠지만, 왜 그렇게 많은 사람들 중에서 하필 너무 불쌍한 고아를, 너무 외로워서 살인자가 될 수밖에 없었던 자신을 지목하여 적의를 내던졌느냐는 M의 추궁에, 그녀 자신도 적당한 대답을 찾지 못해 난처한 표정을 짓지 않았을까, 그래서 그녀의 눈까지 가리고, 어차피 언어의 장벽은 보이지 않아도 엄연히 존재하니, 서로 이해할 수 없는 운명을 애써 섞으려 하지 않고, 에스파냐의 자유가 담겨 있다는 샹그리아sangria[5]와 더불어, 와인, 레몬, 얼음, 손가락, 칼, 토마토, 박스 테이프, 담배, 라디오, 몬테크리스토, 얼음, 와인, 설탕, 칼, 라디오, 폐허, 손가락, 자유, 토마토, 박스 테이프 그리고 또 뭐가 있었더라, 아우렐리아노 부엔디아 대령이 『백 년 동안의 고독』을 마감하던 밤나무 한 그루, 삽 한 자루, 칠흑 같은 어둠과 구역질나는 그녀의 지린내 말고 더 중요한 게 있었는데, 그게 뭐였더라, 기억은 점점 어두워져가고,

예년에 비해 토마토의 색깔과 당도가 훨씬 나아진 이유를

5   샹그리아의 재료: 레드와인 5백 밀리리터, 레몬 1개, 오렌지 1개,
     복숭아 반 조각, 토닉워터 2컵, 설탕.

323번 국도의 비닐하우스 촌부는 짐작조차 하지 못할 터이고, 그해 밤꽃 냄새가 수십 킬로미터 떨어진 이웃 마을까지 어떻게 실려 왔는지 발렌시아의 처녀 총각들은 이해할 수 없을 것이고, 적은 일조량에도 불구하고 우루과이산 타낫 와인의 풍미가 작년에 비해 더욱 묵직해진 이유를 두고 포도의 유전자를 임의로 조작했다는 소문이 진실의 형식에 담겨 회자될 수도 있는데,

결국 M의 살인은 전적으로 식물의 번성을 목적한 거룩한 희생은 아닐까, 그린피스의 명예위원으로 위촉된다면 명예를 굳이 사양할 이유는 없으나,

빈란드의 절벽 위에는 에스메랄다 블랑카의 나신(裸身) 같은 사막뿐이어서, 살려야 할 식물도, 죽여야 할 인간도 없이, 모래 섞인 날파람이 어디서 멈추고 어디서 방향을 바꾸는지도 모른 채, 그저 찰나에 망막 위에다 크로키를 완성해야 하는 신세를, "모래야 나는 얼마큼 적으냐"[6]라고 한탄하면서, 한때 우주만 한 몸집을 지녔으나 수많은 사건과 배경과 등장인물에 의해 잘게 부서져서 시간의 단위보다도 더 작아진 모래의 운명을 생각하니, 몸뚱이는 점점 무거워지는데, 이상하

6   김수영, 「어느 날 고궁을 나오면서」 부분.

게도 추락의 속도는 점점 느려지다가 문득, 꽃 한 송이에도 삼라만상의 비밀이 모두 담겨 있다는 선사의 가르침이 떠올라, 체세포분열로 태어나는 것들이 부모와 똑같은 유전자를 지닐 테니, 고아들의 비극도 그들을 유기한 부모들의 그것과 연결되어 있지 않을까 의심하여,

M의 부모 역시 살인자였을 수도, 운명에 실려 대물림되는 것은 행복의 조건이 아니라 비극의 필연일 뿐, 그러니까 설령 그의 아버지가 부잣집의 맏아들로 태어나서 부모의 넘치는 사랑을 받고 성장했으며 혈족의 축복 속에서 양갓집 규수와 결혼하여 그를 낳았다고 하더라도, 동업자의 배신으로 사업에 실패하고 채무를 피해 음지로 숨어 다니다가 알코올중독자로 전락하더니 급기야 자식을 버리고 아내를 살해하게 됐다면, M의 삶이 배양되고 있는 시공간은 부모의 일생을 다룬 서사의 기승(起承) 부분이 아니라 전결(轉結) 부분일 테니, 마치 부실한 체력을 단련시키기 위해 양쪽 정강이에 모래주머니를 차고 다니다가 어린 나이에 관절염을 앓고 선수생활을 포기한 마라토너처럼, 원죄를 벗어던지기 위해 버둥거릴수록 더욱 크고 분명해지는 아이러니 때문에, M이 살아 있는 한 제 부모를 용서하는 것은 불가능하겠으나, 팔다리가 모두 마비된 지금의 처지로는 부모를 살해할 수 없으니, 지금의 부자유에 깊이 감사하여,

두 사구 사이를 지나 모래펄을 가로질러 마른 강바닥을 건너고 구덩이도 에둘러서, 마침내 검은 그림자들이 출렁거리는 오아시스에 도착하자, 바람 소리가 멎고, 구르던 모래들도 관성력을 잃고 흩어져, M을 실은 상여는 서서히 닻을 내리는가 싶더니, 우르릉, 다시 붉은 토마토들이 지상을 파괴할 기세로 낙하하고, M은 천국으로 이어지는 에스컬레이터를 타고 천천히 오르면서, 눈동자가 녹아버리는 비극을 염려하여 눈을 꾹 눌러 감았으나, 전깃줄에 걸린 방패연처럼, 텅, 고도한계선에 목이 걸리자 아홉 개의 구멍이 동시에 열렸는데, 먼 곳은 물고기들이 만들어내는 백파(白波)들로 가득 차 있고, 가까운 곳은 울타리 같은 안개로 둘러싸여 있으며, 잘 익은 포도의 농밀한 냄새로 뒤덮여 있어서, 허공에서 발을 구르자 안개가 걷히며 마침내 형체를 드러낸 빈란드는,

에스메랄다 블랑카, 오 나의 흰 에메랄드,

「지상에서 영원으로」에서의 데보라 카처럼 뇌쇄적인, 손발이 묶여 있지 않고 재갈도 물지 않은 채, 토마토가 쏟아지고 있는데도 일광욕을 끝낼 생각 없이, 옷은 전혀 걸치지 않고, 사지는 자유의 한계까지 한껏 벌린 채, 전혀 움직이지 않는데도 토마토 진물 속에서 가라앉거나 떠오르지 않으면서,

버트 랭카스터의 키스를 기다리는 것처럼,

　사막을 여자의 나신으로 인식하는 시인과 사진작가의 상
투적 설명을 인용하자면, 포도가 썩고 있는 절벽 아래는 그
녀의 겨드랑이고, 붉은빛이 돌던 두 개의 언덕은 그녀의 젖
가슴, 그녀의 허기진 배 위에 서면 모래펄처럼 발이 쑥쑥 빠
져들고, 탯줄을 자르기 전까지 제 어미의 운명이 주입되던
구덩이 입구는 폐쇄되어 문장(紋章)으로 가려져 있으며, 오
래전에 사라진 강의 흔적처럼 남은 수술 자국, 그보다 더 먼
곳은 만인의 오아시스, 그녀는 아직 살아 있을 뿐만 아니라,

　아직 8월 마지막 수요일 발렌시아의 부뇰을 향해 떠나지
않았구나,

　8월 마지막 수요일 발렌시아의 부뇰에서 M이 만난 그녀
는 금색 단발이었는데 지금은 검은 장발, 도대체 어떻게 시
간이 되돌려졌을까, 혹시 꿈을 기억하는 능력이 회복된 것은
아닐까, 아니면 카페 콘데사에서 출발한 거룻배가 남극의 바
다를 건너간 게 아니라 시간의 크레바스 안으로 침몰했을 수
도, 시간이란 것도 양자론적 우주를 지배하는 확률로만 인식
된다면, 결코 연속적이거나 논리적이지 않을 터, 에스메랄다
블랑카가 살아 있다면 산토스도 당연히 M을 만나기 이전 상

태에 머물러 있겠지, 아우슈비츠 밖의 자유가 인종차별주의 자들의 와인에 담기는 게 몹시 못마땅하기는 하지만, 자신이 만든 시체가 겨우 하나라는 사실에 M은 크게 기뻐하며, 한 때 에덴의 선악과였던 토마토를 따 먹은 자들은, 악덕에 대한 수치심을 깨닫게 되는 게 아니라 오히려 반대로 그것을 깡그리 잊게 되리니, M은 제 입 앞으로 지나가는 토마토를 한 입 베어 물었는데, 갑자기,

토마토 붉은 빗줄기는 끊기고, 대왕오징어의 촉수 같은 중력장이 회복되어, M은 에스메랄다 블랑카의 나신 위로 급히 추락하면서, 망막 위에 섭새겨놓은 지도가 마찰력에 불타오르지 않도록 눈을 감은 채, 70킬로그램이 넘는 몸뚱이가 덮치면 그녀는 산산조각날 것이니, 제발, 지구는 제 속도보다 더 빠르게 회전하여 추락의 자리를 그녀로부터 멀리 옮겨주기를, 그는 최대한 낙하 속도를 줄이려고 가능한 한 몸을 크게 부풀리며, 모든 의식을 칼새의 깃털 하나에 집중하여,

쿵, M은 정확히 에스메랄다 블랑카의 몸뚱이 위로 떨어졌으나, 다행히 그녀는 산산조각나지 않았고, 평화로운 일광욕을 방해받은 그녀는 눈을 치뜨고 불쾌한 상황을 파악하려다가, 호흡기관 전체에 공포가 가득 들어차 숨조차 제대로 내쉬지 못한 채, 벌려두었던 사지를 급히 오므리며 본능적으

로, 왼손으로는 두 가슴을, 오른손으로는 오아시스의 입구를 봉쇄했는데, 그 기시적(旣視的) 반응으로부터 M은 두번째 살인의 기억을 완전히 복구할 수 있게 됐으니,

밤나무의 어둠 밑에서 격렬하게 저항하던 에스메랄다 블랑카가 혀를 깨물고 자결하자, 그녀가 죽음으로써 지켜내려고 했던 순결을 경멸하고 싶은 충동으로 시간(屍姦)을 시도했다가, 절정의 순간 멀리서 개 짖는 소리에 놀라, 자신의 영혼 전체가 정충 한 마리에게로 옮겨가고, 그것이 밤꽃 냄새에 실려 허공으로 솟아올랐다가 칼새의 날개 위에 내려앉은 뒤 세상을 고아처럼 떠돌게 됐다고, 칼새는 평생 지상에 내려앉지 않은 채 허공에서 먹이를 먹고 짝짓기를 하고 새끼까지 키운다던데, 너무 오래 떠도는 바람에 정작 자신의 시체를 어디에다 잃어버렸는지 기억할 수 없다고 투덜대면서,

팔다리가 완전히 마비된 M은 몸뚱이 전체를 꿈틀거리며, 에스메랄다 블랑카의 오른손가락 사이를 비집고 검은 물소리(배양액)가 들려오는 동굴(샬레) 깊숙이 기어 들어가, 가부좌를 틀고 앉아 배란기(체세포분열)가 시작되기를 기다릴 것인데, 그녀(이브)는 이미 죽었으므로(아직 태어나지 않았으므로), 자신의 외로움(괴로움) 때문에 살인자(아버지)를 낳았다는(죽였다는) 사실과, 그 살인자의 자식(어머니) 때문

에 자신이 죽었다는(구원받았다는) 사실도 깨닫지 못할 터이고, 운이 좋아서 열 달 뒤쯤 남극 부근에서 물고기를 잡는 남자(아담)에게 발견되어 육지(에덴)로 옮겨가게 되면, 그이후부터는 죽음(유일신)조차도 그의 운명(로고스)을 어찌할 수 없으리라.

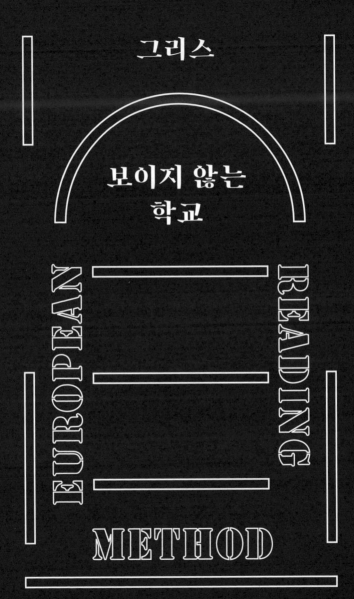

그리스

보이지 않는
학교

EUROPEAN

READING

METHOD

그 아이가 입학하기도 전에 이미 괴이한 소문이 학부모들 사이에 퍼졌다. 그 아이의 아버지는 한때 소비에트 연방에 속해 있다가 가장 마지막에 독립한 국가의 고위 관료인데 젊은 시절 비밀경찰에 가담한 이력이 들통나자 권력의 상부에 뇌물을 바치고 간신히 해외 대사관으로 발령받았다고 하고, 아이의 어머니는 남편보다 서른 살 어린 슬라브계 미인으로서 화려한 남성 편력 때문에 고급 사교계에선 제법 유명했다는 것이다. 남편의 전처에게서 태어난 아이는 아버지의 실패한 결혼을 매 순간 고통스럽게 상기시킬 만큼 추한 외모와 작은 키에 폭력적 성향까지 지니고 있어서 3년 동안 대여섯 개의 학교를 전전하다가 그곳으로 왔다고 했다.

하지만 소문은 사실과 전혀 달랐다. 그 아이는 금발에 피

부가 희맑고 이목구비가 또렷했으며 또래 아이들보다 한 뼘
넘게 키가 컸다. 엄격한 가정교육 덕분인지 예의가 바르고
주의 깊게 행동했다. 반면 아이의 어머니에게선 화려한 남성
편력을 짐작할 만큼의 아름다움은 거의 발견되지 않았는데,
그녀의 옷과 액세서리는 외모와 전혀 어울리지 않았고 화장
은 천박해 보일 만큼 너무 짙었다. 나이도 마흔은 훨씬 넘어
보였다. 하교 시간까지 끝내 나타나지 않은 아버지에 대한
소문 역시 사실과 들어맞지 않을 게 분명했다. 그렇지 않고
선 아이의 신체적 장점을 설명할 수 없었기 때문이다. 젊어
서 소비에트 연방의 비밀경찰로 활동했을 만큼 건장한 신체
를 지니고, 뇌물의 도움 없이 그곳의 대사관에 발령받을 수
있을 만큼 전도유망한 관료이지만, 사회적 명예와 가족의 행
복을 맞바꾸지 않을 만큼 다정다감한 인간일 수도 있었다.

　　그 아이가 엄마의 손에 이끌려 첫번째 하교하는 모습을 지
켜본 학부모들은 그 아이와 부모가 유태인이라는 새로운 소
문을 들었다. 그때까지도 그들은 자신의 아이들이 유태인과
함께 학교 생활을 하게 되리라고는 전혀 상상하지 못했다.
반면 무슬림 아이들과 생활할 때 주의해야 할 사항들은 자신
의 아이들에게 수시로 일러주었는데, 무슬림 관련 중요 뉴스
가 보도될 때마다 대사관에서 친절하게 단체 메일을 보내준
덕분이었다.

"유태인이라면 항상 머리에 둥근 모자를 쓰고 다니면서 자신의 종교를 자랑스럽게 드러내지 않나요?"

중국에서 온 학부모가 서툰 영국식 영어로 질문을 했을 때, 가나에서 온 학부모가 능숙하게 대답했다.

"그걸 키파kippah라고 하는데, 대부분의 유태인들은 기도할 때를 제외하곤 착용하지 않지요. 그걸 쓰고 유럽의 거리를 걷는 게 얼마나 어리석은 짓인지 그들은 수천 년의 역사를 통해 정확히 배웠으니까요."

칠레에서 온 학부모가 빈정거렸다.

"그 대신 그들은 화장실에 모여서 할례한 자신의 성기를 꺼내 보이면서 으스대겠지요."

그러자 뉴질랜드에서 온 학부모가 물었다.

"유태인 앞에서 햄과 치즈로 된 샌드위치를 먹으면 정말 안 되나요?"

프랑스에서 온 학부모가 대답했다.

"샌드위치의 한쪽 빵을 치즈와 함께 먹고, 세 시간 뒤에 반대쪽 빵과 햄을 함께 먹으면 아무런 문제도 없지요. 단, 독일에서나 세 시간이지만 폴란드에선 무려 여섯 시간이나 기다려야 한답니다."

중국과 칠레에서 온 학부모들이 소리 내어 웃었다.

"유태인 중에는 공산주의자가 많다고 하던데, 아닌가요?"

이탈리아에서 온 학부모가 심드렁한 표정으로 물었을 때,

미국에서 온 학부모가 거드름을 피우며 아는 체를 했다.

"유태인은 러시아를 세웠다가 낙담하고 훗날 이스라엘을 세웠지요."

이후로도 유태인에 대한 정보들이 오갔지만 하나같이 신빙성이 떨어지는 것들이었다. 다만 무슬림과 유태인이 함께 머물고 있는 시공간에 자신의 아이들을 홀로 놔두어서는 안 된다는 주장만큼은 아무런 검증 없이 학부모들에게 수용됐다.

그 학교에 다니는 아이들이 모두 눈이 멀었다는 사실은 애써 떠올리지 않은 채.

눈먼 아이들의 부모들은 시력 없이는 세계와 인간을 절반조차 인식할 수 없다고 굳게 믿고 있기 때문에, 설령 자신의 아이들이 시력 이외의 능력으로 세계와 인간을 정확히 인식하고 있다고 하더라도 이를 철저하게 무시한 채, 그들이 접근할 수 있는 세계와 인간의 범위를 제한하고 끊임없이 검열했다. 그러고는 철저하게 어른들 사이의 역학관계에 따라 아이들의 일을 처리했기 때문에 유태인 아이와 무슬림 아이는 유태인 부모와 무슬림 부모 사이에 세워진 분리장벽에 막혀 서로를 이해하고 화해할 기회를 얻을 수 없었다. 아이들은 그저 자신들의 안전과 성공을 위해 헌신하는 제 부모를 이해하는 데 대부분의 시간을 보냈지만, 제 부모가 생선 가시나

헤어드라이어에 의해 갑작스러운 죽음을 맞이할 수 있으며 그런 비극에 대처할 능력이 자신들에게서 거세되어 있기 때문에 결국 부모보다 더 비참한 파국을 맞이하게 되리라는 사실을 잘 알고 있다. 제 부모를 걱정시킬까 봐 순진한 표정으로 짐짓 모른 체하는 것일 뿐. 이런 태도가 자신의 부모들을 더욱 초조하고 그악스럽게 만든다는 사실까지 알아차리기에 아이들은 너무 어렸다.

그 도시에는 눈먼 아이들을 위한 학교가 세 곳 있다. 그렇다고 그곳의 환경이 심각하게 오염됐거나 전염병이 쉴 새 없이 창궐해서, 또는 최소한의 규칙도 없이 화학 무기가 빈번하게 사용되고 있어서 아이들이 시력을 강제로 빼앗기고 맹인학교에 수용되는 것은 아니었다. 눈먼 아이들이 대중교육 제도에서 소외되는 걸 안타깝게 여긴 크레타 출신의 교육자가 그곳에 맹인학교를 세우고 혁신적인 교수법을 통해 정상인보다 뛰어난 학자와 예술가를 배출시키자 눈먼 자식을 둔 학부모들이 전 세계에서 몰려들었고, 훗날 두 곳의 학교가 더 생겨났던 것이다. 스웨덴 출신인 그 교육자가 자신의 고향과 수천 킬로미터 떨어져 있는 그 도시에 학교를 세운 까닭이, 호메로스의 작품과 인생에 크게 감동한 그가 그곳을 그 위대한 시인의 고향이라고 굳게 믿었기 때문이라는 소문이 돌았다. ── 맹인인 호메로스의 고향이라고 주장하는 도시는 7개였다. 그중 스미르나가 유구한 경쟁자들을 모두 물리치고 최종 승리했지만 이 판정에 반박할 증거를 찾고 있는 사람들의 숫자는 알렉산더대왕의 무덤을 찾고 있는 사람들의 그것보다도 훨씬 더 많다. ─ 그 학교의 국제적 명성을 정권 홍보에 활용하기 위해 군사정부는 파격적인 지원 방안을 제시하면서 협력을 설득했지만 설립자는 자신의 교육 철학에 거스르는 어떠한 제안과 협박에도 휘둘리지 않고 오로지 학부모들의 기부금과 자원봉사자들만으로 학교를 운영했다. 군사정부는 갖가지 이유로 트집을 잡아 학생들의 등교를 막고 설립자를 감찰기관에 수시로 불러들였지만 끝내 학교를 폐쇄할 수는 없었는데, 외교관이거나 다국적 기업의 임원인 학부모들의 조직적인 저항 때문에, 유혈 쿠데타 이후 국제사회로부터 정통성을 인정받지 못하고 있던 군사정부로선 외교적 분쟁을 피하기 위해서라도 어쩔 수 없이 손톱 밑가시를 모른 체해야 했던 것이다. 그러다가 군사정부는 돈벌이와 정권 홍보를 목적으로 그 학교 옆에 최첨단 시설을 갖춘 맹인학교를 세우고 엘리트 교사들을 대거 배치한 뒤 학생들 전원에게 장학금과 생활비를 지급하겠다는 파격적인 조건 아래 국내외의 학생들을 모집했다. 그것이 두번째 학교가 탄생한 배경이다. 세번째 학교는 눈먼 자식을 둔 가난한 학부모들에 의해 세워졌는데, 전 세계에서 몰려든 눈먼 학생들과 학부모들에 때문에 그 도시의 집세와 물가가 폭등하자 가난한 주민들은 더 싼값의 집과 더 하찮은 일자리를 찾아 다른 도시로 떠나지 않으면 안 됐으나, 눈먼 자식들의 미래를 걱정한 부모들은 지상의 쓰레기더미나 지하의 하수구 안에 거주지를 만들고 저임금노동으로 가족의 생계를 책임지면서도 교육에 뜻을 같이하는 자들끼리 아이들을 데리고 공원에 모여 노천 수업을 시작했던 것이다.

나중에 이 세 곳의 학교는 여러 언론 매체를 통해 고대 그리스의 아테네에 세워졌던 세 학원과 자주 비교됐는데, 첫번째 학교는 특정한 커리큘럼 없이 자유로운 토론과 신체 단련을 통해 지식과 기술을 스스로 습득하도록 유도한다는 점에서 아리스토텔레스가 세운 리케이온Lyckeion을 연상시켰다. 질서가 자유보다 강조되는 두번째 학교에서 학생들은 정해진 커리큘럼과 학칙을 따라 생활해야 했기 때문에 플라톤이 올리브 숲속에 세운 아카데미아Akademia에서 학습하던 학생들과 처지가 비슷했다. 세번째 학교의 규모나 학부모들의 계급은 에피쿠로스가 자신의 정원에 세운 호케포스Hokepos와 많이 닮아 있는데, 리케이온이나 아카데미아에 출입할 수 없었던 노예나 여자까지 드나들면서 심오한 철학보다는 일상의 소소한 행복을 깨닫는 데 많은 시간을 보냈다는 사실이 이 주장을 뒷받침했다. 유수의 신문사 특파원은 세 곳의 맹인학교를 차례대로 취재하고 난 뒤, 제논을 필두로 한 스토

아학파가 기존의 세 학원들과 구분되는 학원을 세웠듯이, 머지않아 그 도시에도 네번째 맹인학교가 다국적 기업의 후원을 받아 건설될 것이라고 예견했다. 철저하게 자본주의적 논리에 따라 운영될 네번째 학교와 무모한 경쟁을 하다 보면 네 곳의 학교들이 공멸할 위험에 처할지도 모른다는 경고에 수긍하는 학부모들도 적지 않았다.

첫번째 학교에 입학하려면 대기자로 등록한 뒤 2년 남짓 기다려야 한다. 게다가 시력을 완전히 잃었다는 의사의 진단서 없이는 입학 서류를 접수시킬 수 없다. 그러므로 부모는 잠시 동안 딜레마에 빠져든다. 아이들에게 미약하게나마 시력이 남아 있어서 그 유명한 학교에 입학하지 않고서도 혼자서 생활할 수 있는 상황을 감사해야 하는 것인지, 아니면 시력이 완전히 사라진 덕분에 그 학교에 입학하여 여생에 필요한 교육을 체계적으로 받게 된 걸 더 긍정적으로 해석해야 할지 혼란스럽다. 어떤 부모들은 아이들에게 미약하나마 시력이 남아 있을 때 그 명성 높은 학교에 입학하여 훗날 자신들의 도움 없이도 살아갈 수 있을 만큼의 지식과 기술을 배우게 하려고 거액의 뇌물로 의사를 매수하여 가짜 진단서를 발급받기도 했다. 실제로 그런 시도가 적발되자 학교는 2년 동안 단 한 명의 신입생도 받지 않는 극단의 처방으로 설립자의 교육 철학을 지켜냈고, 자체적인 서류 검증과 신체검사

과정을 추가했다. 두번째 학교의 입학 여부는 국가가 관리하는 학교운영위원회원에서 전적으로 결정하기 때문에 2년을 기다려도 면접조차 보지 못한 아이들이 있는가 하면, 입학 지원서를 제출하지 않고서도 합격 통보를 받는 아이들도 엄연히 존재했다. 학부모의 사회적 지위와 기부금의 액수에 따라 입학이 결정된다는 소문은 대체로 사실로 받아들여졌을 뿐만 아니라 심지어 정상 시력을 지닌 아이들조차 그 학교에 다니고 있다는 소문까지 나돌았는데, 맹인들을 사회의 정상적인 구성원으로 받아들이기 위해선 그들의 고충과 교육 과정을 잘 알고 있는 정상인들도 함께 육성해야 한다는 궤변이 뒤따랐다. 그래도 설립 초기엔 첫번째 학교와의 경쟁을 의식하여, 학교운영위원회는 1년에 한 번씩 전 세계의 주요 일간지에 입학시험 공고를 내고 잠재력을 지닌 아이들을 발굴하여 국가의 재산으로 육성하겠다는 의지를 표명했으나, 시험에 통과한 아이의 부모들이 대체로 재력가이거나 유력 정치가라는 비난이 쏟아지면서 입학시험은 부정기적으로 시행되다가 나중엔 면접으로 대체됐다. 여전히 아이들의 입학 자격은 모호했으나 입학 후 국가가 지원하는 사항은 아주 구체적이고 명확했기 때문에 학교 졸업장은 구직의 만능 열쇠로서 각광받았다. 공무원으로 채용된 졸업생들은 모교를 지원하기 위한 법령들을 만들고 막대한 예산을 끌어모았다. 첫번째나 두번째 학교의 입학 서류를 채울 수 없을 만큼 비참한 삶을 사는 부모들은 학교와 공원을 구분할 수 없고, 선생과 학생을 구분할 수 없고, 수업 시간과 쉬는 시간을 구분할 수 없고, 학습도구와 쓰레기를 구분할 수 없고, 입학과 졸업을 구분할 수 없는 세번째 학교에다 자신의 아이들을 등록시키지 않을 수 없었다. 그러고는 조촐한 입학식을 마치고 귀가한 아이들이 잠들기를 기다렸다가 이따금 간장이 끊어질 정도로 섧게 울거나 심신이 분리될 때까지 독주를 들이켜면서, 자신보다도 더욱 불확실하고 비참해질 아이들의 미래에 대해 한탄했다. 아이들의 직업으로서 부모들이 상상할 수 있는 가장 최선이자 유일한 것이라곤 안마사가 전부였으나, 그마저도 언제든지 불법으로 규정되어 금지되거나 기계에 대체될 수 있을 만큼 위태로웠다. 이외의 직업은 아예 없는 것보다 못했다. 그런데도 부모들이 아이들을 세번째 학교에라도 등록시켰던 까닭은, 그렇게라도 하지 않으면 아이들이 존엄한 인간이라는 확신 없이 평생 어둠에 갇혀 지내다가, 가구나 시체가 된 뒤에도 여전히 살아 있다고 믿게 될까 봐 두려웠기 때문이다.

이는 세 곳의 학교가 눈먼 인간을 이해하는 방식의 차이에서 빚어진 결과이기도 하다. 첫번째 학교에선 눈먼 인간에게 신성한 의미를 부여하는데, 인간의 본성과 우주의 질서를 직접적으로 인식하는 데 방해되는 능력이 제거된 순수한 상태의 인간으로 아이들을 간주한다. 그래서 선생들은 신성한 비밀을 추적하고 그것을 인간의 세계로 유입시키는 임무를 맡아야 하는 것이다. 반면 두번째 학교는 눈먼 인간과 정상인 사이에는 인권을 차별할 아무런 근거도 없다는 사실을 강조한다. 감상적인 호혜를 기대하고 패배의식을 수치스럽지 않게 여기는 자들은 평생 장애인으로 살아갈 수밖에 없기 때문에 눈먼 자들이 정상인들 사이에서 독자적으로 살아갈 수 있도록 가르치는 게 인도주의라고 생각한다. 세번째 학교에서 눈먼 인간은 흑인이나 여자, 아이나 노인처럼 사회적 약자로서 간주된다. 그렇다고 구걸이나 범법 행위로 연명하는 걸 권장하는 건 결코 아니다. 사는 데 필요한 건 자신의 삶에 대한 정확한 인식과 이웃과의 공평한 연대뿐이며, 명징한 우열은 없고 사소한 차이만 있을 따름이라고 배운다.

유태인으로 알려진 부모는 자신의 아이를 첫번째 학교에 입학시켰다. 유태인은 신에게서 유일하게 선택받은 민족이라는 종교적 신념이 그들을 첫번째 학교로 이끌었을지도 모르겠으나, 유태인의 전통적인 교육법을 오랫동안 동경해온 학부모들은 그들이 마치 자신들의 용감한 선택과 오랜 인내를 격려하기 위해 등장한 메시아로 여겨져서 한껏 느꺼웠다. 유태인이 환영받는 역사가 고작 반백년도 채 되지 않는다는 사실 따윈 괘념치 않았다. 그리고 그것은 결코 이스라엘의 역사와는 전혀 무관한 반응이었다. 왜냐하면 유태인을 지지하는 것은 사회적 소수를 보호해야 한다는 정언명령을 따르는 행동인 반면, 이스라엘을 지지한다는 것은 팔레스타인들의 고통을 묵인하는 일이었기 때문이다. 세상을 거대한 암흑 덩어리로 인식하고 있는 눈먼 아이들에게 부모가 설명하기 어려운 개념 중 하나가 바로 죽음일 텐데, 눈에 보이지 않는다고 해서 존재하지 않는 것이 아니라는 자신의 가르침을 스스로 부정하지 않으면서도 바람이나 강물의 흐름처럼 가변적인 현상에 불과한 죽음을 설명하려면 많은 이론과 예시와 시행착오가 필요했다. 그것이 부모의 비겁과 죄악 때문에 누군가에게 강제된 사건일 수도 있다는 사실까지 설명할 순 없었다. 혹시 눈먼 아이들이 자신의 부모마저 실제로는 존재하지 않는 암흑 덩어리라고 이미 간주하고 있다면 또 모를까.

첫번째 학교에서 아이들은 철학과 물리학, 문학, 고고학 등에 대해 토론했다. 그런 분야의 지식들이 아이들을 오히려 사회에 무용한 존재로 만든다고 불평하는 학부모가 없는 것은 아니었다. 하지만 적어도 그런 지식들은 인식 가능한 시공간을 확장시켜주는 역할을 해줄 수는 있었다. 평생 어둠 속에 갇혀 지내는 아이들에게 — 이것도 첫번째 학교는 거짓이라고 가르쳤다. 공기를 볼 수 없는 자들이 공기 속에 갇혀 있다고 말하지 않듯이, 눈먼 자들은 어둠을 볼 수 없으므로 어둠에 갇혀 있다고 말하는 것은 옳지 않다─필요한 것은 손끝에 만져지는 외부 세계에 대한 지식과 이해가 아니라, 아무리 손을 뻗어도 닿지 않는 세계에 대한 상상과 회의(懷疑)이기 때문이다. 어둠 속에서 만물을 감지하여 그것들의 관계와 쓸모를 정확히 이해하지 못한다면 눈먼 아이들은 자신의 운명을 결코 수긍하지 못할 것이고 자신을 가구나 시체로 간주한 뒤 생의 모든 의미를 제 부모의 죄책감과 연결시키려 할 것이다. 자식에게 입학의 기회가 찾아올 때까지 2년 남짓 묵묵히 기다리면서 부모들이 기대했던 기적도 이런 게 결코 아니었다. 가로등에 비해 북극성의 불빛은 미약하기 그지없으나 적어도 수만 년 동안 같은 자리에서 빛나고 있고 모든 인류가 여전히 그것으로 길라잡이를 하고 있다는 사실을 자식들이 정확히 이해하기만 한다면, 그들 역시 길을 잃지 않고 운명을 따라갈 수 있을 것이다. 아이들은 수십 와트짜리 형광등을 알아볼 수 없어서 맹인이 된 게 아니라 고작 제 발밑에 떨어져 있는 손전등 하나를 찾을 수 없어서 맹인이 된 것이니까. 물리적 세계를 넘어서려면 철학과 고고학에 대한 지식은 반드시 필요했다. 코페르니쿠스가 우주의 중심을 발견해내고 뉴턴이 만유의 힘을 인식할 수 있었던 것도 모두 보이지 않는 것들의 위대한 힘 덕분이었다.

　하지만 먹고사는 일을 생각할 때마다 학부모들은 마치 물동이를 머리에 이고 절벽 위에 서 있는 것처럼 아찔해졌다. 철학이나 물리학, 문학, 고고학이 먹고사는 일에 도움이 되지 않을 것 같아 그러한 것이 아니라, 오히려 그런 지식들이 자칫 자신의 아이들을 범죄자나 사이비 종교 지도자로 만들지도 모른다는 걱정 때문에 그러했다. 눈먼 철학자나 물리학자에 대한 이야기는 거의 듣지 못했지만—눈먼 고고학자에 대해선 전혀 들은 바가 없다. 호메로스처럼 눈먼 문학가들은 역사에서 얼마든지 찾을 수 있지만, 이미 그들은 모두 죽었고, 더 이상 그들의 후손은 태어나지 않는다—눈먼 사기꾼이나 예언자들이 나타나 혹세무민하다가 처참한 죽음을 맞이했다는 이야기는 어느 시대나 창궐했다. 눈먼 자들에게는 신이 특별한 재능을 주었다는 신화적 믿음이 돈벌이를 제공해주는 동시에 결코 용서받지 못할 죄악을 함께 발명해내는 것이다. 그래서 학부모들은 적어도 자신의 아이들이 그 학교를 졸업하고 적당한 직장을 갖게 될 때까지는—그 학교의 졸업장은 직장을 보장해주지 않았는데 철학이나 물리학, 고고학은 직장 생활에 치명적 요소인 허무감과 개인주의를 유포시킬 위험이 다분했다—가까이에 머물면서 세심하게 돌봐야겠다고 다짐했다. 그러려면 부모 중 한 명은 돈을 버는 데 더욱 집중해야 하는 반면 다른 한 명은 그 돈을 효율적으로 쓰기 위해 애쓰지 않을 수 없었는데, 그러다 보면 부모 중 한 명은 자신의 아이들이 학교에서 배우고 있는 지식이나 윤리에 반하는 언행들을 은연중에 쏟아냈고, 다른 한 명은 자신의 일생이 아이들 인생의 배경이나 거름으로 소모되고 있다는 사실을 자주 잊어버렸다. 그걸 일찍 간파한 아이들은 자신과 부모의 인생 사이에 머물면서 어느 것이 누구의 죄책감이고 욕망인지 구분하려고 애쓰다가 전혀 성장하지 못했다.

두번째 학교는 경제학과 행정학, 심리학 그리고 첨단기기를 사용하여 통신하는 방법을 가르쳤다. 그리고 나중엔 종교를 추가했는데 유혈 쿠데타로 정권을 획득한 군사정권의 아킬레스건을 보호하기 위해서라도 모르핀과 같은 종교의 도움은 필요해서 ─ 마르크스의 생각과는 정확히 반대된다 ─ 갈등이 감지되는 순간마다 성직자들은 시민들에게 저항보다 순응의 방법을 항상 선택하도록 지시했으며 현실보다 내세의 가치를 강조했다. 그런 교육을 받은 아이들은 늘 냉철하게 판단했고 과감하게 행동했으며 언제든지 단단한 논리로서 자신을 보호할 수 있었을 뿐만 아니라 자신이 저지른 죄악이나 비겁을 언제든지 용서받고 삶을 갱신할 수 있었다. 그러니 먹고사는 일에도 정상인보다 뒤처질 이유는 없었다. 비록 그들은 세상을 만들거나 넓히고 개선하는 일에서는 장점을 발휘하지 못했으나, 존재하는 세상을 유지하고 단단하게 만드는 일에서만큼은 타의 추종을 불허할 정도로 두각을 나타냈다. 세번째 학교에서 배울 수 있는 건 언어와 음악 뿐이었다. 그것들은 철저하게 먹고사는 일에 동원됐다. 세번째 학교의 학부모들은 자식들의 세계가 상상과 회의로 확장되는 것을 원하지 않았는데, 세계가 확장될수록 자신의 아이들이 느끼게 될 괴리감과 열패감이 더 크고 무거워질 것이기 때문이었다. 작은 세계일지라도 왕이나 신하가 되는 것이, 큰 세계의 화려한 노예가 되는 것보다는 훨씬 낫다는 생각에서 부모들은 전혀 벗어나지 못했다.

세 곳의 학교들은 마치 유리그릇이 놓여 있는 테이블을 떠받들고 있는 세 개의 다리처럼 한동안 별다른 갈등 없이 각자의 역할과 특성을 지켜냈다. 만약 하나의 다리가 어떤 요인—충격, 곰팡이, 화재, 흰개미, 시간, 습기, 균열 등—으로 갑자기 부러지기라도 한다면 유리그릇은 언제든 바닥으로 처박혀 깨질 것이고, 일단 깨어진 유리그릇은 결코 완벽하게 복원할 수 없을 것이며 결국 테이블의 쓸모가 사라지고 말 것이라는 걱정은 오히려 세 학교를 유기적인 관계로 묶고 서로 긴장시키는 역할을 했다. 그 덕분에 눈먼 아이들과 학부모들은 유리그릇 속에 담긴 희망을 느긋하게 음미하면서 몽상을 즐길 수 있었다. 하지만 평화와 균형은 스스로의 힘과 논리를 지니고 있지 않다. 세상에는 수많은 유리그릇들이 존재하는 반면 그것을 올려놓을 테이블의 숫자와 테이블을 설치할 공간은 턱없이 부족하기 때문에 하나를 지켜내기 위해선 다른 하나를 없애야 하는데, 너무 좁고 어두운 곳에 오래 살고 있던 그들은 그런 사실을 깨닫지 못했거나 기억하지 못했다.

어느 날 첫번째 학교는 학생들이 학교 안에서뿐만 아니라 밖에서조차 흰 지팡이를 사용하지 못한다는 원칙을 발표했다. 흰 지팡이는 자립이나 성취의 상징이 아니라 동정이나 무능의 상징이기[1] 때문에 시각 정상인들에게 우월의식을 심어주는 반면 눈먼 아이들에게는 패배의식을 주입할 수 있다는 게 이유였다. 이진법의 단순한 알고리즘으로 프로그래밍된 로봇처럼 직선으로만 보행하는 자와 그를 비웃으면서 관찰하는 자 사이에는 결코 건널 수 없는 틈새가 존재하기 마련이다. 눈먼 자들이 도로를 보행할 때 반드시 흰 지팡이를 지니고 다녀야 한다는 법령 또한 폐기시켜야 한다고 첫번째 학교는 주장했는데, 흰 지팡이를 들고 다니지 않은 맹인은 교통사고를 당하더라도 자신의 잘못으로 간주되어 적

---

1 1980년 세계맹인연합회가 채택한 '흰 지팡이 헌장'에 따르면 흰 지팡이는 "시각장애인이 길을 찾고 활동하는 데 가장 적합한 도구이며 시각장애인의 자립과 성취를 나타내는 전 세계적으로 공인된 상징"이고 "동정을 불러일으키는 대상으로 잘못 이해해서는 안 될 것"이며 "시각장애인이 마음 놓고 활동할 수 있는 권리를 보장해주는 또 하나의 표시"라고 명시되어 있다.

절한 보상을 받을 수 없게 됐기 때문이다. 흰 지팡이를 능수
능란하게 사용하여 자신의 주변에 득실거리는 위험을 단번
에 알아차리고 기민하게 대응할 수 있는 능력을 지니기 전까
진 외출을 삼가라는 경고처럼 들린다고 첨언했다. 영구적인
장애를 지닌 인간이 아니라, 그저 일시적인 곤경에 처한 인
간을 발견하고 돕는 일이야말로 세금 공동체에 속해 있는 시
민들의 당연한 의무이기 때문에, 행인의 소매를 붙잡고 자신
의 목적지를 당당하게 말하거나 공무원들에게 전화를 걸어
복무규정을 상기시키라고 학생들에게 가르쳤다. 학부모들
은 아이들의 안전이 몹시 걱정되어 학교의 지침을 곧이곧대
로 수용할 수는 없었지만, 독서 금지 지침 — 첫번째 학교는
학생들이 점자책으로 독서하는 걸 금지시켰다. 문자가 그러
한 것처럼 점자 역시 오류를 포함하고 있는 데다가 책의 내
용을 완전하게 이해하는 데 그것들이 방해가 된다는 논리였
다 — 에 항의했다가 여러 명의 아이들이 퇴학당한 사건을
기억하는 한 누구 하나 드러내놓고 반대하진 못했다. 흰 지
팡이 대신 맹도견을 딸려 보낸 학부모가 이튿날 학교에 소환
됐다가 절절하게 소명한 끝에 간신히 아이의 퇴학을 막았다
는 소문이 떠돌았다.

　첫번째 학교의 결정은 다른 두 학교와 학생들, 학부모 그
리고 마침내 공동체에 크나큰 영향을 미쳤다. 어느 누구도

첫번째 학교의 무모한 실험이 처참하게 실패할 것이라는 데 의심하지 않았지만 그것이 연쇄적으로 일으킨 긍정적 변화까지 부정할 순 없었다. 흰 지팡이를 집어 던진 아이들이 아무런 보호구 없이 인도와 도로를 지그재그 넘나들기 시작하면서 운전자나 보행자는 눈먼 아이들의 비극이 자신의 운명까지 잠식하지 못하도록 자동차의 속도를 줄이거나 팔을 이끌어 목적지까지 데려다주어야 했다. 그 덕분에 시민 전체가 눈먼 아이들의 양육을 맡지 않을 수 없게 되면서 교통사고 건수는 급격히 줄어들었고 사회 전반의 문제들을 해결하기 위한 자발적 활동들이 이어졌다. 눈먼 아이들이 더욱 쉽고 자유롭게 외출할 수 있게 되면서 학부모들마저 자신의 인생을 추스르고 긍정할 여유를 되찾았을 뿐만 아니라 이웃들과 조심스럽게 소통하기 시작했다. 두번째 학교의 학부모들까지 자발적으로 자신의 아이들을 이 실험에 참여시키자 두번째 학교에서도 마지못해 첫번째 학교와 비슷한 조치를 취하지 않을 수 없었는데, 공무원이 된 졸업생들을 동원하여 법령을 수정하고 도시 곳곳에 맹인 보호용 시설을 확충함으로써, 눈먼 학생들을 사무용 기계로 전락시키는 교육에만 집중하고 있다는 비난으로부터 다소 해방될 수 있었다. 세번째 학교의 대부분 학생들은 가난이 유발한 갖가지 질병 때문에 버섯처럼 지내고 있어서 흰 지팡이를 사용할 경우가 거의 없었으나 동참 의사만큼은 분명히 밝혔다. 오래지 않아 그 도시는 눈먼 아이들의 지상낙원으로 여러 언론 매체를 통해 알려졌고 ── 그곳이 호메로스의 실제 고향일지도 모른다는 신문의 기사가 스미르나 시정부의 불매운동을 일으키기도 했다 ── 전 세계에 흩어져 있는 눈먼 아이와 학부모 들을 열광시켰으며, 위대한 교육자의 굳건한 철학과 행동이 어떻게 사회를 긍정적으로 변화시킬 수 있는지 설명하는 전형적 범례로 회자됐다. 이는 철학자가 미래의 국가를 통치해야 하며 시인은 추방해야 한다는 플라톤의 주장과도 일맥상통한 결과였다. 만약 공무원 역시 시인보다는 철학자에 가깝다는 주장에 충분한 근거를 제시할 수만 있었다면, 두번째 학교 역시 군사정부의 관변단체에 불과하다는 불명예로부터 벗어날 수 있었겠으나, 비전을 간과한 채 성과만을 대외적으로 선전하는 사이에 천우신조의 기회가 손살 사이로 빠져나가는데도 미처 깨닫지 못했다.

눈먼 아이들은 경계가 사라진 세상에서 자신만의 순수한 욕망을 강렬하게 감지할 수 있게 됐을 뿐만 아니라, 어른들 사이의 분리장벽을 마음껏 뛰어넘으며 친구들을 이해하고 화해했다. 하지만 유감스럽게도 그런 기쁨을 오래 누릴 순 없었다. 힘없는 소수로 전락한 시각 정상인들이 자신의 세금으로 눈먼 자들만을 위한 편의시설을 만들고 관리인을 채용하는 데 조직적으로 반발했기 때문이다. 명확한 이유 없이 타인에게 제공된 혜택은 정당한 이유 없이 자신으로부터 빼앗은 것이라는 인식이 그들 사이에서 흑사병처럼 퍼졌다. 그래서 학교나 관청, 공사장으로 몰려가 시위를 벌이는가 하면, 행인들에게 흰 지팡이를 무료로 나누어주면서 그걸 들고 맹목적인 세상을 교정하라고 호소하기도 했다. 눈먼 자에게만 특혜를 주려는 게 아니라 그동안 부당한 이유로 보호받지 못한 소수에게 정당한 혜택을 돌려주는 게 목적이라는 학교장과 시장의 해명은 시각 정상인들의 멸시와 폭력 앞에 무력했다. 눈먼 자가 귀머거리나 벙어리보다 더 존중받아야 할 이유는 없다고 주장하는 단체들도 나타났고, 거짓으로 눈먼 자 행세를 하며 각종 혜택을 불법으로 누리다가 적발된 시민들의 숫자도 늘어났다. 눈먼 자들은 정당한 권리를 지켜내고 싶었지만 격류를 거슬러 오를 힘이나 조직이 없었다. 결국 정체를 알 수 없는 자들이 군복을 입고 도처에 등장하여 눈먼 아이들에게 무자비한 테러를 저지르는 상황까지 이르고 말았다. 상황이 이렇다 보니, 눈먼 아이의 부모들은 자신의 아이들이 이전보다 더 안전한 세계에 살고 있다는 언론 보도를 더 이상 믿지 않게 됐다. 그래서 어떤 학부모는 자신의 아이들에게, 만약 학교 밖에서 누군가로부터 위협을 받는다면 가방 속에서 흰 지팡이를 꺼내어 보이면서 자신은 전혀 해롭지 않을 뿐만 아니라 타인의 도움이 없인 결코 존재할 수 없는 장애인임을 스스로 인정하라고 가르쳤다. 물론 학교에 발각되어 퇴교 조치 당하는 걸 걱정하여, 절체절명의 순간에도 자신의 주위에 선생이나 동료가 없는지 확인한 뒤에야 비로소 이 방법을 사용해야 한다는 단서를 잊지 않고 달았다.

하지만 전혀 엉뚱한 이유로 테이블 다리 하나가 갑자기 부러지면서 유리그릇은 바닥으로 처박혔고, 눈먼 아이들과 그들의 부모는 엘리시움[2]에서 영원히 추방되고 말았다. 첫번째 학교가 폐쇄된 지 한 달이 채 지나지 않아서 두번째 학교 또한 무력하게 폐쇄됐고, 세번째 학교는 여전히 존재했으나, 더 이상 눈먼 아이들의 교육을 위해 전 세계에서 그 도시로 찾아오는 학부모들은 없었다. 그래도 여전히 그 도시엔 눈먼 자들이 많이 살았는데, 그들은 자신을 가구나 시체로 간주한 덕분에 고독과 폭력과 추억을 견뎌낼 수 있었다.

갖은 협박과 회유를 견디며 일관된 교육 철학을 지켜내던 첫번째 학교가 끝내 폐쇄된 데에는 모두가 예상했던 대로, 유태인으로 알려진 아이와 그의 부모의 역할이 매우 컸다. 물론 그들이 만약 유태인이 아니었다면 ─ 훗날 그들은 유태인이 아니라는 사실이 밝혀졌으나 상황을 되돌려놓진 못

---

2   호메로스는 이곳이 서쪽 대지와 바다가 만나는 가장자리에 위치하고 있으며, 죽은 자들만 들어갈 수 있다고 썼다.

했다──비참한 결과를 맞이하지 않았을지도 모른다. 하지만 유태인이 그 사건에 연루되어 있다는 사실이 알려지면서 갈등은 핵분열처럼 연쇄적으로 이어졌고 도시 전체를 파괴하고 말았다. 바다 건너편의 나비 한 마리가 할 수 있는 일을 한 무리의 인간이 그렇게 했다고 해서 놀랄 이유는 전혀 없다. 다만 황망한 이유가 궁금할 따름이다. 왜 눈먼 아이들에게도 여전히 유태인과 미국인과 여자라는 사실이 중요한지, 왜 어른들은 아이들이 향유해야 할 미래를 파괴하고 있는지, 책임을 느끼는데도 왜 아무것도 하지 않는지, 오래전에 받은 이 질문들을 왜 여태껏 아이들에게 숨기고 있는지. 그런 질문을 정말로 들어보지 못했거나, 듣기는 했지만 차마 대답할 용기가 없다면, 이 글에 대한 독서를 여기서 당장 멈춰라. 독서는 당신의 의식을 깨워 행동하도록 만드는 데 숭고한 목적이 있는 것이지, 당신의 안락한 현실을 보호하고 따뜻하게 데우는 일을 수행하진 않는다. 진실이란 애써 찾아내고 만들어내는 게 아니라 수용하고 지켜내는 것에 불과하다. 그리고 나는 눈먼 자들의 패배가 당신의 세계를 더욱 공고히 만드는 걸 결코 원하지 않는다. 그러니 이 글이 당신을 수치스럽게 만들지 않는다면 당신 역시 눈먼 자와 다르지 않다. 그리고 이 글을 손끝으로 더듬어 당신에 읽어주고 있는 나는 벙어리에 지나지 않는다.──나 같은 맹인은 글을 읽는 방식으로 글을 쓴다. 호메로스도 그러했을 것이다.──차라리 우리는 성마른 운전자와 눈먼 보행자의 처지로 도로 한복판에서 마주치는 편이 더 낫지 않았을까. 그러면 적어도 인간에 대해 희망이나 실망을 떠올릴 필요도 없었을 텐데. ─ 호메로스가 인간의 존엄성을 지켜내기 위해 스스로 눈을 찔렀다는 소문도 있다. ─ 그래도 나는 독서를 통해 인간의 조건을 바꿀 수 있다는 생각을 포기하지 않겠다. 독서는 혁명의 수단이고 양서는 무기이다. 나는 진실을 왜곡할 의도는 전혀 지니지 않았지만 그것을 정확히 전달할 능력이 부족해서 몹시 부끄럽고 걱정스럽다. 그저 유태인과 미국인과 여자들에 대한 선입견 없이, 마치 개나 고양이의 울음소리를 듣고 그것들의 상태를 짐작하는 것처럼, 내 진술도 직관적으로 수용되길 뻔뻔스럽게 바랄 뿐이다.

아무튼 최초의 균열은 세계에 대한 미국인의 몰이해로부터 시작됐고 이어 유태인에 대한 선입견을 자양분 삼아 자라났다가 한 인간의 부패로 완성됐다고 요약할 수 있겠다.

어느 날 아침, 첫번째 학교에 등교하던 미국 국적의 눈먼 소년이 정체를 알지 못하는 상대와 부딪혀 바닥에 넘어졌다. 이빨이 세 개나 부러지고 이마에서 피가 흘렀다. 피해자나 목격자들이 모두 눈이 먼 데다가 학생들의 인권을 보호하는 차원에서 학교에는 단 하나의 폐쇄 카메라도 설치되어 있지 않았기 때문에 범인은커녕 사건의 자초지종조차 밝혀낼 수 없었다. 시설물에 부딪혔을 수도 있고 제 실수로 옷이나 발이 걸려 넘어졌을 수도 있으며 앞서던 누군가를 뒤에서 들이받고 혼자서 꼬꾸라졌을 수도 있다. 응급실로 옮겨져 응급치료를 받을 때까지 아이는 대체로 자신의 불운과 잘못을 인정하는 것 같았다. 하지만 응급실로 급히 달려온 부모는 아이의 뜨거운 눈물을 손바닥으로 받아낸 뒤로 자제력을 완전히 잃고 말았다. 그들은 학교로부터 사고 경위에 대해 기대했던 설명을 듣지 못하자 누군가 진실을 숨기고 있다고 판단했다. 그러고는 진실을 숨기려는 이유가 자신이 미국인이기 때문이라는 섣부른 결론에 이르렀다. 왜냐하면 미국인은 세계 모든 곳에 존재하지 않지만 미국인을 싫어하는 자들은 세계 모든 곳에 존재하기 때문이다. 그래서 피해자의 부모는 미국인을 적으로 삼을 수 있는 용의자들을 추적하기 시작했다. 범행 동기는 얼마든지 찾아낼 수 있었다. 즉, 자신들의 종교가 개신교도들에 의해 부당한 취급을 받는다고 생각하거나, 자본주의를 미국인의 발명품으로 여전히 간주하고 있거나, 세상에서 일어나는 모든 전쟁과 재해가 미국인의 탐욕으로부터 시작됐다고 믿거나, 미국인과 유럽인을 혼동하고 있거나, 미국인은 맹인이 되는 것을 딱정벌레가 되는 것보다 더욱 수치스럽게 여긴다고 주장하거나, 이 모든 추정이 사실이 아니라면 미국인이 집단의 부당한 폭력에 어떻게 저항하고 살아남는지 직접 눈으로 확인하고 싶었을 수도 있다. 그리하여 미국인 부모는 서너 명의 아이들을 가해자로 지목해냈는데, 그들이 실제로 그런 동기를 은연중에라도 드러내 보였기 때문이 아니라, 그들의 부모가 처한 현재의 상황이나 이전의 언행이 아이들에게 절대적인 영향을 미쳤을 것이라고 판단했기 때문이다. 종교나 피부색, 국적은 전혀 고려하지 않았다고 미국인 부모는 주장했지만, 한 명은 무슬림이었고 다른한 명은 흑인이었으며, 또 다른 한 명은 러시아 국적이었으므로 오해가 오해를 연쇄적으로 일으킬 조건은 충분했다.

첫번째 학교는 미국인 학부모의 요구에 전혀 응대하지 않았다. 학교는 교도소와 다르다는 게 이유였다. 즉, 교도소 안에 갇힌 죄수들처럼 아이들의 일거수일투족을 관리하는 게학교의 목적이 아니라, 오히려 학교에 갇혀 있는 아이들에게 더 넓은 세상으로 나갈 수 있는 경험과 지식을 제공하는것이 학교의 의무이기 때문에, 아무런 증거도 없이 누군가의자유와 권리를 억제할 수 없으며, 부모의 종교와 정치적 성향 때문에 아이들까지 차별하는 것은 설립자의 교육 철학에정면으로 위배된다고 학교는 단 한 번, 그러나 분명하게 답변한 바 있다. 그런데도 미국인 학부모가 수긍하지 않자 학교는 모르쇠로 일관하는 편을 선택했다. 가뜩이나 학교 밖의사람들로부터 부당한 공격을 받고 있는 마당에 학부모들 사이의 내홍까지 드러내고 싶지 않았던 것이다. 하지만 이런 반응이 미국인 학부모의 사리판단을 흐리게 만들어 사태를 엉뚱한 방향으로 몰고 가고 말았는데, 훗날 어처구니없는 결과 앞에서도 미국인의 치밀함과 용기를 칭송하는 데 주저하지 않는 학부모들이 의외로 많았다.

미국인 학부모는 자신의 의견에 동조해줄 사람들을 찾아 나섰다. 미국인을 많이 알고 있을수록 안전해진다는 소문은 학부모들 사이에서 진실로 받아들여졌기 때문에 동조자를 구하는 건 전혀 어렵지 않았다. 해외에 거주하는 자국 국민들을 위해 미국 대사관에서 발급하는 행동 지침서를 한 번이라도 훑어본 사람이라면 이 이야기에 쉽게 수긍할 수 있으리라. 영어와 달러가 사라지지 않는 한 미국은 여전히 세계의 유일한 중심일 게 분명했다. 그래서 모국으로 돌아갈 수 없거나 미국에서 살고 싶은 학부모들은 미국 국적의 학부모들과 우호적인 친분관계를 유지하려고 애썼다. 생일파티에 아이들과 부모를 초대하여 막대한 선물 공세를 하는가 하면 그들의 집에 방문하여 허드렛일을 자처하기도 했다. 어떤 부모는 자신의 아이를 양자로 등록시켜준다면 그 아이가 대학에 입학할 때까지 양육비 전체와 수고비를 지불하겠다고 노골적인 제안을 하기도 했다. 일부 미국인 학부모들은 자신의 인기를 이용하여 경제적 이득을 얻었으며 갈등을 겪고 있는 학부모들 사이에 끼어들어 판사 역할을 하기도 했다. 정의감에 충만한 미국인들이 직접 나서서 분쟁을 해결하지 않는다면 세계는 내일이라도 당장 파괴될지도 모른다는 불안감이 학부모들 사이에서도 널리 퍼져 있었다.

그때까지도 유태인으로 알려진 학부모는 일말의 동요 없이 학교의 지침을 묵묵히 받아들이고 있었다. 그런 태도는 유태인의 교육 방법을 맹종하고 있던 다른 인종의 학부모에게도 지대한 영향을 미쳤다. 몇몇 학부모들이 유태인으로 알려진 학부모를 신규 회원으로 추천했을 때, 첫번째 학교에서 가장 규모가 크고 영향력 높은 사친회를 주도하고 있던 미국인 학부모들은 대체로 환영하지 않았다. 어느 사회에서든지 유태인의 존재는 갈등의 뇌관으로 작용할 위험이 있기 때문이었다. 정의를 위해선 국적이나 인종, 종교를 초월해야 한다고 주장하는 사람들에겐 사실 명분보다 결과가 더 중요했다. 반면 동지를 만들 때는 신중해야 한다고 주장하는 사람들은 사실 확신이 없었기 때문에 명분을 앞세웠다. 지루한 토론과 어색한 반목이 이어졌다. 결국 유태인으로 알려진 학부모의 영입에 찬성한 미국인들은 별도로 행동하기로 결심하고 저녁 식사에 그들을 초대했다. 낯선 손님들은 자신의 아이가 현재의 학교 생활에 대단히 만족하고 있으며, 아이들 사이에서 크고 작은 소란이 벌어지더라도 그것을 유태인의 역서와는 연관시키지 않겠다고 선을 그었다. 눈먼 아이들에게선 오로지 어둠만이 유일한 적이라고 그들은 말했다. 그러자 미국인 학부모들은 마치 십자군 원정을 준비하는 영주들처럼 잔뜩 우쭐한 표정으로, 유태인이나 무슬림을 해코지한다면 그것은 개인의 문제로 국한될 수 있지만 미국인을 해코지한다면 그것은 국가와 국가의 외교문제로 확대될 수 있다는 사실을 누구나 잘 알고 있기 때문에 자신들과의 친분을 공개적으로 드러내는 것만으로도 아이들은 안전해질 수 있을 뿐만 아니라 학교 측의 부당한 처우도 피할 수 있을 것이라고 유혹했다. 유혹은 거기에서 그치지 않고, 만약 무슬림 학생들을 학교에서 내쫓을 수만 있다면 더 많은 기회가 미국과 이스라엘의 눈먼 아이들에게 주어질 것이라고도 덧붙였다. ― 그들은 더 이상 유태인과 이스라엘을 구분하지 않았다. ― 유태인으로 알려진 부모는 거짓 약속을 핑계로 그 불편한 정치 모임에서 빠져나왔으나 다음 날부터 여러 가지 기괴한 소문들의 주인공이 되어야 했다.

이틀 뒤, 미국인 학부모에게서 범인으로 지목된 세 명의 눈먼 아이들이 끔찍한 린치를 당한 채 학교 운동장에서 발견됐다. 다행히 목숨은 건졌지만 또 다른 장애를 떠안게 될 만큼 상처는 깊었다. 학교 안팎으로 공포심을 퍼뜨리기 위해 아이들을 살려놓았다는 소문이 파다했다. 눈먼 아이들은 선생이나 경찰 앞에서 당연히 범인들의 인상착의를 이야기할 수가 없었다. 그저 땀냄새와 숨소리를 기억할 따름이었다. 그리고 그것은 유태인으로 알려진 학부모를 용의자로 지목하기에 충분했다. ── 이스라엘을 지목한 것은 아니다. 그리고 사건 당일 미국인 학부모의 알리바이는 확실했기 때문에 용의선상에서 가장 먼저 제외됐다. ── 그리하여 그들은 경찰서에 소환되어 심문을 받았다. 구체적인 정황과 다양한 등장인물들을 동원하여 자신의 무죄를 증명하려 하면 할수록 더욱 깊은 수렁으로 빠져들었다. 자백을 한다면 정상참작을 해주겠다는 회유 앞에 거짓으로 죄를 만들어낼 수는 없는 노릇이었다. 그들을 환영했던 미국인들은 곤경에 처해 있는 유태인을 정치적으로 도와주지 않았다. 그도 그럴 것이 그들이 유태인이 아니라 아랍인이라는 사실이 심문 과정에서 밝혀지면서 극심한 배신감을 느꼈기 때문이었다. 하지만 학교는 무고한 학부모를 위한 구명활동을 멈추지 않았다. 그 사건을 둘러싼 여론이 나빠지자 ── 그들이 유태인이 아니라는 사실이 이미 공공연하게 알려졌는데도, 언론은 여전히 그들을 유태인으로 간주하고 자극적인 기사를 앞다투어 보도했다 ── 학교는 극단적인 조치를 취했는데, 다수의 폭력과 불의에 굴복하느니 차라리 학교를 폐쇄하고 눈먼 아이들을 과거로 돌려보내겠다는 선언이 그것이었다. 단 한 명의 학생을 지키기 위해 백여 명의 학생들을 포기하는 것은 가혹한 처사라며 학부모들은 호소했지만, 단 한 명의 학생이나 백여 명의 학생들은 모두 똑같은 부피와 무게의 가치를 지닌다는 모호한 대답으로 학교는 결정을 끝내 철회하지 않았다.

그러자 미국인 학부모들은 자퇴 신청서를 정식으로 제출하지도 않은 채 아이들을 데리고 급히 귀국했다. 그리고 그들을 따라 십여 명의 아시아 학부모들도 함께 자신의 고국으로 돌아갔다. 학교가 다시 열리기를 기다리기로 결심한 학부모들은 순번을 정해 자신의 집으로 눈먼 아이들을 불러들인 뒤 수업을 이어가려 했다. 하지만 점자책을 전혀 읽지 못하는 아이들에게 토론을 통해 철학이나 물리학, 고고학을 가르칠 수 있는 학부모는 거의 없었다. 지루해진 아이들은 좁은 방에 갇혀 이런저런 장난을 치다가 기어이 싸움을 벌였고 이를 제지하는 데 넌더리가 난 학부모들은 결국 스스로 연대를 깨고 말았다.

그리고 하위 공무원이자 두번째 학교의 학부모이기도 한 여자가 이 사건에 개입하면서 세 곳의 학교는 차례대로 붕괴되었다.

두번째 학교의 학부모들 중에는 언제든 자신의 차례가 되면 아이를 첫번째 학교로 전학시키고 싶은 자들이 많았다.

그래서 그 공무원 여자가 몇 명의 학부모들에게 은밀하게 접근하여, 미국인 학부모들의 집단행동 때문에 존폐의 위협을 느끼게 된 첫번째 학교의 설립자로부터 결원을 메워달라는 요청을 은밀하게 받았다고 속삭이면서, 똑같은 실수를 반복하지 않기 위해 더 이상 유태인 학생은 받지 않을 것이며 자신의 신분을 속인 채 재학 중인 대여섯 명의 유태인 학생들마저 출교시킬 것이므로 결정을 서둘지 않는다면 절호의 기회를 놓게 될 것이라고 부추겼을 때, 첫번째 학교의 교육 철학에 정면으로 위배되는 여자의 이야기를 곧이곧대로 믿을 수 없어서 일단 배우자와 의논할 시간을 달라고 여운을 남기며 물러나긴 했지만, 꼬리를 무는 뉴스와 그 여자의 확실한 신분 앞에 눈과 귀가 닫힌 학부모들은 경쟁자들보다 먼저 자신의 아이에게 기회를 주고 싶었기 때문에, 곧장 집으로 돌아가지 않고 첫번째 학교가 요구하는 서류와 거액의 기부금을 마련하여 여자에게 보냈다. 그리고 곧장 두번째 학교에 자퇴신청서를 접수하는 것으로 자신의 의지를 표명했다. 하지만 학부모와 아이들이 첫번째 학교에 등교하기로 약속된 날, 첫번째 학교는 폐쇄 공고를 냈고 그 공무원 여자와는 더 이상 연락이 닿지 않았다. 나중에 조사해보니 일주일 사이에 두번째 학교를 자퇴한 학생들의 숫자가 쉰 명이 넘었다. 두번째 학교가 새로운 신입생을 충원하기도 전에 설상가상으로 군사정부는 또 다른 군부집단에 의해 전복됐는데, 새로운 혁명공약은 '구태의 모든 법령과 기득권은 새로운 시대정신에 맞춰 일체 폐기한다'로 시작했다. 세 곳의 학교는 폐쇄됐고 ― 세번째 학교는 실체가 없었기 때문에 폐쇄 명령서는 공원의 벤치들과 화장실 입구에 붙었다 ― 눈먼 공무원들은 모두 해고됐다. 국적을 불문하고 1년 남짓 눈먼 자들의 입국과 출국이 금지됐다. 국내에 갇힌 눈먼 자들은 흰 지팡이만으로 안전을 보장받을 수 없게 되자 가구가 되거나 시체인양 행동했다.

훗날 호사가들은 두 학교의 폐쇄를 두고 또다시 리케이온과 아카데미아의 역사와 비교했는데, 설립 초기와는 정반대로, 첫번째 학교가 설립자의 지나친 도덕주의와 독단주의 때문에 시대의 요구를 제대로 수용하지 못했을 뿐만 아니라 폐쇄된 이후에도 여러 수상한 무리들에 의해 재건이 시도됐다는 점에서 플라톤의 아카데미아를 닮은 반면, 두번째 학교는 폐쇄된 이후에도 막대한 문서와 유산들을 후대에 남겨 눈먼 아이들을 위한 교육 체계를 세우는 데 지대한 공헌을 했다는 점에서 아리스토텔레스의 리케이온을 닮았다는 의견에 대체로 동의했다.

하지만 학교와 공원을 구분할 수 없고, 선생과 학생을 구분할 수 없고, 수업 시간과 쉬는 시간을 구분할 수 없고, 학습

도구와 쓰레기를 구분할 수 없고, 입학과 졸업을 구분할 수 없는 세번째 학교는 여전히 살아남았으며, 머지않아 새로운 혁명정부의 파격적인 제안에 따라 네번째 맹인학교가 다국적 기업의 후원을 받아 건설될 것이라는 예상 또한 여전히 유효하다.

그리고 아이들에겐 결코 보이지 않을 학교들이 어른들에 겐 끊임없이 등장할 것도 분명해 보였다.

알바니아

이즈티하드 Ijtihad[1]의
문

EUROPEAN READING METHOD

1 추론과 개인적 판단에 근거하여 율법에 대한 해석을 내리는 것.
'이즈티하드의 문'이 닫혔다고 주장하는 보수 그룹과, 여전히 열려
있다고 주장하는 개혁 그룹이 이슬람 세계에 늘 존재한다.

1. 아스르(Asr, 오후)

수요일 오후 자흐미르 히카는 경찰서장으로부터 호출을 받았다. 히카는 이번 사건의 전말을 상부에 어떻게 보고해야 할지 며칠째 고민하고 있지만 아직까지도 결론을 내리지 못했다. 금요일 정오에 모스크에 들러 주마Juma를 마치고 나면 복잡한 생각들이 저절로 정리되길 기대할 따름이다. 그래도 서장의 호출을 받은 이상 간략하게나마 조사 결과를 보고하지 않으면 안 될 것 같았다. 서장의 조바심을 히카가 이해하지 못하는 건 아니다. 경찰 내부뿐만 아니라 정가와 외교가의 주목을 받고 있는 이번 사건을 어떻게 처리하느냐에 따라 서장의 거취가 결정될 수도 있었다. 그토록 중요한 사건을 서장이 히카에게 맡길 수밖에 없었던 건 자신이 마피아와 연관되어 있다는 소문 때문이었다. 두 명의 신문기자들이 소문의 전파 경로를 거슬러 올라 진실에 접근했다가 수상한 교통사고로 비명횡사하자, 그들의 불운에 용기를 얻은 서장은 자신의 결백을 증명해줄 수사관으로서 경찰대학을 졸업하고 일선 경찰서에 배치된 지 두 달밖에 되지 않은 히카를 지목했던 것이다. 처음에 히카는 자신의 혈관 속에 절반쯤 흐르고 있는 세르비아인의 피 때문에 차별대우를 받은 것 같아 불쾌했다. 하지만 곧 자신의 능력과 애국심을 증명할 수 있는 기회가 남보다 일찍 찾아온 것에 대해 알라에게 감사했다. 대개는 막대한 뇌물과 탈법적 인맥만이 그런 기적을 일으켰기 때문이다.

하지만 조사를 진행하면서 히카는 높이와 두께를 가늠할 수 없는 벽에 부딪쳐 멈춰서야 할 때가 많았고 그때마다 동료들로부터 공익조차도 항상 다수를 만족시킬 수 없다는 핀잔을 들어야 했다. 권력의 상부가 이미 이 사건의 인과관계를 결정해두었다면 정작 히카가 해야 할 일이라곤 그 결론에 부합할 증거를 모아서 보고서를 완성하고 마지막 페이지에 서명하는 것뿐일지도 몰랐다. 지방의 경찰서장 한 명을 파면시킨다고 한들 히카의 조국이 마피아로부터 해방될 것 같지도 않았다. 심지어 독립전쟁의 영웅인 현재의 총리조차 마피아 출신의 기업가들에게 각종 특혜를 주고 있으니, 마피아를 도려내다 보면 독립 이전의 상태로 되돌아갈 위험도 다분했다. 히카는 영웅을 꿈꾸며 경찰이 된 게 아니다. 가문의 빈곤과 혼혈의 차별을 극복하고 이곳에서 공평한 시민권을 보장받으려면, 국가가 신분을 보장해주는 공무원이 되는 수밖에 없었다. 어렵사리 이 직업을 얻은 이상 히카는 가족의 미래가 통째로 걸린 모험에는 결코 휘말리지 않을 작정이다. 그래서 그는 자신이 직접 확인한 사실만을 시간 순서대로 엮어 건조하게 보고하되 서장의 반응을 충분히 반영하여 최종 보고서를 완성하자고 생각했다.

서장은 집무실에서 홀로 터키산 라키를 마시고 있다가 히카의 방문을 받았다. 히카는 배흘림기둥처럼 서서 서장이 술잔을 비우길 기다렸다. 하지만 서장은 히카를 거들떠보지도 않은 채 자신의 리듬에 따라 느긋하게 라키의 풍미를 음미했다. 그것은 서장이 히카의 보고서를 읽기도 전에 이번 사건의 결론을 이미 알고 있다는 암시이기도 했다.

"이 사건을 조사하느라 거의 한 달째 집에 들어가지 못했다고 들었네. 그래서 자네의 보고서에 대한 상부의 기대가 아주 크다네. 그것이 여러 사람의 인생뿐만 아니라 조국의 역사까지 바꿔놓을 수도 있을 거야. 물론 자네의 승진에도 도움이 된다면야 더할 나위 없을 테고. 한잔하겠나?"

히카는 부동자세를 풀지 않은 채 고개를 두어 번 내저었다. 그런 행동이 서장의 심기를 불편하게 만들 것이라고는 미처 예상하지 못했다.

"요즘 젊은 사람들에게선 여유나 낭만을 찾아볼 수 없어 유감이야. 내가 자네처럼 젊었을 땐 업무 시간 중에 후배에게 라키를 권하는 선배가 많았지. 그들 덕분에 나는 이 고독한 직업을 지금까지 유지할 수 있었던 것 같아. 그래서 나는 그들이 정년을 채우고 명예롭게 퇴직할 수 있도록 헌신했다네. 자네도 잘 알고 있겠지만, 우리의 노력으로 사회가 안전해질수록 우리의 권리는 더욱 위협받게 되어 있지. 그러니 통제 가능한 수준의 범죄가 끊임없이 발생해야만 모든 경찰은 안락한 노후를 보장받을 수 있어. 그런데도 한잔하지 않겠다고?"

"저는 무슬림이어서 술을 마시지 않습니다."

"나 역시 무슬림이고, 이 라키를 만든 터키인들도 모두 무슬림이지. 그런데 나나 터키인들은 라키가 술이라고 생각한 적이 단 한 번도 없다네. 이건 선지자가 땀과 눈물로 걸러낸 말씀이지. 알라의 선한 의지가 깃들지 않은 사물과 현상이란 결코 존재할 수 없으니까."

그 이야기까지 듣고 나니 히카는 자신이 패배자의 신분으로 이 방을 나가게 되리라고 확신했다. 그러고는 코란에 적대적인 보고서를 완성하여 서명한 뒤 상부에 송부할 것이며, 금요일 주마에서 자신의 죄악을 오랫동안 회개할 것 같았다.

"중요한 약속이 있어서 10분 뒤에는 이곳을 나가야 하니까 가능하면 짧게 보고해주게. 아니면 오늘은 그저 얼굴 보고 안부를 물은 것으로만 만족하고, 조만간 편한 자리를 다시 만드는 것도 나쁘진 않겠어."

서장은 술병과 술잔을 캐비닛에 넣어두고 집무실을 나설 채비를 했다. 만약 그렇게 헤어진다면, 히카는 자신이 지금 느끼고 있는 번뇌의 고통을 고백할 기회를 영원히 잃게 될 것이라고 생각했다. 그래서 조급해졌다.

"이 사건은 마피아 조직이 마약과 인신매매 사업까지 마수를 뻗치면서 일어난 것이 분명합니다. 그리스나 이탈리아로 밀입국하려는 여자들의 몸속에 마약을 숨겨서 국경까지 실어 나른다는 소문은 사실인 것 같습니다. 다행히 저희 의료진의 도움으로 피의자들은 목숨을 건질 수 있었습니다만, 정신적 충격 때문에 그녀들은 하나같이 치매와 비슷한 증세를 보이고 있어서 배후를 추적하는 게 쉽지 않습니다. 어떤 여자는 베개를 자신의 아들로 여기고 주기적으로 수유를 시도한다고 들었습니다."

서장은 자리에서 일어나 외투를 걸쳐 입으면서 말했다.

"아니 이렇게 불쌍할 수가! 어찌 베개와 갓난아이를 구별하지 못한다는 건가?"

"베개 속을 채운 올리브 씨앗들이 서로 부딪히면 갓난아이의 옹알이와 비슷한 소리를 낸다고 합니다. 그래서 유치장의 베개를 목침으로 모두 바꾸었습니다."

"알았네. 그러니까 자네가 내린 결론을 요약하자면, 이번 사건의 배후를 밝혀내는 데 시간과 인력이 좀더 필요하다는 것이로군. 하지만 이런 결론은 결코 상부가 기대했던 게 아니네. 그리고 유능한 경찰은 결코 시간과 인력이 부족하다는 변명을 하지 않는다는 걸 반드시 명심하게. 하지만 난 자네의 능력과 헌신을 조금도 의심하지 않으니, 자네가 이 사건을 명예롭게 마무리할 수 있도록 시간을 좀 벌어주겠네. 그렇게 되면 자네도 언젠가는 나처럼 업무 시간에 후배에게 라키 한잔 건넬 수 있을 만큼의 여유를 갖게 되겠지."

서장이 이미 출입문을 통과했는데도 히카는 꼼짝하지 않았다. 서장은 집무실 열쇠를 흔들어 보이면서 의미심장한 미소를 흘려보냈다.

"내 조언이 좀더 필요하다면 지금 말해주지. 이 사건의 최종 보고서를 완성하기에 앞서 조르제 마르티노비치[2] 사건부터 공부하게나. 그러고 나면 자네의 보고서에 어떤 결론을 담아야 하는지 깨닫게 될걸세. 알바니아 민족처럼 도덕적으

2   1985년 5월 1일 세르비아계 농부인 조르제 마르티노비치가 항문에 맥주병이 박힌 채 병원으로 실려 왔다. 그는 알바니아 청년 두명에게 폭행을 당했다고 주장했으나 알바니아계 자치정부는 그의 음란한 성적 취향 때문에 발생한 사건으로 종결지었다. 하지만 그를 재검진한 의사들이 공개 성명을 내고 반박하면서—두 명이상의 조력자가 없이는 그런 사건은 결코 일어날 수 없다—세르비아계 언론과 알바니아계 정치인들이 대립하기 시작했고, 결국 1991년 유고슬라비아 연방이 붕괴됐다. 하지만 세르비아나 알바니아 어느 민족도 코소보에서의 홀로코스트를 피하지 못했다.

260

로나 이념적으로 완벽하게 무장된 사람들이라면 결코 제 항문 속에 맥주병을 쑤셔 넣는 짓 따윈 상상조차 할 수 없지. 더군다나 알바니아의 명예로운 경찰이 어떻게 세르비아 마피아에게 매수될 수 있단 말인가? 그런 악의적인 소문을 퍼뜨린 자들이 자네의 보고서 때문에 더 이상 알바니아에서 살 수 없게 되길 바라네."

히카는 비로소 바닥에 들러붙어 있는 발을 떼려다가 크게 휘청거렸다. 그 광경을 가까이서 지켜보고 있던 동료 경찰 한 명이 급히 달려와 히카를 부축해주었다. 서장이 집무실에서 라키를 즐겨 마신다는 사실을 알고 있던 동료가 자신 역시 취했다고 오해할 것 같아 히카는 걱정됐다. 그러면서 그는 마피아가 지배하는 세상에선 친구와 적이 구별되지 않고 진실은 적을 색출해내기 위한 미끼에 불과하며 지혜로운 자는 침묵을 무기로 사용할 줄 알아야 한다던, 아버지의 가르침을 문득 떠올렸다.

2. 이샤(Isha, 밤)

베네라 무스타파는 자신의 옷섶을 내려다보았다. 흰 실과 검은 실을 구별할 수 없는 어둠은 계속되고 있었는데, 정작 자신이 잠자리에 들어야 하는지 아니면 그곳에서 빠져나와야 하는지 구분할 수 없었다. 게다가 산성(酸性)의 적막에 자신의 뼈와 근육이 녹아내려서 사지를 움직이기는커녕 숨을 쉬는 일조차 쉽지 않았다. 하지만 의식이 잠들지 않은 이상 무슬림은 예배를 건너뛰어선 안 된다. 그러려면 우선 자신의 품에 안겨 있는 아이부터 재워야 했다.

아이는 무스타파의 품에서 검은 밀가루 반죽처럼 늘어져 있었다. 몸뚱이를 골고루 다독거리면서 눈앞까지 들어 올려 보았지만 아이가 이내 바닥으로 흘러내리는 바람에 표정을 제대로 볼 수 없었다. 잘 먹이거나 입히지 못한 데다가 침대 없이 재우다 보니 아이는 태어날 때보다도 훨씬 가벼워져 있었다. 무스타파는 아이에게 젖을 물리고 생의 필수조건들을 나눠주고 싶었지만, 유감스럽게도 그녀가 며칠 동안 삼킨 것이라곤 자신의 오줌과 그 오줌에 젖어 부드러워진 밀짚 한 줌이 전부여서 모유가 거의 차오르지 않았다. 그런데도 아이는 자신의 심장박동과 체온을 제 어미에게 주기적으로 전달하면서 자신의 안녕을 알려왔다. 태어날 때의 우렁찬 울음소리로 짐작하건대 무스타파는 아들을 낳은 게 틀림없었다. 아이의 살에서 물컹한 가문의 문장이 만져지기도 했다. 태어나서 지금까지 몸 밖으로 쏟아낸 오물이 전혀 없을 만큼 아이는 세상에서 가장 순수한 무슬림의 상태에서 완벽한 대사 활동을 하고 있었다.

사실 무스타파는 자신이 언제 어떻게 아이를 낳았으며 누구의 도움을 받았는지 전혀 기억하지 못한다. 그때도 의식의 안팎을 구별할 수 없을 정도로 너무 어두웠고 사지 끝에서부터 감각이 천천히 채워졌을 때 비로소 자신의 가랑이 사이에 놓여 있는 아이를 발견했다. 하지만 선지자는 천국이 어머니의 발아래에 있다고 말씀하지 않으셨던가. 무스타파는 아이를 받아든 이후로 단 한순간도 바닥에 내려놓지 않은 채 안고 지냈다. 갓 태어난 아이에게 대추야자 열매즙을 먹이지 못했고, 메카를 향해 아이를 쳐들고 오른쪽 귀에는 아잔Azzan을, 왼쪽 귀에는 이카마Iqama를 들려줄 수도 없었다. 그저 껴안고 함께 울어주는 것이 어머니로서 갓난아이의 무병장수를 알라에게 요청하는 방법이었다.

어쩌면 무스타파의 눈과 귀는 출산의 고통을 감당해내지 못하여 파괴되었는지도 모른다. 그러고 나서 치유와 안식을 위해 아이와 함께 세상으로부터 잠시 격리됐을 수도 있겠다. 그렇지 않고서야 솔기 하나 없이 완벽한 어둠과 적막을 달리 설명할 수가 없다. 팔다리를 뻗거나 허리를 곧추세우면 그녀의 모든 끝이 차가운 벽에 닿아 젖는다. 그러니 무스타파는 앉아서 아이를 달래다가 이따금 바닥에 뒹구는 수밖에.

하지만 알라가 자신을 버리지 않는 한 무스타파를 굴복시킬 적은 세상에 존재할 수 없다. 무자비한 포주의 추적을 피해 험준한 설산을 임신 7개월의 몸으로 넘으면서도 그녀는 길을 잃게 되는 순간을 결코 상상하지 않았다. 그리고 농가

입구에서 탈진해 쓰러지면서 그녀는 연신 비스밀라Bismillah[3]를 중얼거렸다. 그녀가 배 속의 아이를 살리고 배 속의 아이는 그녀를 살렸으나 그들 모두를 살린 건 당연히 알라였다. 하지만 가난한 농부에겐 양식과 땔감이 충분하지 않았으므로, 수프 한 그릇으로 기운을 회복하자마자 그녀는 배 속의 아이를 데리고 그곳을 떠나야 했다.

아드리아 바다를 향해 서쪽으로 쉬지 않고 산길을 걸으면서 그녀는, 전쟁을 통해 막대한 권력과 이익을 얻게 되는 자들이 자신의 불행에 책임져야 한다고 생각했다. 전쟁이 없었더라면 유엔은 쿠케스Kukes에 난민수용소를 세우고 평화유지군을 파병하지도 않았을 것이고, 성욕을 해결하지 않고서는 자신의 거룩한 임무를 시작할 수 없는 군인들이 여자들의 꽁무니를 쫓아다니지 않았을 것이며, 돈냄새를 맡은 마피아가 난민수용소 부근에 임시 사창가를 만들거나, 민족의 명운이 걸린 전쟁 비용을 마련한다는 명목으로 정부군이나 반군이 평범한 여자들을 납치하여 포주에게 헐값에 팔아 넘기는 일도 결코 일어나지 않았을 것이다. 무스타파는 자신이 사창가에 팔려간 즉시 자살하지 않은 걸 수긍하지 못했으며, 모든 인간에겐 운명을 스스로 개척할 수 있는 의지와 능력이 내재되어 있다는 격언을 그토록 어린 나이에 이해하게 될 줄

3   '알라의 이름으로'라는 뜻.

도 몰랐다. 아드리아 바다의 갯내를 잠깐 맡는가 싶더니 숲의 적의가 수시간 동안 이어졌고, 밤과 아침의 경계에서 정신을 잃고 쓰러졌다가 깨어나 보니 이곳이었다.

허벅지 부근에서 아련하게 꿈틀거리는 통증을 확인하기 위해 무스타파는 치마 안쪽으로 손을 집어넣었다가 바늘처럼 뾰족한 무엇인가에 찔리자 급히 몸을 옹송그렸다. 자신이 혹시 아이의 입속에 손가락을 집어넣은 것은 아닐까. 하지만 아이는 미동도 없이 잠을 자고 있었다. 그러자 비로소 그녀는 자신의 주머니 속에 넣어두었던 나자르 본주Nazar Boncugu를 떠올렸다. 그것은 터키의 의류공장에서 일하는 친오빠가 그녀의 생일선물로 보내온 것이었다. 푸른색 바탕에 눈동자 모양을 새겨 넣은 장신구가 흉안(凶眼)의 시기와 질투를 막아준다 하여 터키 사람들은 그것을 몸에 지니거나 집 안 곳곳에 매달아둔단다. 아이의 목에 걸어주면 사시(斜視)까지 예방할 수 있다고 들었다. 그래서 무스타파는 사창가를 도망쳐 나올 때 급히 그것부터 챙기느라 정작 어머니의 유일한 유산인 금반지는 놔두고 왔다. 어쩌면 그것이 알라의 길눈이 되어 자신과 아이를 살렸는지도 모른다. 어둠과 함께 찾아온 재앙에 맞서다가 그것이 깨어졌다고 생각하니 친오빠가 미치도록 보고 싶었다. 확전의 소식과 함께 터키에서 귀국하여 코소보 해방군이 됐다가 세르비아군의 폭격으로 사망했다는 소문을 듣긴 했지만 제 눈으로 직접 친오빠의 주검을 확인하기 전까진 믿지 않을 작정이었다. 악마의 최고 전략은 자신이 세상에 존재하지 않는다는 사실을 사람들이 믿게 함으로써 절망을 알라의 속성으로 여기도록 만드는 것이기 때문이다. 친오빠를 다시 만나게 되면 무스타파는 아이의 대부가 되어달라고 부탁할 작정이다. 아이에겐 이미 친오빠의 이름을 붙여주었다.

내일이라도 아이와 함께 이곳을 빠져나갈 수 있다면 무스타파는 슈코더르Shkoder에 살고 있는 친척들을 찾아갈 것이다. 그들에게 아이의 할례도 부탁할 것이다. 아이의 배냇머리를 잘라 그 무게만큼의 재산을 기부하는 전통을 당장 따를 순 없지만, 훗날 평화가 찾아오고 재산을 모으게 된다면 전쟁으로 고아가 된 아이들을 집으로 불러 모아 배불리 먹일 것이라고 다짐했다.

무스타파는 더 늦기 전에 예배를 올려야겠다고 생각했다. 진심을 다해 도움을 청한다면 알라는 반드시 권능을 세상에 펼치시리라. 그래서 그녀는 히잡을 벗어 아이를 자신의 등에 묶었다. 우두Wudu에 쓸 물을 구할 수 없었으므로 무스타파는 차가운 벽에 손바닥을 대고 손바닥이 축축해질 때까지 기다린 다음 그 손으로 제 얼굴을 쓰다듬고 두 손을 비볐다. 어둠이 몰려가는 방향을 전혀 가늠할 수 없었기 때문에 무스타파는 네 방향을 향해 각각 네 번씩 라크아Rak'ah를 반복했다. 바닥에 이마를 너무 세게 찧는 바람에 피가 배어나는 것 같았지만 전혀 아프지 않았다.

"일러 가로되, 만일 알라께서 너희들 위에 밤을 심판의 날까지 지속시켰다면 그분 이외에 어느 누가 너희에게 빛을 줄수 있겠느냐, 너희들은 듣고 있지 않느냐. 일러 가로되, 만일알라께서 너희들 위에 심판의 그날까지 낮을 지속시켰다면그분 이외에 어느 누가 너희에게 휴식할 수 있는 밤을 가져다주겠느냐, 너희는 보고 있지 않느냐, 자비로운 그분은 밤과 낮을 만드셨으니, 이는 너희가 그 안에서 휴식을 취하고양식을 구하며 감사하도록 하기 위함이니라."[4]

무거운 피로와 날카로운 허기가 혀를 누르고 성대를 찔러댔지만 발성기관이 아닌 곳에서 울려오는 소리에 그녀는 자신의 영혼이 더욱 가벼워지고 맑아지는 것을 느꼈다. 코란은 어느 아야Aya에서 시작해도 늘 같은 자리로 돌아왔기 때문에, 알라를 향한 예배를 멈추지만 않는다면 그녀와 아이의목숨은 유지될 수 있을 것 같았다. 어디선가 친오빠 역시 코란을 암송하면서 죽음에 저항하고 있을 것이라고 생각하니,마음이 한결 편해졌다.

문득 코란의 신성한 문구가 자신의 몸 안에서 모유를 만들어냈을지도 모른다는 생각이 들어 무스타파는 등에 매달려있는 아이를 가슴 쪽으로 끌어당기려고 했다. 그런데 팽팽하

---

[4]   코란 28:71~28:73.

게 묶여 있어야 할 히잡은 느슨하게 풀려 있었고 아무리 몸을 비틀어도 등 뒤의 아이를 찾을 수 없었다. 천장에 부딪혀 정수리가 깨어지고 팔다리의 피부가 찢겨 뼈가 드러나며 비명이 침과 눈물과 함께 사방으로 튀는데도 그녀는 마치 깊은 바다에 빠진 것처럼 필사적으로 허우적거리면서 아이를 찾았다. 혼자서 바닥을 기어 다니거나 천장에 매달리기에 아이는 너무 어렸다. 어둠과 적막이 점점 사라지는 것으로 보아 어딘가에 틈이 있는 게 분명했고 그 속으로 아이가 빠졌을 수도 있었다. 하지만 벽과 천장과 바닥을 샅샅이 더듬어보아도 틈이나 아이를 찾을 수가 없었다.

그러니 이 모든 비극을 홍안의 저주 탓으로 돌릴 수밖에. 나자르 본주는 이미 주머니 속에서 깨어져 있으니, 무스타파가 할 수 있는 일이라곤 바닥에 이마를 짓찧고 손가락뼈가 모조리 부러질 때까지 바닥을 두드리면서, 악마가 자신을 포위하고 있는 알라와 코란의 존재를 깨닫고 서둘러 도망치면서 아이를 뱉어내도록 압박할 수밖에. 그리고 나서 아침이 오는 대로 깨어진 나자르 본주의 조각들을 맞춰서 악마가 더이상 헛된 꿈을 꾸지 못하도록 만들 작정이었다.

3. 주흐르(Zuhr, 정오)

여권 없이 국경을 넘으려는 서른 명의 남녀들에게 20그램의 마약이 담긴 콘돔 스무 개씩 일련번호 순서대로 삼키게 하고 엑스레이로 그것들의 위치와 숫자를 일일이 확인한 뒤, 게르트 콜리키는 그들의 소지품을 모조리 빼앗고 옷까지 갈아입혔다. 그들은 하나같이 제 손으로 생니를 서너 개 뽑아도 꿈쩍하지 않을 만큼 고통에 단련된 자들이었지만 정작 가족사진 한 장을 지켜내기 위해 권총 앞에서도 필사적으로 저항했기 때문에 그들을 제압하는 데 예상치 못한 시간과 노력이 소모됐다. 만약 그들이 귀중한 화물을 몸속에 담고 있지만 않았더라도 콜리키는 가차 없이 권총의 방아쇠를 당겼을 것이다. 밀입국 준비를 겨우 마친 자들을 열 명씩 나누어, 대형마트의 로고가 붙어 있는 냉동트럭 세 대 안에 가지런히 눕히고 저급의 소고기들을 그 위에 덮었다. 냉동 장치를 가동하자 인간 컨테이너 사이에서 신음 소리가 새어나오기 시작했다. 30분 정도 떨어진 그리스 국경에 도착할 때까지 인간 컨테이너들은 서로 몸을 밀착한 채 쉬지 않고 살갗을 비벼야 한다. 하지만 냉동트럭이 입국 검사대 앞에 멈춰 서고 통과신호를 기다리는 동안엔 일체의 움직임을 멈춘 채 오로지 정신의 운동 에너지만으로 생명 현상을 유지하지 않으면 안 된다. 국경 경비대원들 중에는 콜리키에게 매수된 자들이 많기 때문에 대부분의 냉동트럭은 실물 확인 없이 국경을 통과할 수 있지만, 운이 나쁘면 무장한 군인들이 화물칸까지 직접 들어가 내부를 확인하기도 한다. 비밀 공간이 발각될 위험에 처하면 트럭 운전사가 경적을 울릴 텐데, 인간 컨테이너들은 그 신호에 맞춰 세 대의 냉동트럭에서 일제히 빠져나와 국경을 향해 필사적으로 달려야 한다. 그들을 쫓는 경비대원들의 집중력을 방해하기 위해 콜리키는 인간 컨테이너 모두에게 똑같은 옷을 입혔던 것이다. 경비대원들의 숫자가 턱없이 적고 의욕도 크게 떨어져 있기 때문에 운이 좋다면 절반 이상의 인간 컨테이너들은 무사히 국경을 넘을 수 있다. 국경 경비대의 책임자는 자신의 실패를 결코 상부에 보고하지 않을 뿐만 아니라, 공무원들 역시 불안한 소식으로 시민들을 불안하게 만들고 싶어 하지 않는다. 그리스로 숨어든 자들은 비밀 접선 장소로 찾아가 스무 개의 콘돔을 모두 게워내고 일련번호를 확인받은 다음 가짜 여권과 1천 5백 유로씩을 받는다. 국경을 넘지 못하고 붙잡힌 자들은 자신이 삼켰던 화물을 유치장 화장실에서 모두 게워내야 하는데, 그들을 뒤따라 화장실로 들어온 청소부가 그걸 수거해 간다. 실패자들은 콜리키에게서 보석금을 빌려 법원에 지불하고 안전하게 추방된다. 일주일 안에 원금과 30퍼센트의 이자를 갚지 않는다면 콜리키는 자신의 부하를 채무자의 가족에게 보내어 원금과 이자뿐만 아니라, 인질 한 명당 하루에 2천 달러씩 계산하여 수고비까지 받아낸다. 그렇게 번 돈의 대부분은 국경 검문소에 근무하는 직원들에게 여러 루트를 통해 전달되는데, 가끔은 콜리키조차도 누가 범법자인지 구분할 수 없을 지경이다. 마피아 조직의 정보를 제공하는 대가로 그리스나 알바니아 정부와 거래를 시도한 배신자는 결코 이승에서 은신처를 찾을 수 없다. 콜리키는 자신의 임무를 항상 깔끔하게 처리해왔기 때문에 상부의 절대적인 신뢰를 얻어 지금의 자리에까지 오를 수 있었다. 하지만 최근 조직 안팎에서 자신의 명성을 위협하는 도전이 거세지고 있다는 사실만큼은 인정하지 않을 수 없다.

외국인 불법 체류자들에게 직업을 빼앗겼다고 판단한 그리스인들이 거리로 뛰쳐나와 무능한 정부를 성토하고 인종차별주의에 경도된 정치인들이 적대감을 증폭시키자, 그리스에서는 구직자의 피부색과 언어와 종교가 국적이나 능력보다 중요해졌다. 자연히 출입국 검사가 강화됐고 국경 경비대원의 숫자가 크게 늘어났으며, 당직 장교의 자의적 판단에 따라 총기를 사용할 수 있는 법령까지 공표됐다. 그러자 밀입국하려는 알바니아인들은 그리스 국경 대신 이탈리아 국경 쪽으로 몰려갔다. 하지만 콜리키는 수요와 공급이 시장가격을 결정한다는 전통적인 경제이론에 따라 그리스와 이탈리아의 국경을 각각 넘는 인간 컨테이너에게 차등 조건을 적용함으로써 — 즉, 전자는 열다섯 개의 마약 콘돔을 삼키기만 하면 2천 유로의 정착금을 지불받았으나 후자는 고작 1천 유로에 서른 개의 마약 콘돔을 날라야 했다――사업의 균형을 유지할 수 있었다. 그리스인들에 비해 이탈리아인들이 더 많은 분량의 상품을 소비하는 대신, 그리스에서의 판매 가격이 이탈리아의 그것보다 훨씬 높았기 때문에, 콜리키 조직의 수익은 이전보다 오히려 늘어났고, 이 결과만 놓고 보면 콜리키는 장밋빛 미래를 보장받을 수 있을 것 같았다.

콜리키를 초조하게 만드는 변화는 내부에서 일어났다. 코소보 전쟁 이후로 러시아와 중국에서 새롭게 합류한 조직원들이 짧은 기간 내에 자신의 능력을 증명해 보이기 위해 새로운 사업을 발굴해내고 무모한 경쟁을 벌이면서, 콜리키처럼 전쟁 이전부터 조직에 헌신해오던 조직원들의 입지가 급격히 줄어들고 있다. 불문율은 결정의 합당한 근거로 더 이상 인정받지 못했고 무한경쟁의 문화는 전통적 금기마저 파괴했다. 오랫동안 우호적인 관계를 유지해온 경찰 간부나 고위 공무원들까지 공격당하자 상부는 마지못해 신입 조직원 몇 명을 공개처형했지만, 그들의 열정 때문에 조직 전체의 사업 역량이 개선됐다는 평가까진 번복하지 않았다. 그래서 콜리키는 조직이 새롭게 시작한 장기밀매나 대리모 사업을 드러내놓고 반대할 수 없었다. 이 두 사업은 전적으로 과거나 미래가 없고, 국적이나 종교의 구별도 없으며, 여자와 아이를 특별하게 보호하지 않는 소수 민족들 덕분에 가능했다.

하지만 콜리키는 자신의 개인적인 상처 때문에라도 이 사업에 결코 개입하지 않을 작정이었다. 그리고 훗날 상부 조직을 이끌게 된다면 불법적인 사업을 모두 정리하고 무기거래 사업이나 지하자원 채굴 사업을 시작할 것이다. 무장한 경호원들을 식당 입구에 배치하는 조치만으로는 도저히 안심할 수 없어서 벽을 등지고 앉아 권총 방아쇠에 손가락을 걸어둔 채 홀로 식사를 하는 일이 점점 지겨워지고 있었다.

세 대의 냉동트럭이 아지트를 빠져나가는 것을 확인하고 올리브나무 그늘 아래에 앉아 담배를 피우고 있을 때 콜리키는 러시아 출신의 부하가 대여섯 명의 여자들을 앞장세우고 지나가는 것을 보았다. 아랫배가 도드라져 있는 것으로 보아 그녀들은 임신한 게 틀림없었다. 마치 일부다처제가 러시아의 발명품이라도 되는 것처럼 알바니아 여자들 앞에서 한껏 거들먹거리는 부하를 보자 콜리키는 역겨움을 느꼈고 본능적으로 안주머니에 손을 넣어 권총을 확인했다. 아무리 자신이 악명 높은 마피아의 일원일지라도 임신한 여자들의 입속에 마약 콘돔을 쑤셔 넣고 냉동트럭에 실을 만큼 타락하진 않았다. 더욱이 대리모 사업에 대한 어떤 명령도 상부 조직에서 공식적으로 하달되지 않았다. 엄연히 자신이 하부 조직의 책임자이므로 자신의 권위에 소속되어 있는 자라면 국적을 불문하고 자신의 명령에 무조건 복종해야 하며, 규칙을 어길 경우에는 응당한 처분을 내릴 수밖에 없다. 콜리키는

권총 방아쇠에 집게손가락을 건 채 그 러시아인이 명중률 백
퍼센트의 사정권 안으로 걸어 들어올 때까지 침착하게 기다
렸다.

도대체 언제쯤 이곳의 역사는 총이 아닌 펜을 든 사람에
의해 다시 기록하게 될 것인가.

한때 동유럽의 맹주였던 유고연방이 티토의 죽음과 공산
권의 몰락 이후 여러 국가로 쪼개질 때만 하더라도, 선의의
경쟁과 호혜적 교류가 모두를 번창시킬 것이라고 기대했다.
하지만 이웃이 이웃을 학대하고, 이웃이 이웃을 강간하고,
이웃이 이웃을 고문하다가, 기어이 이웃이 이웃을 죽이는 역
사만이 끊임없이 이어졌다. 공명정대한 평화를 정착시키기
위해 이곳에 파견된 평화유지군들마저 비극 앞에서 눈을 감
고 입을 막은 채 그저 따분한 행정업무를 처리하면서 월급을
받았다. 만약 국제사회가 군인들 대신 공무원들이나 예술가
들을 파견했더라면 이곳에서의 파괴와 학살의 역사는 좀더
빨리 끝났을 것이고, 무일푼의 피난민이었던 콜리키는 곳곳
에 흩어져 있던 가족을 데리고 고향으로 돌아가 올리브 농장
을 재건했을지도 모른다. 하지만 전쟁은 승자와 패자를 모두
패배시켰고, 가족의 생사를 알지 못한 채 겨우 살아남은 콜
리키는 생존을 위해 마피아가 됐다. 마피아 조직만이 그곳에
서 유일하게 종교와 인종과 국적을 구분하지 않은 채 개인의
능력과 전통을 존중해줄 뿐만 아니라 새로운 세계에 대한 전

망을 제시해주었기 때문이었다.

러시아 출신의 부하가 명중률 백 퍼센트의 사정권 안으로 걸어 들어오자 콜리키는 양복 안주머니의 권총을 꺼내는 대신 그에게 득달같이 달려들어 단숨에 꼬꾸라뜨렸다. 영문을 알지 못한 러시아인은 콜리키의 발밑에서 버둥거리면서 알바니아어로 '죄송합니다. 제발 살려주세요'를 연발했다.

"너는 누구의 명령을 받는 것이냐? 아니면 스스로 명령을 내릴 수 있는 것이냐?"

러시아인은 버둥거리는 걸 멈춘 채 대답했다.

"아닙니다. 저는 오직 조직과 보스의 명령만 받들어 행동할 따름입니다. 판단하거나 생각하는 건 결코 저의 역할이 아닙니다."

그의 완벽한 알바니아어 발음 때문에라도 콜리키는 더욱 멋쩍어하지 않을 수 없었다.

"그런데도 왜 저 여자들은 하나같이 임신을 하고 있는 것이냐? 누가 저 아이들의 아버지란 말이냐? 그들은 러시아인이냐, 아니면 중국인이냐?"

"보스께서 뭔가 오해하신 것 같습니다. 제발 흥분하지 마시고, '너희들의 오른손이 소유한 것은 제외하라'[5]는 코란의 말씀을 떠올려주십시오."

---

5   코란 4:24.

러시아인의 입에서 흘러나온 코란의 문구는 마치 십자군 전쟁을 선포하는 교황의 칙서에서 발췌한 것처럼 들렸다. 그래서 콜리키는 수치심과 분노를 함께 표현하기 위해 권총의 방아쇠를 당겼다. 다행히 총알은 러시아인을 거치지 않고 바닥에 박혔는데, 총소리만큼은 한낮의 권태를 단숨에 산산조각 낼 만큼 날카로웠다. 그런데도 콜리키 발밑의 러시아인은 조금도 놀라지 않은 채 침착하게 말을 이었다.

"저도 끝까지 반대를 했습니다. 하지만 티아라 유곽에서 몸을 팔다가 도망쳐 나온 저 여자들은 그리스에서 도착한 뒤에도 가난하게 살고 싶지 않다고 애원했습니다. 그러더니 자신의 자궁 속에다 무려 마흔 개의 마약 콘돔을 숨기는 게 아니겠습니까? 그것으로도 모자라 스무 개를 더 배 속에 넣겠다고 하는 걸 가까스로 막았습니다. 아무리 그리스 국경의 경비대원들이 잔혹하다고 하더라도 임신한 여자들의 딱한 사정만큼은 묵인해주지 않을까요?"

그제야 콜리키는 신규 조직원들이 조직을 어떻게 변화시키고 있는지 어렴풋하게 감지할 수 있었다. 어쩌면 상부 조직은 새로운 사업을 방해하고 있는 조직원들에게서 권위를 박탈하여 이국 출신의 모험가들에게 건넬지도 모른다. 마피아도 엄연히 인간들의 조직인 이상 세대 간의 갈등과 통합의 역사는 필연적으로 일어날 것이다. 하지만 콜리키는 두려움을 부하들 앞에서 드러내 보이지 않기 위해서 또다시 한 발의 총알을 바닥에 박아 넣었다. 돌의 파편이 튀어 얼굴에 상처를 냈는데도 러시아인은 여전히 고통의 기색없이 온몸에서 힘을 뺐다.

"어느 시대 어느 세계든지 여자들만큼은 살아남을 것이고 그녀들에게서 아이들은 끊임없이 태어날 것이므로, 보스가 걱정하는 역사는 결코 일어나지 않을 겁니다."

콜리키는 그 러시아인의 얼굴에 침을 뱉은 뒤 발밑에서 그를 놓아주고 자신의 사무실로 걸어갔다. 사바나의 야생세계와 마찬가지로 마피아 조직에서도 상대에게 등을 보이는 행동은 곧 패배를 의미했지만 콜리키는 괘념치 않았다. 소파에 앉아 담배에 불을 붙이자 그의 몸속으로 뜨거운 총알들이 쏟아져 들어왔다.

4. 마그립(Maghrib, 일몰)

슈코더르 호수 위로 해가 잠기고 있다. 서둘러 숙소로 돌아가 일몰 예배를 드려야 하는 도리안 촐라쿠는 검은 양들처럼 여기저기서 소란을 피우고 있는 관광객들을 초조한 눈빛으로 둘러보았다. 그는 목양견을 대동하지 않은 걸 후회하며 한숨을 내쉬었다. 아시아에서 건너온 관광객들은 예의 바르고 부지런하며 호기심이 많지만, 모국어 이외의 언어에 서툴

러서 가이드의 설명을 거의 알아듣지 못하는데도 질문을 거
의 하지 않는다. 게다가 다른 언어권의 일행들과 섞이는 대
신 자신들만의 시공간을 확보하는 데 열중한다. 그들이 신뢰
하는 건 이국의 관광 가이드가 아니라 모국어로 적힌 가이드
북이고, 여행의 목적은 새로 구입한 카메라와 손목시계의 성
능을 확인하는 것이며, 지금 이곳에서 자신과 함께 관광할
수 없는 가족이나 친구들에게 큰 부채감을 지니고 있어서 자
신의 현재를 방부 처리하여 고스란히 그들에게 생생히 전달
해줄 방법을 끊임없이 궁리한다. 해외여행을 통해 지난한 삶
을 한꺼번에 보상받겠다고 벼른 자들은 수중의 돈을 모두 탕
진해야 한다는 강박관념에 사로잡혀 있는 것 같기도 하다.
아시아인의 성향을 모두 이해할 수 없는 촐라쿠로서는 그저
미소와 침묵으로써 그들의 행동과 사고방식을 수긍할 수밖
에 없다. 그리고 그런 방식은 훗날 자신이 알바니아를 떠나
외국에서 새로운 삶을 시작하게 됐을 때 큰 도움이 될 것이
라고 확신한다. 그래서인지 촐라쿠를 따라 나선 관광객들은,
그가 무슬림이라는 사실을 스스로 밝힐 때를 제외하면, 거
의 실망한 적이 없다. 젊고 잘생긴 데다가 알바니아의 과거
와 현재에 대해 해박하면서도 그는 결코 편협적인 사견을 말
하는 법이 없으며 고리타분한 주제를 반복하지도 않는다. 제
입으로 한번 불러본 이름은 끝까지 기억하며 그들이 잠깐 들
려준 외국어를 완벽하게 따라하여 환호를 이끌어낼 줄도 안

다. 관광지에서는 자유 시간을 많이 허락하는 한편 손님들을 부지런히 쫓아다니면서 사진을 함께 찍거나 기념품 상인과의 흥정을 도와주고, 각국의 가이드북이 추천한 음식을 직접 검증해주기도 한다. 출라쿠는 자신의 직업이 모국의 불운한 역사와 연관 있다는 사실을 공공연히 인정했다. 가난과 공산주의는 알바니아 사람들의 이동을 오랫동안 제한했고, 그 빙하의 시간이 지역마다 독특한 생활방식을 발명해내고 유지시킨 덕분에 알바니아에 뛰어난 관광 자원들이 넘쳐나게 됐다. 게다가 코소보 전쟁은 발칸 반도 전체의 물가를 서유럽의 그것보다 훨씬 낮추는 데 크게 이바지했다. 총성이 멈추고 전범들이 기소되자, 유럽 지도의 마지막 조각을 완성하려는 관광객들이 이곳으로 몰려들더니 마치 미개의 대륙에 최초로 도착한 선교사들처럼 알바니아인들의 마을을 기웃거리면서 우월감을 확인하고 있는 것이다.

어느새 슈코더르 호수는 망자들의 핏빛으로 가득 찼다. 그리고 로자파Rozafa 성 주위에 흩어져 있던 관광객들은 약속 시간보다 반 시간 늦게 출라쿠가 기다리던 곳으로 돌아왔다.

"이제 오늘의 일정을 마무리할 시간이 됐습니다. 하지만 호텔 식당에 환상적인 저녁식사를 준비해놓았으니 너무 아쉬워하실 필요는 없어요. 알바니아에 오셨으면 롬스테이크와 타라토르는 꼭 드셔야 한다고 여러분의 가이드북에 분명히 적혀 있을 겁니다. '그대가 알바니아를 따르면 그대는 알바니아인이다.' 저처럼 채식을 해야 하는 분들에겐 별도의 식단이 제공될 예정입니다."

관광객들의 날카로운 시선이 팽팽한 시위를 떠나 자신에게 날아오자 촐라쿠는 능숙하게 몸을 피하면서 언덕 아래를 내려다보았다. 과녁을 벗어난 시선들은 서로 씨줄과 날줄로 교차하면서 무지갯빛 그물처럼 허공 위에 펼쳐졌다.

"오른쪽으로 흐르는 강이 부나Buna강이고 왼쪽으로 흐르는 강이 드리니Drini강입니다. 날씨가 좋으면 여기서 아드리아 바다까지 볼 수 있다고 여러분의 가이드북에 적혀 있을 텐데, 5년 동안 이곳을 만 번쯤 방문한 저조차도 아직까지 그 사실을 직접 확인하지 못해 유감입니다. 아마도 이곳이 알바니아 최대의 공업도시로 성장하기 이전에는 그런 기적이 가능했을 수도 있겠습니다. 스모그가 명예로운 왕관이라고 자랑스러워하는 알바니아인들도 있지만, 저와 같은 관광가이드에게는 해고 통지서를 배달하는 집배원의 모자처럼 보이네요."

촐라쿠는 멋쩍게 웃으며 관광객들의 표정을 하나씩 들여다본 다음 다시 등을 돌리고 허공에다 말의 씨앗을 흩뿌렸다.

"발칸 반도에서 가장 큰 저 호수를 알바니아 사람들은 슈코데르라고 부르지만 세르비아 사람들에게는 스카다르스코Skadarsko로 알려져 있습니다. 국제적으로 통용되는 스쿠타리Scutari라는 이름은 이탈리아어에서 유래됐습니다. 하나의 호수에 붙여진 세 개의 다른 이름이야말로 발칸 반도의 과거와 현재를 잘 설명해줄 수 있을 것 같네요. 전 정치가나 군인이 아니니까 슬픈 이야기를 계속하진 않겠습니다. 아무튼 슈코더르는 원래 아드리아 바다의 일부였는데 모래톱으로 허리가 잘리면서 호수가 됐지요. 지금은 유럽에서 야생 펠리컨을 관찰할 수 있는 유일한 장소지요. 하지만 여태껏 저도 고작 두 마리쯤 목격했으니 더 늦기 전에 확실한 보호 방법을 마련해야 할 것 같긴 합니다."

관광객들은 촐라쿠의 설명에는 귀를 기울이지 않은 채 초조하게 사진기의 셔터만 눌러댔다. 두 번 다시 자신의 생을 이곳으로 데리고 오지 못할 그들에겐 허공 속에서 무늬도 없이 사라져버리는 이국의 언어보다는 초점이 흐릿한 사진들이 훨씬 유산으로서 높은 가치를 지니게 될 것이다. 생각이 여기에 이르자 촐라쿠는 입을 다물지 않을 수 없었다. 어서 그들을 호텔에 데려다주고 그곳의 화장실 바닥에서라도 예배를 올릴 수 있기를 간절히 바랄 뿐이었다.

그때 일본 여자가 손을 들더니 성벽을 가리키며 어설픈 영어로 이렇게 물었다.

"저기 전설…… 로자파…… 아이…… 조각…… 자세히 설명해주실 수 있나요?"

젊어서 아이를 낳았다면 그 아이가 이미 촐라쿠 자신과 비슷한 나이로 성장했을 만큼 그 여자는 늙어 보였다. 하긴 그

전설 때문에 아시아의 관광객들이 비행기를 두서너 번 갈아타야 하는 불편을 감수하면서까지 이곳으로 온다. 그리고 촐라쿠는 잠꼬대로라도 그 전설을 완벽하게 들려줄 수 있다. 하지만 서로의 언어 사이에 장벽이 놓인 이상 완벽한 설명과 이해는 불가능했으므로 촐라쿠는 언덕을 앞장서 내려가면서 건성으로 이렇게 말했다.

"알바니아인이라면 누구나 알고 있는 로자파 전설을 저 역시 당장이라도 들려드릴 수는 있지만, 이곳을 직접 찾아와서 성벽을 쓰다듬고 풍광을 살핀 여러분의 감동을 제 불안한 언어가 훼손시키게 될까 봐 몹시 두렵네요. 그래서 자세한 내용은 호텔로 돌아가는 버스 안에서 들려드릴게요. 단, 모든 전설에는 진실과 거짓이 적당히 섞여 있고, 어느 누가 어떤 목적으로 해석하느냐에 따라 얼마든지 내용과 교훈이 달라질 수 있다는 사실을 기억하십시오."

하지만 버스에 오른 관광객들은 로자파 전설에 대한 호기심을 이내 잃어버린 채 자신들이 찍어온 사진들을 살피거나 가이드북을 읽다가 허기와 피로에 짓눌려 하나둘씩 졸기 시작했다. 회색 윤슬만으로 촘촘하게 장식된 슈코더르의 수면이 촐라쿠에게는 마치 이교도들의 출입을 막기 위해 안에서 걸어 잠근 모스크의 정문처럼 보였다. 그래서 그는 마이크의 전원을 끈 채 버스 맨 앞자리에 앉아서 코란 몇 구절을 소리 내지 않고 암송했다. 자신과 같이 무슬림인 버스 기사에겐 그 소리가 들리는지 그는 연신 고개를 끄덕이며 리듬을 맞췄다.

그때 일본 여자가 통로로 걸어와 촐라쿠 옆에 앉았다. 그녀는 어쩌면 자신이 가이드북에서 모국어로 읽은 내용이 진실인지 알바니아인에게 직접 확인해보고 싶은 것인지도 몰랐다. 아시아인들은 순박하지만 동시에 철저하니까. 그래서 촐라쿠는 낮은 목소리와 건조한 톤으로 로자파 전설을 들려주었다.

기원전 세 명의 형제가 슈코더르 성벽을 쌓기 시작했다. 하지만 성벽은 매일 밤 저절로 무너져 내렸다. 성벽을 완성하려면 인신공양이 필요하다는 현자의 조언에 따라 형제는 자신의 아내들 중에서 다음 날 점심식사를 가장 먼저 들고 나타나는 여자를 성벽에 묻기로 합의했다. 하지만 두 형들은 그 계획을 자신의 아내에게 미리 귀띔해주고 비극을 피해 갔다. 막내의 아내인 로자파만이 다음 날 점심식사를 챙겨 성벽에 나타났고, 형들의 배신을 알아차리지 못한 막내는 울면서 자신의 계획을 아내에게 들려주었다. 로자파는 오히려 남편을 위로하면서, 성벽 안쪽에 묻힌 뒤에도 어린 아들에게 젖을 물리고 요람을 흔들어줄 수 있도록 자신의 오른쪽 가슴과 오른쪽 눈 그리고 오른쪽 다리를 성벽 밖으로 내놓을 수 있게 해달라고 부탁했다. 그녀의 소원대로 성벽에는 세 개의 구멍이 뚫렸고 그 이후로 수천 년 동안 난공불락의 명성을 이어가고 있다.

여기까지의 이야기를 듣고도 일본 여자의 표정은 거울처럼 맑고 고요했기 때문에 쫄라쿠는, 그 일본 여자가 자신의 이야기를 거의 알아듣지 못했을 뿐만 아니라 그 나이를 먹을 때까지 단 한 명의 아이도 낳아서 길러 본 적이 없다고 확신했다. 거기서 이야기를 멈추고 싶었지만 그 여자의 시험을 아직 통과하지 못한 것 같아서, 누구나 알고 있지만 전혀 매력적이지 않은 이야기를 덧붙이지 않을 수 없었다.

"로자파의 오른쪽 가슴에서 흘러나온 젖이 슈코더르 호수로 흘러들어 오랫동안 물빛이 우윳빛을 띠었다고 전해지지요. 그래서 지금까지도 알바니아의 어머니들은 슈코더르 호수에 제 젖가슴을 적시면서 로자파의 모성애가 자신에게 스며들길 기원하고 있답니다. 하지만 전쟁 동안 그 호수는 죽은 자들의 붉은 피로 들끓기도 했지요."

일본 여자가 제자리로 돌아간 지 얼마 지나지 않아서 호텔이 나타났다. 쫄라쿠는 관광객들에게 호텔 방 열쇠를 일일이 나누어주면서 식당의 위치와 식사 시간을 알려주었다. 그러고는 호텔 화장실 바닥에서 하루의 네번째 예배를 늦게나마 마쳤다. 땀으로 묵직해진 옷이 마치 죄인에게 입히는 수의(囚衣)처럼 느껴져서 가방 속의 샌드위치를 차마 삼킬 수가 없었다. 귀가하기에 앞서 쫄라쿠의 왼손이 한 가지 죄악을 더 저지를 예정이었기 때문이었다.

로비로 돌아갔더니 세 명의 중년 남자들이 외출 채비를 마친 채 서성거리고 있었다. 심야관광 옵션을 예약한 자들은 모두 네 명이었으므로 마지막 손님을 기다려야 했다. 로비의 소파에 나란히 앉아서 다른 관광객들의 주목을 받아야 하는 상황을 피하게 하려고 촐라쿠는 그들을 호텔 밖으로 데려가 담배를 나눠주면서 위급한 상황에 대처하는 행동요령을 일러주었다.

"알바니아 마피아의 악명이 하늘을 찌르고 있는 게 사실입니다만, 필사적으로 저항하지 않는 자들마저 상해를 입힐 만큼 몰상식하진 않습니다. 그저 지갑과 귀중품을 포기하면 그만입니다. 빈 지갑을 꺼내어 그들을 조롱하지 마세요. 아시아 관광객들이 수중에 큰돈을 넣고 다닌다는 사실은 유럽의 갓난아이조차 잘 알고 있으니까요. 물론 저희는 지금 알바니아에서 가장 안전한 곳을 찾아가려 하고 있고, 마피아가 정부를 대신해 그곳의 질서를 통제하고 있지만, 당장 1분 뒤에 일어날 일을 누가 미리 알아차릴 수 있겠습니까? 알바니아의 속살을 경험하는 동안 제가 건물 밖에서 대기하고 있을 테니까 혹시라도 불상사가 일어나면 뒤도 돌아보지 말고 밖으로 뛰어나오세요."

그때 한 남자가 나타났다. 그러고는 '아이 엠 소리'를 연발했는데, 처음엔 늦어서 미안하다는 뜻으로 해석했으나 나중엔 그들과 함께 갈 수 없어서 미안하다는 뜻으로 이해해야 했다. 그러자 자신이 크게 손해를 보았다고 생각한 누군가가 날카로운 외국어로 짧게 중얼거렸고, 비록 그 언어가 어느 나라에 속해 있는지 알진 못해도 비난과 경멸의 의미를 담고 있는 사실을 의심하는 자는 없었다.

세 명의 모험가들과 촐라쿠를 태운 택시가 슈코더르 시내의 유곽에 멈춰 섰다. 그들은 골목 양쪽에 50미터쯤 늘어선 수십 명의 창녀들로부터 뜨거운 환영을 받으며 어느 건물 안으로 들어갔고 5분쯤 지나 골목에 홀로 나타난 촐라쿠는 가방 속에서 샌드위치를 꺼내어 전봇대 아래에서 먹기 시작했다.

5. 파즈르(Fazr, 새벽)

알라는 어김없이 새벽 3시에 엘세이드 마브라이의 영혼을 흔들었다. 마치 기다렸다는 듯이 조금의 망설임도 없이 자리에서 일어난 마브라이는 이불 위에 앉아서 촛불을 켜지도 않은 채 벽을 향해 짧은 기도를 올렸다. 기도 소리가 사라지는 곳을 따라가다 보면 황금으로 빛나는 메카가 나타날 것이다. 목숨이 끊기기 전에 그곳을 순례할 수 있을까. 하지만 창문이 있던 자리까지 벽돌로 메워버린 그 방에서 자신이 얼마나 더 버틸 수 있을지 알 수 없다. 그래서 그는 잠이 든 사이에 들이닥칠지도 모를 죽음에 대비하여 자신이 지닌 최상의 의

복을 갖춰 입고 메카 쪽으로 머리를 둔 채 매일 잠자리에 드는 것이다. 눈먼 잠이 자신의 영혼으로 들어오는 입구를 찾지 못하는 날이면 그는 정수리까지 뒤집어쓴 이불 속에서 수십 차례 자맥질하다가 끝내 자리에서 일어나서는, 전날 저녁의 기도문 속에서 사악한 정령이 은신처로 삼았을 만한 문장을 떠올리려고 애썼다.

마브라이는 머리맡을 더듬어 성냥과 초를 찾아냈다. 촛불이 제 모양새를 갖추기도 전에 그는 작업복으로 갈아입고 서둘러 촛불을 끈다. 지금보다도 더 어려운 시절이 닥쳐올 것에 대비하여 무엇이든 아끼지 않으면 안 된다. 벽을 더듬으며 부엌으로 나온 그는 어제 타다 남은 숯을 모아 화덕에 불을 지피고 새로운 장작 몇 개를 던져 넣는다. 황덕불이 부엌 안의 가난을 어슴푸레 밝히면 그는 마당의 우물로 가서 얼굴과 손을 씻고 메카를 향해 머리를 네 번 조아린 다음 하루의 첫물을 길어와 부엌에서 밀가루 반죽을 시작한다. 그제야 눈먼 잠이 찾아와 그의 영혼으로 들어가는 입구를 찾아내기 위해 이곳저곳을 아프게 찔러대지만 마브라이는 발을 구르거나 뺨을 때려가면서 자신에겐 알라 이외의 신이 없음을 알린다. 이마와 겨드랑이에 땀이 맺힐 때쯤이면 잠은 밀가루 반죽 속에 갇히고 화덕 속에서 꿈의 형상에 따라 부풀어 오르다가 더 이상 숨을 쉴 수 없을 때쯤 슬그머니 도망친다. 그러면 곧 구수한 빵냄새가 아잔 소리처럼 집 안과 마을로 퍼지며 가족과 이웃 들을 깨우는 것이다.

빵을 만드는 시간은 마브라이와 그의 가족들에겐 기도 시간만큼이나 신성하다. 그가 만드는 빵으로 일곱 명의 가족이 끼니를 해결하고 생필품을 산다. 더 큰 화덕을 부엌에 들일 수만 있다면 더 많은 빵을 구워서 더 많은 돈을 벌고 더 안전한 집으로 이사할 수도 있을 것이다. 하지만 미할 가문과의 악연을 끊어내지 못하는 한 그에게 결코 안식은 없다. 그의 상상을 초월한 합의금을 지불할 수만 있다면 당장이라도 이 지옥을 빠져나갈 수 있겠으나, 알바니아에서 그렇게 큰돈을 지닌 자는 오직 마피아뿐이고 그들은 결코 빵을 팔아서 그 큰돈을 벌어들이지 않았다. 그러니 마브라이의 가족이 저주를 안전하게 빠져나갈 수 있는 방법은 오직 하나, 미할 가문의 모든 사람들이 전쟁이나 전염병으로 절멸하는 것뿐이다. 기적이 없는 한 마브라이 집안은 잔인한 복수의 굴레 속에서 끝내 패배하고 말 것이다. 왜냐하면 미할 집안에는 무기를 들 수 있는 남자들과 아이를 낳을 수 있는 여자들이 각각 열 명 이상씩 남아 있는 반면, 마브라이 집안에는 고작 네 명의 남자와 세 명의 여자가 겨우 목숨을 부지하고 있는 데다가 설상가상으로 두 명의 여자들은 이미 폐경기를 지나갔기 때문이다. 그래서 할머니와 어머니는 고작 열일곱 살의 마브라이를 서둘러 결혼시키려 애쓰고 있지만 어느 부모도 제 딸을 지옥으로 보내려 하진 않는다. 마브라이 역시 미할 집안과의 원한이 완전히 사라지기 전까진 결혼을 하거나 아이를 낳을 생각이 전혀 없다. 아직도 그는 아버지를 용서할 수 없다.

마브라이는 아버지의 임종을 지켜보지 못했다. 부의를 듣자마자 급히 모로코에서 귀국했으나 곧장 고향으로 가지 못하고 시외버스로 아홉 시간을 달려 낯선 시골에 숨어 지내던 가족과 3년 만에 재회했다. 미할 집안의 남자들에 의해 부관참시당하는 걸 피하기 위해 아버지의 무덤은 아리아드 바다 한가운데 세워졌다고 했다. 영정사진 속의 아버지는 마치 살아서 고통을 전혀 알지 못했던 사람처럼 해맑게 웃고 있다. 마브라이는 자신이 죽은 뒤에도 함정에서 빠져나올 수 없다는 사실을 인정하고 싶지 않았다. 장례식을 마치는 대로 그는 모로코로 돌아가고 싶었다. 카펫을 만드는 일이야말로 무슬림이 알라에게 경배하는 최고의 방법이라고 생각했다. 몇십 년이 걸릴지 모를 도제교육을 마치는 대로 고향으로 돌아와서 카펫 공방을 차릴 계획이었는데 아버지의 무모한 공명심 때문에 마브라이의 꿈은 산산이 부서지고 말았다. 귀국을 말리던 스승과 동료들의 걱정을 제대로 헤아리지 못한 걸 이제야 후회한들 아무 소용이 없었다.

만약 자식의 미래를 걱정했던 아버지였다면, 큰아들이 모로코의 카펫 공방에서 하루에 스무 시간씩 일하여 송금해준 돈 전부를 미할 집안의 남자들에게 빼앗겼다고 하더라도, 자신이 직접 권총의 방아쇠를 당기는 대신 경찰이나 마피아에

게 도움을 요청했어야 했다. 어쩔 수 없이 방아쇠를 당길 수
밖에 없었다면 그 즉시 자신의 목숨을 내놓고 용서를 구하거
나, 미할 집안에 소속된 사람들을 모조리 없애 후환을 막아
야 했다. 하지만 아버지는 제 자식을 위해 아무런 조치도 취
하지 않았고, 마당에서 장작을 패다가 미할 집안에서 날아온
총탄에 절명하면서 가족들에게 자신의 복수를 요구했다. 그
는 떳떳하게 자신의 실수를 인정하는 것이야말로 가장 용감
하고 명예로운 행동이라는 설득을 끝까지 거부했다. 새로운
시대를 받아들일 의지도 거의 없었다. 공산정권 시절에는 인
종이나 민족의 개념도 없었고 소유와 분배를 두고 다투지도
않았다. 카눈Kanun의 전통은 엄격하게 금지되어 있어서 이
웃을 죽인 살인자들도 감옥이나 협동농장에서 죗값을 성실
하게 치르고 나면 원래의 자리로 돌아와 정상적으로 살아갈
수 있었다. 어쩌면 마브라이의 아버지 역시 그런 결말을 낙
관했는지도 모른다. 하지만 공산주의자들이 떠난 자리를 마
피아들이 차지한 이후로 선량한 사람들이 정당한 처벌과 진
정한 용서를 구하기 위해서는 무슬림의 관습법을 부활시킬
수밖에 없었다고 미할 집안의 사람들은 주장했다. 다행히 할
머니의 기지 덕분에 마브라이의 가족은 목숨을 건질 수 있었
지만 고향으로부터 수천 킬로미터 떨어진 시골에 숨어든 이
후에도 그들은 하루의 대부분을 지하 감옥에서 보내면서 복
수의 전통에 저항하고 있다. 마브라이가 굳이 새벽에 빵을

만드는 까닭도 미할 집안의 남자들이 잠들고 있는 사이에 그걸 이웃에게 전달해야 하기 때문이다.

마브라이는 첫번째로 구워진 빵들을 쟁반에 받쳐 들고 집안을 돌며 알라의 뜻을 전한다. 할머니와 어머니는 이미 잠자리에서 일어나 예배 준비를 끝냈다. 늘 허기져 있는 동생들은 구수한 빵냄새가 꿈과 현실 중 어느 쪽에서 풍겨오는 것인지 구분하지 못하여 잠자리 주변을 서성거린다. 좁은 집에 살면서도 굳이 가족들이 한방에 모여 잠들지 않는 까닭은 최악의 상황에서 가능한 한 많은 생존자를 구해내기 위함이다. 죽은 아버지가 깨어나 복수를 채근하지 못하게 하려고 마브라이는 발소리를 죽이며 걸었다.

그런데 흰 실과 검은 실이 뚜렷하게 구별되는 시간이 됐는데도 첫째 여동생이 평소와는 달리 부엌에 나타나지 않았다. 불길한 생각이 들어 방마다 촛불을 켜고 샅샅이 뒤져보았으나 그녀의 흔적을 찾을 수가 없었다. 게다가 마브라이가 모로코에서 그녀의 생일선물로 보내준 은 접시와 찻잔 세트마저 눈에 띄지 않았다. 그녀가 비몽사몽 간에 꿈의 입구를 잘못 찾은 게 아니라면 대리모 노릇이라도 자청하기 위해 제 발로 미할 가문을 찾아갔을 수도 있었다. 왜냐하면 그녀는 마브라이의 빵을 토끼처럼 조금씩 뜯어 먹으면서, 가문 사이의 악연을 풀려면 전쟁이 아니라 결혼이 필요하다고 말한 적이 있었기 때문이다.

러시아

나는 아직
인간이 아니다

EUROPEAN

READING

METHOD

설령 죽음에 처참히 굴복당하더라도 나는 결코 인간으로서 지켜야 할 최소한의 존엄을 스스로 포기하진 않겠다. 포기하는 순간, 또 다른 인간이 이곳으로 끌려와 죽게 될 것이고 분명 그 숫자는 점점 더 늘어날 것이기 때문이다. 하지만 여기서 죽어가는 인간의 숫자보다 이곳에다 인간을 가두고 감시하는 인간의 숫자가 훨씬 더 많다는 사실을 알게 된다면 누구라도 죽고 싶어질지 모르겠다. 인간이 얼마나 연약하고 신의 없는 존재인지 모든 인간에게 다시 알려지는 순간, 이전보다 더욱 잔인한 전쟁과 학살이 세계 곳곳에서 시작될 것이고, 나중엔 얼마나 많은 인간이 얼마나 많은 인간에 의해 살해당했는지 더 이상 궁금해하지 않게 될 것이며, 자신이 지은 죄악 때문에 타인의 여죄를 추궁할 수도 없게 될 것이다. 설령 몇 사람을 죽인다고 한들 인간 전체를 모욕하는 일이 아니며, 복수의 지난한 과정 때문이라도 인간 전체가 한 꺼번에 사라지지 않을 것이라는 사실을 누구나 잘 알고 있다. 결국 전쟁과 학살을 멈추려면 인간 전체를 절멸시키는 방법밖에 없을 텐데, 마지막 순간까지도 천국에 대한 망상은 인간의 머릿속을 떠나지 않을 것이다.

도대체 인간이란 어떻게 정의되는 것일까? 백여 권의 책들을 소리 내어 읽었고 살사 소스를 빵에 듬뿍 발라서 아무렇지 않게 삼킬 수 있으며 지도 끝에 표기된 오지 몇 곳을 다녀온 적이 있는, 또는 전쟁에 참여했거나 심장 수술을 받았거나 담배나 맥주의 풍미를 혀끝으로 구분할 수 있을 만큼 나이가 든, 그것도 아니라면 1미터 이상의 키와 20킬로그램 이상의 몸무게를 지닌 채 스스로의 힘으로 직립 보행하는 생명체만을 인간으로 부를 수 있는 것일까. 그렇다면 나의 부모는 인간에 포함되겠지만, 나는 아직 인간이 아니다. 나는 너무 어려서 낙태를 반대하거나 지지할 수 있는 지식이나 신념이 없지만, 인간의 몸에서 태어난 자들을 무턱대고 인간에 포함시킬 수 없다고 주장하는 어떤 인간들을 잘 알고 있다. 태어난 이후부터 인간에 걸맞은 소양을 꾸준히 배우고 익혀서 어느 수준에 이르러야 비로소 인간으로 간주될 수 있다고 그들은 믿는다. 그런데 곰곰이 생각해보면, 인간으로 자라날 가능성이 있는 생명체가 인간이 되는 게 아니라, 인간으로 양육할 수 있다고 제 부모가 판단한 생명체만 인간이 되는 것 같다. 내 부모는 낙태 지지자였다. 하지만 내가 태어나자 잠시 신념과 태도를 바꾸었다. 그래서 나는 또래보다 성장 속도가 더 빠르고 더 건강하다는 이유로 잠시나마 부모의 자랑이 될 수 있었다. 하지만 내 부모에게 갑작스럽게 찾아온 불행으로 인해 그들은 다시 낙태 지지자로 되돌아갔고 내가 인간으로 키워질 가능성은 완전히 사라져버렸다. 1미터 이상의 키와 20킬로그램 이상의 몸무게를 지닌 채 스스로의 힘으로 직립 보행할 수 있었지만, 고작 열 권의 책조차 읽지 않았고 살사 소스는커녕 설탕 조각조차 맛보지 못했으며, 다녀본 곳이라곤 지도에도 표시되지 않은 무허가 조산원이 전부인, 전쟁에 참여하거나 심장 수술을 받은 적도 없고 담배나 맥주의 풍미에 대해 전혀 알지 못하는 나는 그들에게 더 이상 인간이 아니다. 그러므로 그들은 나의 죽음 앞에서 조금의 죄책감도 느끼지 않는다. 그리고 인간이 되기도 전에 죽음을 맞이하게 된 나 역시 그들을 증오할 의욕조차 느끼지 못하고 있다.

  사랑을 경험하게 됐을 때 비로소 인간이 되는 것이라고 아빠가 말한 적이 있다. 그래서 그는 한순간도 쉬지 않고 사랑을 갈망했다. 심지어 침대에서 아내를 품고 있을 때나 그녀가 자살한 직후에도 다른 사랑의 개연성을 염탐했는데, 그에게 중요한 건 완벽하고도 영원한 사랑의 대상이 아니라 매 순간 새로운 사랑을 시도할 수 있는 자신의 능력이었다. 사랑의 능력이 사라지는 순간 그는 더 이상 자신이 인간으로 취급받지 못할 것이라고 생각한 게 분명하다. 친엄마는 나를 낳은 이후로 아빠가 자신을 가구처럼 취급했다고 술에 취해 종종 내게 말했다. 사랑받을 수 있는 능력보다는 사랑의 부재를 감지할 수 있는 능력이 그녀를 인간답게 만들어주고 있었다. 고작 여섯 살밖에 안 되는 나를 친엄마가 선한 인간이라고 추켜세운 까닭 역시 자신의 사랑을 독점하고 있는 내 능력이 부러웠기 때문이기도 하거니와, 세상에 만연한 폭력과 논리를 발명해놓고도 슬그머니 등을 돌린 어른에게서는 더 이상 인간의 미래를 기대할 수 없었기 때문이다. 나는 친엄마에게 다가오는 불행의 냄새를 맡았지만, 삶의 희열과 죽음의 무력함 어느 쪽에 대해서도 아는 바가 없었으므로 두려움을 거의 느끼지 않았다. 인간의 육신은 사라져도 영혼이 남아서 다른 이의 몸속으로 들어간다는 황당한 궤변은 아직까지도 이해할 수 없다. 인간이란 육신과 영혼으로 조합된 항구적 대상이 아니라 잠정적 상태에 불과하며, 이런저런 이유로 균형이 파괴되면 두 번 다시 원래의 모습대로 복원되지 않는다. 그러니 인간을 구원하는 것은 불가능하며, 용서나 징벌의 방법은 하나같이 부질없다.

어쩌면 당신들은 내 이야기를 곧이곧대로 받아들이지 않을지도 모른다. 여섯 살 아이에게는 결코 이런 생각과 이야기를 할 능력이 없기 때문에 수상한 목적을 지닌 어른이 어린이로 위장한 채 장광설을 늘어놓고 있다고 의심할 게 틀림없다. 하지만 당신이 틀렸다. 나는 내 생각을 당신들의 언어로 능수능란하게 이야기할 수 있는 능력을 지니고 태어났다. 그리고 지금까지 그 능력을 증명해 보이려고 부단히 노력했다. 다만 당신들이 들으려 하지 않았거나 들었는데도 무시했던 것일 뿐. 당신들은 아이들에게 이런 능력이 없다고 확신하기 때문에 큰 죄의식 없이 그들을 학대하고 살해하는 게 아닌가. 물론 대부분의 아이들은 당신들 앞에서 자신의 생각을 논리정연하게 정리하고 지식을 동원해 말하지 않는다. 그런 능력을 타고나지 못했기 때문이 아니라, 그런 능력을 발휘해야 할 이유를 알지 못하는 것뿐이다. 사실, 대부분의 아이는 자신에게 어떤 능력이 있는지 깨닫지 못한다. 그래서 아이들은 무자비한 폭력에 무방비 상태인 것이고, 당신들은 피 묻은 손을 바지 주머니 속에 찔러 넣은 채 태연히 친구를 만나고 쇼핑을 할 수 있다. 하지만 적어도 나는 여느 아이나 어른보다 더 논리정연하게 개인과 사회와 역사를 말할 수 있다. 어떻게 자신의 잠재적 능력을 찾아내고 그걸 발휘해야 할 이유를 깨닫게 됐는지는 모른다. 그런데도 나는 그 능력을 발휘할 기회를 얻지 못한 채, 지금 처참하게 살해당하고

있다. 이곳의 문을 열고 안으로 들어온 당신들은 순진한 표
정으로 죽어 있을 나를 발견할 것이고 여느 아이와의 차이점
을 눈치채지 못할 것이다. 나에게 벌어진 비극의 인과는 인
간의 역사에 전혀 반영되지 않은 채 나의 시체는 화장장에서
재와 연기로 분리되어 영원히 사라지겠지. 그런 생각을 오래
하고 있자면, 마지막 순간까지 특별한 능력을 발휘하려고 애
쓰는 내가 가련하게 여겨진다. 하지만 나마저도 굴복한다면,
앞으로 이곳에 갇히게 될 수많은 아이들을 어떻게 살려낸단
말인가. 적어도 나는 호기심 많은 대중의 카메라 앞에다 내
시신을 던져놓아야 할 의무가 있다. 그 의무감이 나를 며칠
더 살게 했을 것이다. 그리고 우주와 같은 이 방에서 탈출하
는 방법이 죽음밖에 없다는 절박감과 허무감이 나의 능력과
열정을 발화시켰을지도 모른다. 어차피 흔적도 없이 사라질
것이라면, 어떻게 전개되어도 상관없지 않겠나. 그리고 어차
피 당신들의 대부분은 이 글을 읽지 않을 것이고, 설령 읽더
라도 자신이 읽은 이야기를 다른 이에게 전달하지도 않을 테
니까. 당신들과 전혀 다를 바 없다고 생각한 인간이 정작 당
신들의 이야기를 이해하지 못한다는 사실에, 놀라는 이도 거
의 없을 것이다.

　너무 순수해서 배가 고프고 추운 것이다. 눈물이 나지 않
고 머리카락이 빠지는 까닭도 너무 용감하기 때문이다. 내

가 너무 인간적이어서 눈이 자꾸 감기고 숨소리가 점점 가늘어지는 것이다. 그래도 저 문이 열리고 아빠와 새엄마가 환하게 웃으며 나타난다면 나는 기꺼이 그들을 반갑게 맞아줄수 있다. 그것이 가족이라고, 나는 배웠다. 그것이 사랑이라고, 나는 배웠다. 그것이 인간을 인간답게 만든다고, 나는 배울 차례를 기다리고 있었다. 나의 아빠와 새엄마는 지금도 저 문밖에서 열렬히 사랑하고 있을 것이고 자신들이 인간으로 거듭나는 순간을 신에게조차 방해받고 싶어 하지 않을 것이다. 그래서 나는 그들의 사랑 때문에 죽어가는 현실을 묵묵히 받아들였다. 아빠나 새엄마가 나를 죽이고 있는 건 아니다. 죽은 친엄마 때문에 내가 죽어가는 것도 아니다. 나는 아직 인간이 아니기 때문에 죽어가는 것이다. 나는 아직 인간이 아니기 때문에 삶을 완성하지 못했고 죽음 또한 마음껏 들이켜지도 못했다. 죽는 것이 아니라 원래의 상태로 되돌아가는 것이다. 태어난 것도, 그렇다고 죽은 것도 아닌 상태가 인간의 시작이다. 죽은 친엄마도 그런 상태로 돌아가 있을 테니 곧 그녀를 만나게 되겠지만 애써 서두르진 않겠다. 진흙 덩어리처럼 변했을 그녀를 내가 과연 알아볼 수 있을까 살짝 걱정되기도 한다. 하지만 그녀만큼은 나를 똑똑히 알아볼 것이다. 왜냐하면 그녀는 나를 낳은 순간 나의 미래까지 정확히 보았을 것이기 때문이다. 그녀가 마지막 숨을 내뱉은 뒤로 나의 키와 몸무게는 조금도 변하지 않았을 뿐만 아니라 태어날 때처럼 머리카락과 이빨을 지니고 있지 않다. 아마도 아빠가 욕조의 물속에 타 넣은 표백제 때문인 것 같다. 친엄마의 죽은 몸을 닦을 때에도 아빠는 그걸 사용했다. 하지만 아무리 닦아도, 자살은 자신과 가족을 지켜내는 유일한 방법이라고 말하던 그녀의 혀는 결코 맑아지지 않았다.

부모가 자살하면 유령이 저주를 내려 자식들 또한 자살하게 된다는 이야기를 빌리에게서 들은 적이 있다. 빌리는 할머니가 자살했기 때문에 그녀의 아들인 아빠 역시 언젠가 자살할 것이고, 그다음엔 자신의 차례가 될 것이라고 철석같이 믿었다. 그래서 그는 늘 아빠를 감시했다. 할 수만 있다면 하루 종일 아빠를 따라다니면서 그가 하는 일과 만나는 사람들을 일일이 확인하고 싶었지만 세 살 생일 이후로 더 이상 자라지 않는 다리 때문에 빌리는 혼자서 자신의 방을 드나드는 것조차 버거웠다. 아들의 상태를 언제 어디서든 확인할 목적으로 아빠는 빌리의 방에 더 많은 창문을 뚫고 방문까지 유리로 만들었는데, 빌리는 오히려 아빠가 유령의 습격을 받았을 때 주변의 도움을 손쉽게 구하기 위해서 그런 장치를 해두었다고 해석했다. 그래서 자신의 육체적 한계를 보완해줄 이웃의 도움이 필요하다고, 빌리는 워키토키를 통해 내게 말했다. 빌리의 아빠가 가깝게 지내는 이웃은 많았지만 빌리가 이웃으로 여기는 자는 나밖에 없었다. 하긴 삶과 죽음에 대해 전혀 알지 못하는 내가 소아마비에 걸린 소년에 대한 편견 또한 지녔을 리 없을 테니, 나의 무심한 태도가 그를 편안하게 만들었을 것이다. 아무튼 빌리는 시도 때도 없이 워키토키를 켜고 자질구레한 이야기를 내게 늘어놓았다. 그러면 나는 내가 여느 아이들과 확연히 다르다는 사실을 증명하기 위해 애썼다. 자살한 부모를 따라 자식들이 자살하는 이유가 유령의 저주 때문이 아니라 유전자 때문이며, 유전병을 치료할 수 있는 약이 조만간 시판될 것이라고 알려주었다. 그건 인터넷 사이트를 잠시 검색하는 것만으로도 쉽게 알아낼 수 있는 사실이었다. ─ 아빠가 즐겨 찾는 포르노 사이트에 접속했다가 발각되어 한 달 남짓 집 안에 갇혀 지냈던 일은 빌리에게 끝까지 말하지 않았다. ─ 하지만 빌리는 몸을 비틀고 울먹이면서 나를 실망시켰다. 하긴 너무 잔인한 진실은 사는 데 거의 도움이 되지 않다는 사실을 깨닫기에 그는 너무 어렸고 그걸 받아들이기에 너무 여렸다. 세심하고 자상한 부모의 관심과 사랑이 자신을 박제로 만들고 있다는 사실 또한 알아차리지 못했다. 그래서 나는 이따금 내 아빠와 새엄마가 밤새 흘리던 사랑의 소리를 그에게 들려주면서, 우리가 거기서 태어났고 언젠가 우리도 그런 소리를 지르게 될 것이라고 일러주었다. 공포에 휩싸인 빌리는 급히 워키토키의 전원을 껐지만 오래지 않아 다시 전원을 켜고 나의 반응을 살폈다. 그런 호기심과 조급함 역시 그가 여느 아이와 다르지 않다는 사실을 입증하는 증거였고, 나는 더 이상 미래에 대한 비관적 태도로 그를 괴롭히지 않았다. 어쩌면 지금도 그는 매일 밤 워키토키로 내게 신호를 보내고 있을 것이고 아무런 대답도 받지 못했다는 사실에 실망하면서 잠들 것이다. 외로움이 아이를 인간으로 만들 수도 있지 않을까. 좌절감 또한 인간의 진화를 위해 결코 없어서는 안 되는 자극이다. 만약 내가 매일 밤 빌리의 호기심과 조급함을 여느 아이처럼 요란하게 응대했던들, 그는 석 달 동안이나 대답이 없는 나의 처지를 수상하게 여기고 자신의 자상한 부모를 앞세워 우리 집에 찾아왔을 것이다. 그러고는 나를 즉시 만나게 해주지 않는다면 경찰이 나타나기 전까지 소이탄 같은 울음을 멈추지 않겠다고 버텼을 수도 있다. 아이의 울음소리를 악마의 걸음걸이 정도로 여기는 나의 부모는 알량한 자존심을 지키기 위해서라도 나를 잠시 이곳에서 꺼내주지 않았을까. 불청객을 쫓아낼 변명을 급히 만들어내다 보면 나와 연관된 기억 때문에 그들의 가슴이 잠시나마 부드러워질지도 모르겠다.

만약 내가 이 나라처럼 모든 것 ─ 거대한 영토, 유구한 역사, 필적 불가능한 예술, 기이한 자연현상, 완벽한 경전을 지닌 종교, 새로운 이데올로기 그리고 불굴의 인간 ─ 을 완비한 나라가 아니라 거의 아무것도 구비되지 않은 나라에서 태어났더라면, 역설적이게도 좀더 무난하게 인간으로 자라날 수 있지 않았을까. 도저히 인간의 조건이라고 간주할 수 없을 만큼 비참한 나의 처지가, 가령 권태와 인류애를 구별하지 못한 채 전장으로 뛰어든 종군기자의 카메라를 통해 전세계에 알려진다면, 반대쪽 세계에 사는 인간들이 거대한 동정 여론을 만들고 그것으로 정치 세력을 움직여서 전쟁을 불사하면서까지 나를 구하려 하지 않을까. 그런 다음 나를 통해 인류애가 구현되고 측정될 수 있도록 갖은 노력을 쏟아부을 것이다. 하지만 유감스럽게도 반대쪽 세계에 사는 인간들은 이렇게 풍족하고 평화로운 세계에서, 그것도 터키산 타일로 벽과 바닥이 치장되어 있는 욕실에서, 여섯 살의 소년이 제 부모의 손에 죽어가고 있다는 사실을 결코 상상할 수 없다. 선한 인간이 저 욕실 문을 때려 부수고 안으로 들어와 나를 구해주는 장면을 나 역시 상상하지 못하긴 마찬가지다. 인간들에게 저 문을 부술 힘이 없어서가 아니라 문을 부숴야 한다는 의지가 없기 때문에 3개월째 나는 여기에 갇힌 채 저 문밖의 세상에서 점점 멀어지고 있는 것이다. 비록 내겐 더 이상 울대를 쥐어짤 힘조차 남아 있지 않지만 ─ 울려고 아랫배에 힘을 주면 목구멍에서 비눗물 같은 것이 조금 흘러나올 뿐이다 ─ 그래도 울음을 멈추지 않을 것이다. 울음은 인간이 진실을 말하는 최초이자 최후의 방법이다. 울음소리는 내 안에서만 크게 울릴 뿐, 밖으로는 거의 흘러나오지 않기 때문에 나의 부모는 내가 체념과 복종의 단계로 들어섰다고 오해할 수 있다. 그래서 가끔 나는 울음 대신 피를 몸 밖으로 뿜어내어 저항의 의지를 표시하곤 했다. 하얀 타일 위에 떨어진 피는 너무 선명해서 귀머거리일지라도 그 결연한 메시지를 알아차릴 수 있다. 그러면 새엄마는 마치 세례식을 진행하는 천사처럼 욕실 곳곳에 소금을 뿌렸고, 아빠는 흑마술의 주문과도 같은 욕지거리를 쉴 새 없이 퍼부으면서 수세미로 벽과 바닥을 닦았다. 나는 그들의 세례식을 방해하지 않기 위해 욕조의 물속으로 들어가 가능한 몸을 웅크린 채 삶이나 죽음에 완전히 속하지 않은 시간을 견뎌내야 했다.

압제자인 죽음이 나의 육신을 짓밟고 지나간 뒤에도 여전히 기억하고 싶은 게 있다면 바로 그 소금의 맛이다. 짜거나 쓰지 않고 오히려 달고 시다. 프랑스 남부의 동굴에서 긁어낸 암염과 이탈리아 북부에서만 자란다는 검은 송로버섯을 섞어서 만든 그것은 너무 귀하고 값비싸다. 그래서 새엄마는 가족이나 아주 친한 친구가 방문할 때에만 찬장 깊숙한 곳에서 그걸 꺼내 각자의 스테이크 접시 위에 아주 조금 뿌려주었다. 하지만 그녀가 러시아 최고의 요리사로 칭송받기에는 부족하지 않을 만큼의 분량이었다. 그리고 그날 밤 그녀는 자신의 사랑받는 능력을 아빠에게 확인하곤 했다. 내게도 그 능력을 확인받고 싶었는지, 허영심에 불타서 그녀는 그렇게도 귀한 것을 내가 사는 세계에 가끔씩 뿌려주고 돌아갔다. 요란한 의식을 치르느라 녹초가 된 그들이 잠들면, 나는 욕조에서 조용히 기어 나와 욕실 바닥에 남아 있는 소금기를 혀로 핥는다. 그럴 때마다 나는 땅속에 묻혀 있는 송로버섯을 찾기 위해 어릴 때부터 길들여진 돼지로 변신한 것 같은 착각에 빠진다. 그와 동시에 나와 내 부모가 다시 정상적인 가족으로 묶일 수 있을지도 모른다는 희망에 자극받기도 한다. 하늘 위에서 내려다보면 보이지 않을 것들은 발밑에 엎드려 올려다보아야 비로소 볼 수 있다. 나는 인간인 부모에게서 많은 것을 기대하는 것이 결코 아니다. 애써 나를 먹여 살리려 하거나 강제로 목숨을 거두려 애쓰지 말고, 그저 내가 스스로 이곳에서 도망칠 때까지만 유령으로 취급해달라고 읍소할 뿐이다. 나는 여섯 살짜리 아이에게도 노동의 기회를 주는 남루한 세계에서 태어나야 했다. 그랬더라면 가족의 부양의무 때문에 고통받고 있는 부모는 내가 하루 종일 욕조 안에서 무위도식하는 상황을 결코 참아내지 못할 것이고 자연스레 나는 한 인간으로서 — 적어도 신성한 노동력을 지닌 가축으로서라도 — 대우받았을 것이다. 신성한 노동을 통해 스스로 끼니와 잠자리를 해결하게 된 이후부터 더이상 부모가 필요하지 않을 테니 나는 아무것도 챙기지 않은 채 연기처럼 이곳에서 사라질 것이고, 그들 역시 더 이상 나의 허기와 불안 때문에 고통받지 않아도 될 것이다. 설령 그들이 더 이상 나를 폭력으로 억압할 수 없을 만큼 늙고 병들더라도 나는 결코 그들에게 돌아와 복수하지 않을 것이라고 약속한다. 나는 종교가 없기 때문에, 그리스도든 알라든 부처를 대신해 빌리 앞에서 맹세하겠다. 그리고 빌리만큼은 나의 비극에 오염되지 않고 정상적인 인간으로 자라나길 진심으로 기원한다. 하지만 나의 맹세가 지켜질 가능성은 희박하다. 여섯 살의 아이가 어른의 보호 없이 혼자서 살아가지 못하도록 법으로 제한하고 있으니까. 자식을 학대하는 부모를 처벌할 수 있는 법도 존재하지만, 자식이 부모를 처벌하려면 부모의 친척이나 친구의 도움을 받아야 하니 함정을 빠져나가는 게 결코 쉬울 리 없다.

그래도 나는 존엄한 인간으로 자라나기 위해 지금 여기서 가열하게 투쟁하고 있다. 투쟁의 대상은 죽음이 아니다. 나는 살아서 이곳을 나갈 수 없다는 사실을 잘 안다. 내가 살아야 할 세계는 이곳이 전부이고 이곳 밖의 인생은 더 이상 없다. 이 사실을 나의 부모 역시 잘 알고 있는 것 같다. 그래서인지 그들은 온전히 자신의 소유가 된 삶을 향유하기 시작했다. 지난달 회사의 임원으로 승진한 아빠는 새엄마에게 다이아몬드 반지를 선물했고 친구들을 집으로 불러들여 파티를 열었을 뿐만 아니라, 지역신문의 기자와 인터뷰를 하면서, 아시아에서 대량으로 유입된 난민들을 인도적이고도 체계적으로 지원할 경우 러시아의 경기가 크게 부흥할 것이라는 전망을 내놓았다. 그는 이웃과 친구들에게 내가 영국에 사는 친척집으로 여행을 떠났다고 거짓말을 했다. 새엄마는 자신의 몸에서 태어난 나의 이복동생을 위해 멋진 요람을 사고 식기를 모두 독일제로 바꾸었으며 유모까지 고용했다. 그녀는 어린 동생의 양육을 돕기 위해 스스로 프랑스의 할머니를 찾아간 큰아들을 이웃과 친구들 앞에서 몹시 대견스럽게 여겼는데, 만약 새엄마의 친구와 사랑에 빠진 아빠의 친구가 내 부모에 대해 이런저런 이야기를 나누다가 우연히 내 행방에 의문을 갖게 된다면 — 유럽인이라면 결코 영국과 프랑스의 특징을 섞어서 말하는 실수는 하지 않는다 — 모를까, 그전까지 내 부모의 위선을 알아차릴 수 있는 자는 단 한 명도 없을 것 같았다. 사회적으로 성공을 거듭하고 무절제한 소비로서 카타르시스를 느끼며 이웃의 시샘을 존경으로 간주하고 있는 내 부모가 스스로 수치심과 측은지심을 회복할 가능성은 거의 없었다. 그렇다고 제 부모의 성공을 부정하고 저주하는 자식에게 찬사와 보상이 기다리는 것도 아니어서, 나는 그저 그들이 삶의 조건들을 채워가는 데 너무 정신이 팔린 나머지 욕실에 뭘 숨겨두었는지 잊고 있다가 급기야 욕실 문을 밖에서 걸어 잠그는 것도 잊은 채 여름휴가를 떠나는 순간을 묵묵히 기다릴 따름이다. 그래 봤자 나의 병든 몸을 현관까지 밀고 가는 데 생의 모든 의지를 소진하겠지만, 여행에서 돌아온 그들이 현관문을 열고 들어서다가 나의 물컹한 몸을 밟고 넘어지는 광경을 꼭 연출하고 싶다. 삶은 언제든 우스꽝스러워지거나 위태로워질 수 있다는 사실을 내 부모에게, 아니 내 부모로 환원될 수 있는 모든 인간들에게 알리기 위해 나는 투쟁한다.

내가 그토록 혐오스럽다면, 그래서 음식을 챙겨주거나 옷을 갈아입혀주는 게 싫다면, 왜 나를 이곳에서 꺼내어 이웃이 없는 곳에 버리지 않는 것일까. 설령 시베리아의 동토에 벌거벗긴 채 버려지더라도 나는 결코 얼어 죽거나 굶어 죽지 않을 것이며, 나를 발견한 자들에게 부모의 신분을 발설하지도 않을 것이다. 나는 부모 없이 태어나 지금까지 줄곧 이곳에서 이런 상태로 존재했다고 말하겠다. 그게 내가 배운 사랑이다. 치매에 걸려 자식들에게 버려진 부모가 잠시 정신을 차리고 모든 상황을 이해하게 된 순간에도 자식의 안부를 걱정하고 미래의 행운을 빌어주는 행동 역시 사랑이다. 어쩌면 친엄마도 자살하기 전까지 아빠의 사랑하는 능력이 오랫동안 지속되길 기원했을 것이다. 그것이 내게 사랑을 가르쳐준 그녀가 할 수 있었던 사랑의 극단이었다. 어쩌면 아빠와 새엄마가 내게 새로 가르쳐주고 싶어 하는 극단의 사랑이 이 욕실에 가득 차 있는지도 모르겠다. 극단의 사랑을 가르쳐준 부모나 스승이 없어서 나보다 더 불행한 유년기를 보냈던 그들을 내가 오히려 동정하고 위로하는 편이 이 기괴한 현실을 수긍하는 데 더 도움이 될 수도 있다. 하지만 내가 자신들의 고유한 유전자를 몸속에 지니고 있는 이상, 살아서든지 죽어서든지, 시베리아에서든지 아프리카에서든지 제자리로 정확히 되돌아와, 자신들의 위선과 추악함을 폭로하고 처절하게 패배시킬 것이 몹시 두렵기 때문에 그들은 차마 나를 욕실 밖에다 버리지 못하는 게 분명했다. 마치 내가 죽어가는 모습을 처음부터 끝까지 지켜보아야 비로소 자신들의 행동에 책임질 수 있다고 고집하는 것 같았다. 그러고는 나를 죽인 게 나의 유전자라고 주장하겠지. 내가 목숨을 지켜내려면 신이 내 몸속에 찔러 넣은 뇌관을 없애야 하는데 그러는 순간, 죽은 친엄마가 아빠를 너무 사랑한 나머지 그를 닮은 아이를 세상에 남겼다는 사실과, 사랑할 수 있는 능력이 내 아빠를 인간으로 유지시키고 있다는 사실과, 집 안 여기저기의 침울한 공기를 걷어내기 위해서라도 새엄마가 사치와 편애에 몰입하고 있다는 사실과, 이복동생의 혈관 속에도 비극의 저주들이 흐르고 있다는 사실 모두 처참히 파괴되고 말 것이다. 언 발을 녹이자고 오줌을 쌀 수는 없는 노릇이니, 모두를 위해서라도 나는 이곳을 벗어나면 안 됐다.

그렇지만 나는 이곳에서 탈출하려는 시도를 단 한순간도 멈추지 않았다. 그 의지가 나의 피를 돌리고 체온을 유지시키며 뼈를 곧추세우고 있는 게 분명하다. 그렇지 않았다면 이미 추위와 허기와 외로움에 짓이겨졌을 것이다. 혹시 나의 몸은 이미 죽은 것이 아닐까. 표백제의 독성 때문에, 육신과 영혼이 분리될 때 찾아온다는 고통을 전혀 느끼지 못했을 수도 있다. 내 부모가 가끔씩 저 문으로 들어와 나의 몸뚱이를 발로 툭툭 차고 욕지거리를 내뱉을 때마다 젤리처럼 말랑말랑하고 끈적거리는 내 영혼은 더 안전한 곳으로 천천히 밀려가면서 마치 내가 피학적 쾌감을 느끼고 있는 것처럼 그들에게 위장한다. 내 내장 안에서 자라나기 시작한 구더기들의 식탐이 나의 반응을 더욱 생동감 있게 만들고 있다는 상상은 내가 표백제가 섞인 물을 수시로 마시고 있다는 사실과 양립하기 어렵다. 그러나 이미 성충이 된 것들에겐 표백제의 독성이 전혀 작용하지 않을 수도 있다는 가정을 추가하고 나면 상상과 현실의 양립이 아예 불가능한 것만은 아니다. 아무튼 내 부모의 발끝과 혀끝에서 분명하게 전달되는 실망과 분노에 나는 크게 안도하며 욕실 밖으로 이어진 틈새를 더욱 세차게 비집는다. 내가 바퀴벌레나 시궁쥐로 태어났다면 이곳을 쉽게 빠져나갔을 것이다. 하지만 이 가정은 처음부터 잘못됐다. 만약 내가 바퀴벌레나 시궁쥐로 태어났고 죽을 때까지 하나의 영혼과 육신을 유지하며 그런 운명이 부모의 권위나 의무감을 압박하지 않는다면, 어떤 부모도 제 자식을 한곳에 가두고 저절로 죽기를 희망하지 않을 것이기 때문이다. 인간이 아닌 내 깜냥으로도, 바퀴벌레나 시궁쥐에겐 적어도 상처처럼 평생 품고 지내야 할 기억 또는 사랑은 없고, 그저 서둘러 먹어치워야 할 먹이와 그걸 두고 치열하게 경쟁해야 할 동족만이 있을 뿐이다. 하지만 나는 엄연한 인간으로 자라기 위해 태어난 이상, 설령 인간으로 자라지 못하더라도 그 목적을 훼손하면서까지 바퀴벌레나 쥐처럼 기어서이곳을 빠져나가고 싶지는 않다. 갑작스러운 지진이나 화재가 일어나 저 문이 저절로 무너져 내린다면야 인간의 존엄이나 가족애를 전혀 훼손시키지 않은 채 당당히 걷거나 뛰어서이곳을 빠져나갈 수 있을 테니 이보다 더 나은 방법을 기대할 순 없다. 내 부모의 재산을 탐낸 도둑이 집 안으로 들어왔다가 나를 구출해주는 상상은 이미 오래전에 버렸다. 자신의 추악한 사생활을 감추기 위한 목적이었지만 이웃들에겐 정당한 노력으로 얻은 재산을 지켜내기 위한 조치라고 둘러대면서 내 부모는 현관과 유리창에 철창을 덧대고 곳곳에 감시카메라를 설치했기 때문이다. 그것으로도 모자라 하루에 한번씩 사설 경비원이 순찰을 돈다. 아직 인간으로 자라지 못한 자식 하나를 죽이기 위해 그토록 많은 돈과 노력을 쏟을필요는 없었다. 게다가 욕실은 누군가의 무덤으로 삼기에 적합하지 않다. 수도관과 하수관을 통해 외부와 연결되어 있는이상 이곳에 묻어둔 진실은 언젠가 밖으로 새어 나갈 수밖에없다. 털이 모두 깎여나간 몸뚱이에 구조 요청 메시지가 적혀 있는 시궁쥐를 이웃이 자신의 욕실에서 발견할 수도 있으니까. 나의 시체를 내 부모가 어떻게 처리할지 너무 궁금하다. 내 죽음이 그들을 마냥 기쁘게 만들지만은 않을 것이다. 왜냐하면 전쟁이 일어나지 않는 곳에서 발견된 시체는 반드시 인과관계를 밝혀야 하고 부당한 이유로 그것을 만들어낸 자는 인간 전체를 모독했다는 이유로 엄중한 처벌을 받도록 법이 규정하고 있기 때문이다. ─ 물론 그 법을 운영하는 자 역시 어른이라는 아이러니가 엄연히 작동한다. ─ 처벌은 한 인간과 그가 구축해놓은 세계를 단숨에 파괴할 수 있을 만큼 강력하다. 그래서 아빠와 새엄마는 서로에 대한 사랑을 끊임없이 확인하면서 배신의 낌새를 솎아내고 있다. 내 시체를 처리하는 방법이야말로 그들을 가장 흥분시키는 주제일 것이다. 한꺼번에 묻거나 태울 수도, 작게 잘라서 매일 조금씩 버리거나 먹어치울 수도, 아니면 화장품이나 비누로 만들 수도 있겠다. 역겹기 그지없지만, 인간이 상상할 수 있는 모든 사건은 이미 현실에서 일어나고 있다. 과거는 미래로 반복되고, 현실은 이따금 과거와 미래에서 탈락한다. 그러니 인간으로서 존엄성을 지키려면 기억이나 상상의 능력을 퇴화시키는 것이 바람직하다.

시간은 삶을 서서히 파괴한다. 그렇다고 죽음이 위안이 될 것 같지도 않다. 시간이 흘러가는 방향의 반대쪽으로 몸을 기울일수록 시간의 속도가 더 빨라지는 아이러니. 살아 있다는 인식이 삶에 집중하는 걸 방해하고 있다. 하지만 죽음은 삶의 중단이 아니다. 오히려 삶은 죽음을 통해서만 비로소 의미를 지닌다. 음식을 맛있게 만드는 것이 곰팡이이고, 근육은 거듭된 상처를 통해서 강해지며, 기억을 아름답게 만드는 것은 망각이다. 그렇다고 항상 맛있는 음식만 삼켰던 것은 아니고, 모든 상처가 완전히 아문 것도 아니며, 망각이 화해를 의미하지도 않는다. 내가 친엄마와 함께 살던 시절이 내 일생에서 가장 행복했다고 기억하진 않겠다. 친엄마는 자신이 남편에게서 버림받았다는 사실을 받아들이기 위해 처음엔 자신의 삶을 파괴하고 그다음엔 나의 삶을 그렇게 했다. 그리고 우리 둘 다 절벽에 섰을 때, 어쩌면 내가 친엄마보다 죽음에 가깝게 서 있었는데도 슬그머니 나를 뒤로 밀치면서 자신만 절벽 아래로 뛰어내렸다. 그렇다고 친엄마가 실제로 절벽에서 뛰어내려 육신을 갈기갈기 찢고 그 안에서 영혼을 꺼냈다는 뜻은 아니다. 그저 그녀가 결코 되돌릴 수 없는 상황을 순순히 받아들였다는 상투적 표현이다. 어쩌면 친엄마는 청산가리에 혀가 닿자마자 크게 후회했을 것이다. 살려달라고 소리치려 했겠지만 이미 혀가 굳어 그럴 수 없었으리라. 만약 청산가리가 목구멍을 타고 아래로 굴러가지 않고 중력을 거슬러 입천장 쪽으로 솟구쳤다면, 친엄마는 그걸 뱉어냈을 것이고 두 번 다시 그렇게 어리석은 행동을 반복하지 않았을 것이다. 나는 친엄마가 죽어가고 있다는 사실은 알고 있었지만 그녀를 살리는 방법은 전혀 알지 못했다. 인간을 살리는 직업이 존재한다는 것과 전화 한 통으로 구원자들을 집까지 불러들일 수 있다는 사실을 아무도 내게 알려주지 않았기 때문이다. 맨발로 집 밖의 도로까지 걸어 나온 나를 하마터면 짓뭉갤 뻔했던 운전수가 위험을 방치한 내 부모에게 항의하기 위해 집 안으로 들어왔다가 ─ 집 안의 화려한 세간을 보자 욕심이 발동해서 여기저기를 둘러보았을 수도 있다. 인간의 호의는 몰이해에서 비롯될 뿐이다 ─ 청산가리 때문에 몸이 비틀어져 있는 친엄마를 발견했다. 그의 연락을 받고 달려온 구급차에 실려 친엄마가 병원으로 가고 있을 때 구급대원은 내 아빠에게 전화를 걸어 상황을 설명했다. 하지만 난처한 표정으로 전화를 끊더니 거의 들리지 않는 목소리로 중얼거렸는데, 그의 탄식이 인간에 대한 실망감과 연결되어 있다는 사실만큼은 어린 나조차 알아차릴 수 있었다. 세상은 점점 더 완벽해지고 있지만, 정작 그 안에 갇혀 있는 인간은 점점 더 무기력해지고 있으며 현실을 외면하기 위해 더욱더 고립된 곳으로 숨어들고 있다.

아빠는 친엄마의 주검 ─ 시체라고 부르면 왠지 거기에 한때 따뜻하고 부드러운 영혼이 담겨 있었다는 생각을 할 수 없기 때문에 이 단어를 완강히 사용하지 않겠다 ─ 앞에서 아주 짧게 울었던 것으로 기억한다. 하지만 그 눈물에 슬품과 관련된 성분이 들어 있었는지는 알 수 없다. 왜냐하면 그는 누군가를 버리는 일에는 능숙한 반면 자신이 누군가로부터 버려지는 상황은 쉽게 견뎌내지 못했기 때문이다. 그러니 수치심이나 조바심 때문에 그가 울었다고 간주할 수도 있겠다. 설령 그의 부당한 대우 때문에 친엄마가 스스로 목숨을 끊었다고 하더라도 어쨌든 청산가리를 구입하여 제 입에 털어 넣은 자는 친엄마였으므로 아빠는 아무런 법적 책임도 지지 않았다. 친엄마가 죽기 전부터 아빠와 지금의 새엄마가 이미 사랑을 나누고 있었다는 사실이 밝혀진 뒤에도 아빠의 신의 없음을 비난하는 자들보다는 친엄마의 비사교성과 병약함을 비난하는 자가 훨씬 더 많았다. 자신의 비밀스러운 사랑이 친엄마를 죽인 게 아니라 그녀의 선병질적인 열등감이 자신의 사랑을 죽였다고, 술에 취한 아빠는 상복을 벗어젖히며 푸념했다. 사랑은 한번 죽어도 다시 살아나지만 사람은 한번 죽으면 살아날 수 없기 때문에, 사람을 죽인 걸 더 큰 죄악으로 여기는 게 당연한데도 아빠는 정반대로 이야기했다. 그는 마치 어젯밤에 꾼 꿈을 지우듯 친엄마의 육신뿐만 아니라 그녀가 살아서 사용했던 물건들 그리고 그것과 관련된 기억들을 모두 없앴고 내게도 냉정한 절연을 강요했다. 나는 아빠를 슬픔과 무력함으로부터 구해내기 위해서라도 그의 뜻을 충실하게 따랐는데 그 덕분에 아빠는 마치 새로 태어난 아이의 뇌라도 지니게 된 듯 금세 평온을 되찾았다. 친엄마의 장례식을 마친 지 한 달쯤 지났을 때, 그는 새엄마와 그녀의 물건들로 죽은 친엄마의 빈자리를 채웠다. 오랫동안 항공사의 스튜어디스로 근무하면서 새엄마가 각국에서 사 모은 신기한 물건들은 죽은 친엄마에 대한 기억을 더욱 초라하게 만들었다. 새엄마는 자신의 방식대로 나를 위로하려고 애썼다. 하지만 미처 내게 보여주지 않았던, 그녀가 가장 소중하게 여기고 있던 보물을 그녀의 아랫배에서 우연히 발견한 뒤로 나는 조만간 그들의 가족과 격리될 것임을 직감했다. 나처럼 아직 인간이 아닌 이복동생을 시샘하여 그의 실패를 갈망할 만큼 형편없는 형이 되고 싶진 않았다. 하지만 삶이나 죽음에 대해 전혀 알지 못하는 나로서는 도저히 감당할 수 없을 만큼, 두려움은 너무 실제적이고 구체적이며 필연적이었다.

나의 부모가 나를 이곳에 가두기 전까지 내게 어떤 미래를 기대했는지 몹시 궁금하다. 무엇이 되길 바라긴 한 걸까. 그게 무엇인지 알 수만 있다면 내가 정말 그렇게 될 수 있는지, 그렇게 되려면 어떻게 해야 하는지 지금이라도 여기서 궁리해볼 수도 있겠다. 하지만 무엇이든 되려면 최소한의 시간이 필요하다. 심지어 온전한 시체가 되기 위해서라도 시간은 필요하지 않은가 — 시체라는 단어를 부득이 다시 사용한 까닭은 나처럼 어린아이의 육신 속에는 영혼으로 간주할 만한

것이 거의 들어 있지 않다고 생각하는 부모의 편견에 동의하
기 위해서다——석 달 전 새벽, 무서운 꿈 때문에 울며 잠에
서 깨어난 나를 이토록 습하고 어두운 곳에 처음 가둘 때에
만 하더라도 부모는 결코 나에게 죽음을 주입하려 했던 건
아니리라. 내가 어둠과 침묵 속에서 부모의 철학과 행동 윤
리를 이해하고 단점을 스스로 교정하도록 유도하고 싶었을
것이다. 집 가까운 곳에 수도원이나 교도소가 있었더라면 그
들은 나를 그곳으로 보내어 체계적인 교육을 받게 했을지도
모른다. 하지만 유감스럽게도 내가 살고 있는 동네는 사방
이 높은 담으로 둘러쳐져 있고 사설 경비원들이 입구를 지
키고 있을 만큼 안전하고 쾌적한 곳이기 때문에 수도원이나
교도소가 세워질 수 없다. 그래서 영화나 소설책을 통해 얻
은 정보를 근거로 부모는 욕실에다 그럴듯한 격리시설을 꾸
몄다. 하지만 아빠가 욕조의 물에 표백제를 풀어 넣은 까닭
만큼은 여전히 이해하지 못하겠다. 내가 흑인이어서 그랬다
면 그것은 필경 오래된 만화영화에서 영감을 받았을 것이다.
내가 유태인이어서 그랬다면 그것은 필경 히틀러의 자서전
을 읽고 감명받았기 때문일 것이다. 내가 무슬림이나 아시아
인이어서 그랬다면 편견을 유포한 공교육의 문제를 탓할 수
있다. 하지만 나는 아직 어느 부류의 인간으로도 자라지 못
했다. 혹시 내가 내 부모의 기대를 저버린 채 태어났다면 그
건 부모가 그런 유전자를 지니고 있었기 때문이지 결코 내가

잘못해서가 아니다. 설령 내가 그렇게 태어났어도 부모의 관심과 사랑에 따라 정상적인 인간으로 얼마든지 자라날 수 있었다. 하지만 어려서부터 부당한 폭력을 접하고 그것에 대항할 만한 더 거대한 폭력을 배운 아빠에겐 모든 인간의 운명은 태어날 때 이미 결정되어 있었다. 그래서 그는 겨우 인간이 될 수 있을 만큼 자란 뒤부터는 더 이상 자신의 정체성을 의심하지 않았다. 특정한 종교를 신봉하진 않았지만 인간의 원죄와 죽음의 정화 능력만큼은 믿었을 수도 있겠다. 그래서 친엄마를 잃고 새엄마의 품으로 건너온 나에게 별도의 세척 과정이 필요하다고 생각하여 욕조에 표백제를 풀었던 것은 아닐까. 내 부모의 훈육 방법이 처음엔 성공하는 듯했다. 이곳에 갇히는 순간 나는 지금껏 결코 경험하지 못한 공포에 사로잡혀 울기는커녕 숨 쉬는 것조차 힘들었으니까 말이다. 맵싸한 표백제 냄새는, 나를 압제하고 있는 공포가 잠에서 깬 뒤에도 흔적 없이 사라지지 않고, 잠들기 전까지, 심지어 꿈속에도 여전히 이어질 것이라는 사실을 각인시키는 데 결정적 역할을 했다. 교육의 도구로서 공포는 10여 분 미만으로 지속되어야 최대한의 효과를 발휘한다는 사실을, 누구보다 명민한 인간인 아빠가 몰랐을 리 없다. 나는 그들이 문밖에서 욕실 문에 귀를 대고 있다는 사실을 알고 있었기 때문에 울음을 멈추지 않았다. 용서를 갈구하는 목적의 울음 역시 10여 분 이하로 지속되어야 효과적이라는 것을 나도 알

고 있었다. 보통 부모 같으면 아이의 울음소리가 잦아질 때
쯤 못 이기는 척하고 문을 열어주었을 텐데, 나의 부모는 그
렇게 하지 않았다. 그때 문을 열어주었다면 나는 그들이 나
의 미래를 진심으로 걱정하고 있다는 사실을 부정하지 못했
을 것이고 좀더 합리적인 방식으로 스스로를 교정해갔을 것
이다. 하지만 공포가 너무 오랫동안 이어지면서 나는 내가
왜 그들에게 용서를 구해야 하는지 자문하지 않을 수 없었
다. 악몽을 꾸었다는 이유 때문에? 악몽에서 벗어나려고 울
었다는 이유 때문에? 잠에서 깨어난 직후 울음을 곧바로 멈
추지 않았다는 이유 때문에? 나의 울음소리가 그들의 사랑
을 방해했다는 이유 때문에? 아니면 이복동생의 잠을 방해
했다고? 이웃의 잠을 깨워 부모를 창피하게 만들었던 것일
까? 하지만 나는 겨우 여섯 살의 아이에 불과하지 않은가. 여
섯 살이 아니라면 악몽을 꿀 리도 없고 그것 때문에 울 리도
없다. 하긴 여섯 살이 아니라면 나는 이미 저 욕실 문을 발로
부수고 나갔거나 열쇠 구멍에 철사를 집어넣어 자물쇠를 열
수도 있었다. 스무 살쯤 됐다면 흉기나 인화물질을 들고 부
모의 방으로 뛰어들어 그들을 협박했을 것이다. 아무런 저항
도 하지 않고 욕조 속에 조용히 앉아 부모의 용서를 기다리
는 까닭은 내 안에서 울음을 만들어내는 표범이 아직 잠들지
않았기 때문이었으며 ── 친엄마의 주검 앞에서 울고 있는 나
에게 아빠는 사나이라면 모름지기 표범처럼 울어야 한다고

말했는데 그게 크게 울어야 한다는 뜻인지 아니면 짧게 울어야 한다는 뜻인지 되묻지 않았다 ─ 여전히 내 침대 주변을 서성거리고 있을 악몽과 마주치고 싶지 않았기 때문이다.

내가 지금 겪고 있는 비극을 유발시켰던 그 꿈의 내용은 전혀 기억나지 않는다. 하지만 이곳에 갇힌 지 일주일 정도 지났을 때까지만 하더라도 분명히 그걸 기억할 수 있었다. 표백제가 섞인 물을 마실 때마다 기억이 희미해지고 있다. 그래도 그 꿈속에서 느꼈던 공포만큼은 지금까지 똑똑하게 기억한다. 잠에서 깨어나서도 한참 동안 몸을 움직일 수 없었다. 내가 울고 있다는 사실조차 미처 깨닫지 못했다. 울지 않으면 나는 아무것도 아닌 것 같았다. 내 울음소리가 들려오는 곳이 내가 돌아가야 할 현실이라고 생각했기 때문에 더욱 목청을 높였다. 하지만 내 부모를 수치스럽게 만들 정도로 소리가 크진 않았다고 장담한다. 만약 그랬더라면 가장 먼저 빌리가 내 상태를 알아차리고 워키토키로 다급히 말을 걸어왔을 것이기 때문이다. 같은 유전자를 공유한 자들의 꿈이 가끔씩 연결된다는 주장이 사실이라면, 복도 끝 방에 잠들어 있던 아빠가 자신의 꿈속에서 내 울음소리를 들었을 수도 있다. 그래서 새엄마와 이복동생을 깨우지 않고 아빠만 혼자서 내 침실로 찾아온 것인지 모른다. 그런데 곰곰이 생각해보면 공포는 낯선 인간과 환경 속에서는 결코 태어나지 않는다. 낯익은 인간과 익숙한 환경 속에서 방심하는 찰나에 그것이 태어난다. 그러니 나처럼 평생 열 권의 책도 읽지 않았고 여행도 거의 하지 않았으며, 아는 사람이라곤 가족과 친척과 빌리가 전부인 아이에게 공포를 일으킬 만한 인간과 환경은 지극히 제한적일 수밖에 없다. 그리고 자신 있게 말하건대, 죽은 친엄마가 내 꿈속에 나타나 나를 무섭게 만들었을 리 없다. 친엄마는 죽은 뒤에도 가끔씩 내 꿈속으로 찾아와 이야기를 들려주고 음식을 만들어주었다. 나는 그녀를 좀더 자주 그리고 좀더 오랫동안 보고 싶었지만, 그녀는 죽은 뒤에도 여전히 아빠에게 버림받는 걸 두려워했다. 정확히 말하자면 그녀는 더 이상 산 사람처럼 외로움을 느끼고 싶지 않았던 것이다. 꿈속의 친엄마가 아빠에게 잔혹하게 살해당하고 있는 상황에서도 나는 배를 잡고 웃었다. 그래야 친엄마가 자신의 죽음을 온전히 자신의 잘못이라 여기지 않을 것 같았기 때문이다. 다시 만날 기약 없이 헤어지는 게 매번 고통스러웠지만 나는 그녀가 행복하길 진심으로 바랐다. 그리고 그녀 역시 나의 미래를 여전히 걱정하고 있다는 사실을 의심치 않았다. 빌리 또한 나를 무섭게 만든 적이 없는데, 우리는 꿈속에서도 워키토키로 대화했다. 내가 인간으로 잘 자라나서 의사가 되길 원했던 친엄마는 저 욕실 문이 내 미래를 완전히 파괴할 것이라고는 미처 상상하지 못했을 것이다. 더군다나 저 문을 밖에서 걸어 잠근 자가 나의 부모이며 세상은 아직도 그들에게 행운과 유명세를 허락하고 있다는 사실 또한 이해할 수 없을 것이다. 나 역시 당혹스럽긴 마찬가지다. 거듭 말하지만 — 이제 같은 이야기를 반복할 시간이 내게 거의 남아 있지 않다 — 만약 이곳에 갇힌 지 사나흘 뒤에라도 평범한 아이의 일상으로 되돌아갈 수 있었다면, 내가 부모의 훈육에 따라 얼마든지 교정 가능한 아이에 불과하다는 사실을 증명했을 뿐만 아니라 그들의 행운과 유명세가 더욱 불어나도록 노력했을 것이다. 하지만 수도원이나 교도소 같은 이 욕실에서 석 달 넘게 갇혀 지내는 사이에 나는 평범한 아이로 되돌아갈 수 있는 방법을 완전히 빼앗겼다. 교도소가 애송이들을 그럴듯한 범죄자들로 변신시키는 이치와 같다. — 유감스럽게도 수도원은 어린 신학생을 독실한 성직자로 만드는 것 같진 않다. 핍진한 환경과 엄격한 규율 속에서 성직자들은 신과 인간 사이의 간극을 더욱 명료하게 깨닫고 신과 명확하게 구별되는 인간으로 단련된다. — 그래서 나는 석 달 전의 삶과 희망으로부터 스스로를 해방시켰다. 시간은 항상 승리의 영광을 독차지할 것이므로 인간으로 자라난다고 해서 특별히 더 얻거나 이룰 수 있는 것은 거의 없다. 잠시 얻거나 이룬 것들은 이내 빼앗기고 파괴될 것이다. 그래서 나는 용케 살아서 이곳을 빠져나가더라도 더 이상 인간처럼 생각하고 행동하지 않기로 결심했다. 사랑 때문에 자식을 낳고 또 다른 사랑 때문에 자식을 제 손으로 죽이는 인간을 결코 이해하려 하거나 동정하지 않겠다는 말이다. 대신 인간이 결코 오염시킬 수 없는 세계에서 무한한 자유를 만끽할 것이다. 열한 살이 된 뒤에도 여전히 삶이나 죽음에 고무되지 않는다면 내 친엄마처럼 청산가리를 입에 털어 넣고 시간의 영원한 승리를 기꺼이 찬양할 것이다. 그때도 인간의 법과 윤리가 나의 시도를 방해하겠지만 인간을 살리는 직업이 있다면 당연히 인간을 죽이는 직업도 있을 테니 조력자들의 도움을 받으면 목적을 쉽게 이룰 수 있을 것이다. 이따금씩 아빠나 이복동생의 꿈에 나타나 그들을 한밤중에 울게 만들 것이고 그들이 섣부른 반성으로 타협을 시도할 경우 더욱 기괴한 악몽을 눈앞에서 연출해 보일 것이다. 여섯 살에 불과한 아이가, 아니 석 달 동안 표백제 섞인 물과 소금기만으로도 목숨을 유지할 수 있는 미증유의 생명체가 인류 전체를 대상으로 복수하는 방법이라면, 기괴한 악몽을 현실과 뒤섞어놓아 현실의 분량을 늘리는 것뿐이다.

죽기 전에 그래도 뭔가 기억해야 할 게 있지 않을까. 그래야 나도 결연한 태도로 죽음을 삼킬 수 있지 않을까. 삶의 목적을 깨닫지 못한 자에게 죽음이라고 해서 어떤 의미를 지니겠느냐마는, 목전에 닥친 죽음을 온전히 내 자신의 것으로 삼기 위해서라도, 그리하여 나의 죽음을 유발한 인간에게 상처를 섭새기기 위해서라도, 나는 내 삶의 의미를 확인하지 않으면 안 된다. 인간의 삶은 무엇으로 이루어졌으며, 그것들 중 어떤 것을 소진하고 어떤 것을 남길 수 있는 것일까. 기억 속에 박제할 수 없는 것들이 훨씬 더 많겠지만 읽었던 책, 들었던 노래, 걸어보았던 장소, 먹었던 음식, 맡았던 냄새, 느꼈던 감촉, 나누었던 말 중에서 죽음의 공포를 잠시나마 압도할 만한 걸 찾아낼 수 있지 않을까. 아직 인간이 아닌 나는 경험하지 못한 것들을 그저 상상을 할 뿐이다 —상상하는 능력이 인간에게만 있다면, 나도 인간이라고 할 수 있지 않을까? — 만약 그런 게 내 삶에 존재한다면 필경 친엄마와 관련되어 있을 것이고, 나의 삶은 어쩔 수 없이 그녀의 죽음으로 수렴되고 말 것이다. 너무 억울하다. 부모의 찌꺼기로 빚어져서 부모의 그림자가 될 운명이라면 굳이 왜 나는 태어났을까. 정말 그들의 사랑 때문이었을까. 나는 사랑의 목적이었을까, 아니면 사랑의 결과였을까. 그 사랑에 목적이나 결과가 있기는 했을까. 적어도 저 문밖에서 살고 있는 인간에게 나는 실패한 사랑의 표식일 뿐이리라. 하지만 실패하지 않는 사랑도 있을까. 아빠와 새엄마의 사랑도 언젠가는 실패할 것이다. 사랑은 인간을 실패시키기 위해 신이 매장해놓은 지뢰 같은 것이다. 내가 이곳에서 쓸쓸하게 죽고 나면 그다음엔 나의 이복동생이 이곳에 갇히게 되는지도 모른다. 왜냐하면 나의 부모에겐 자식들을 통해 자신의 삶을 연장하려는 의지가 전혀 없고, 오히려 자신의 삶이 자식들에 의해 파괴되고 있다는 피해의식에 사로잡혀 있기 때문이다. 이곳을 빠져나가야 할 이유가 방금 전에 생겨났다. 나는 이 욕실을 나가자마자 이복동생이 누워 있는 요람으로 달려갈 것이다. 집 밖으로 함께 도망칠 수 없다면 그를 데리고 이곳으로 돌아와서는, 혀로 바닥의 소금기를 핥고 제 오물로 허기를 달래며 표백제 섞인 물을 마셔야 하는 그의 미래를 똑똑히 보여줄 것이다. 하지만 죽음에 굴복하기 직전까지 나는 단 한순간도 그를 더러운 바닥에 내려놓지 않은 채 목숨처럼, 또는 죽음처럼 극진히 돌봐줄 것이다. 내가 이곳에서 살아 있는 한 내 부모는 설령 사랑의 목적인 이복동생이 숨이 넘어갈 정도로 울어젖히더라도, 결코 저 문을 열지 않을 것이다. 울음소리가 이웃에게 새어 나가지 못하도록 문 위에 흡음재를 덧붙이면서 그들은, 사랑하는 능력을 지니고 있는 동안 비극은 언제든지 극복될 수 있다고 서로를 위로할지도 모른다. 내가 터키산 타일 위에 피로써 진실을 기록해놓을 수 있다면, 나의 죽음은 훗날 이곳에 갇히게 될 인간의 숫자나 그를 이곳에 가둘 인간의 그것을 조금이나마 줄일 수도 있을 텐데, 유감스럽게도 난 글자를 배우기 전에 이곳에 갇혔고, 어른처럼 생각하는 방법을 여기서 스스로 터득했다. 어쩌면 이곳은 문자나 언어가 신과 직접 소통하는 데 방해가 된다고 믿는 수도자들이 사막 한가운데에 세운 수도원인지도 모른다. 그렇다면 언젠가 이곳의 처참한 광경을 구경하게 될 신에게, 제

발 인간에게서 사랑하는 능력을 영원히 거세해달라고 부탁하겠다.

침대 위에 누워서, 청산가리가 만들어내는 환각과 고통을 쓰다듬고 있던 친엄마는 내게 강아지 한 마리를 키워보라고 유언처럼 말했다. 그때 나는 울면서 싫다고 말했는데, 한 인간이 사라진 자리를 강아지 한 마리가 메울 수 없다고 생각했기 때문이다. 하지만 지금 돌이켜보니 내 생각이 틀렸다. 한 인간이 사라진 자리는 어느 것으로도 메울 수 없지만 자신이 감당할 수 있을 만큼의 크기로 줄이는 능력이 인간에겐 있다. 그 줄어든 자리를 다른 인간이나 강아지, 음식이나 장난감이 채울 수도 있다. 그래서 아빠는 새엄마를 집으로 데리고 들어왔던 것이다. 친엄마는 더 이상 인간과 그들의 사랑에 대해 믿지 않았기 때문에 인간 대신 강아지를 추천했던 것 같다. 친엄마의 유언을 따랐더라면 나는 악몽을 꾸지 않았을 것이고, 잠에서 깨어 울었다는 이유로 욕실에 석 달씩 갇히지 않았을 것이며, 이토록 무력하게 파괴되지도 않았을 것이다. 새엄마의 몸속에서 이복동생이 발견되지 않았더라면 나는 아빠를 졸라 강아지 한 마리를 샀을 것이다. 하지만 아빠는 강아지의 털이 산모와 태아의 건강을 위협할 수 있다는 이유로 일언지하에 거절했다. 천사 같은 웃음을 지어 보이면서 새엄마가 건넨 생일선물 상자에는 워키토키가 들어 있었다. 나는 아빠의 명령에 따라 비굴할 정도로 감격한 표정을 지어 보이며 새엄마를 힘껏 껴안았다. 하지만 사실 내가 껴안은 것은 새엄마가 아니라 나의 이복동생이었다. 어쩌면 그 짧은 순간이야말로 우리가 가족으로 뭉칠 수 있는 마지막 기회였으나 그걸 아무도 붙잡으려 애쓰지 않으면서 우리는 비극을 맞이하게 됐다. 나는 우울한 공기 위로 잠시 날아오르기 위해 팔에 힘을 잔뜩 준 채 새엄마의 몸에 매달렸고 그녀는 비명을 질렀다. 그 순간 아빠의 손바닥이 내 얼굴에 박혔다. 그 뒤로 한나절 동안 나는 의식을 찾지 못한 채 침대 위에 누워 있었다. 겨우 눈을 떴을 땐 내 방에 아무도 없었다. 그리고 희미하게나마 새엄마와 아빠가 격렬하게 싸우는 소리를 들었다. 그때 나의 운명이 결정된 것이 분명하다. 그날 이후로 나의 부모는 단 한 번도 나를 안아주지 않았으니까. 그때 강아지라도 곁에 있었다면, 나는 부모의 사랑 따윈 갈망하지 않았을 것이다. 목숨이 끊기기 전에 마지막으로 노래를 부르고 싶다. 잠자리에 든 내게 친엄마가 불러주었던 그 노래. 아마 이 노래를 빌리는 듣지 못할 것이다 — 워키토키는 내 방 침대 아래 숨겨져 있다 — 하지만 나와 유전자로 연결되어 있는 아빠는 그걸 들을 수 있을 것이다. 분노를 누르지 못한 그가 한밤중에 왁달박달 문을 열고 이곳으로 들어오기 전에 내가 먼저 잠에 빠져들 수 있길 희망한다. 꿈을 꾸고 있는 자를 죽일 수는 없기 때문이다.

그리고 나의 죽은 친엄마는 도스토옙스키의 『카라마조프가의 형제들』과 쇼스타코비치의 「재즈 오케스트라를 위한 모음곡 2번」만큼은 꼭 나와 가깝게 두어야 한다고 거듭 말했다. 유언을 완성해야 하는 힘까지 소진하면서 그 괴이한 이름들을 종이에 적어주었다. 아마도 그녀는 그것들 덕분에 이승에서 좀더 오래 버틸 수 있었던 것 같다. 만약 지금 내게 그것들이 있다면 나도 친엄마처럼 좀더 오래 버틸 수 있을는지 모르겠다. 정말이지 아직은 죽고 싶지 않다.

인간의 존엄성을 떠올리기 힘들 정도로 나는 지금 목이 너무 마르고 배가 너무 고프다. 욕실인데도 수도꼭지에서는 물이 나오지 않는다. 그래서 목이 마르면 하는 수 없이 표백제가 섞인 욕조의 물을 마실 수밖에 없다. 차라리 오줌을 먹는 편이 나을 수도 있겠지만 오줌을 싸지 못한 지도 일주일이 넘었다. 너무 배가 고파서 포르투갈산 비누를 혀로 핥아 먹기 시작했는데 다섯 개 중 네 개를 이미 삼켰고 마지막 하나도 이제 절반밖에 남지 않았다. 이것은 죽은 친엄마가 내게 남긴 마지막 양식이다. 라벤더, 올리브, 장미, 샤프란 그리고 오렌지 중에 남아 있는 건 라벤더뿐이다. 이곳에 갇히기 전까지 나는 라벤더라는 식물에 대해 들어본 적이 없었다. 그래서 먹기를 주저하고 있다. 비누를 씹고 있으면 구역질이 밀려오지만 욕실은 향기로운 냄새로 가득 찬다. 물비누가 조금 남아 있긴 한데 위급한 상황에 대비해서 그건 남겨두어야 한다. 그런 것들을 먹고 있을 때 아빠나 새엄마가 갑자기 저 문을 열고 들어와 아주 역겨운 표정으로 인류 전체를 경멸하게 될까 봐 두려워서, 아직 인간이 아닌데도 나는 구석에 숨어 웅크린 채, 아주 느리고 예민한 동작으로 물을 마시고 비누를 핥고 있다. 이빨이 남아 있지 않기 때문에 비누 조각은 입안을 맴돌다가 식도 아래로 미끄러지면서 아무런 소리도 내지 않는다. 인간이 만물의 영장이라면 적어도 허기와 갈증을 스스로 해결할 능력은 갖추고 있어야 하지 않을까. 그런 면에서 광합성 능력을 지닌 식물이 인간보다 훨씬 더 존엄한 존재인 것 같다. 한낮의 햇볕이 잘 드는 쪽에 오래 누워 있어도 허기와 갈증은 조금도 사라지지 않았다. 손가락을 뜯어 먹고 싶지만 이빨이 없다. 면도칼이나 손톱 가위가 있다면 어떻게든 최후의 만찬을 준비해볼 수도 있을 것 같은데, 내 부모는 그런 것들로 자해하거나 자신들을 공격할 수 있다고 생각했는지 욕실에서 치워두었다. 내 몸 어디선가 흘러나오는 피와 눈물과 땀은 허기와 갈증을 해결하는 데 거의 도움이 되지 않는다. 제2차 세계대전 당시 절멸 수용소에 갇혀 있던 유태인 중에서 하루에 단 한 컵씩 배급받는 물을 성급히 들이켠 자들은 모두 죽었지만 절반을 남겨 얼굴을 씻은 자들은 끝까지 살아남았다는 할머니의 이야기는 결코 진실이 아닐 것이다. 나라면 내 몫의 물을 먼저 들이켜고 이웃의 물까지 훔쳐 마신 뒤 그 결과로 생산된 오줌을 다시 삼키는 방식으로라도 버텼을 것이다. 지옥의 문이 열리기 전까지 그 안에는 단 한 명의 존엄한 인간도 존재하지 않으니 허영을 앞세울 필요는 전혀 없다. 그리고 지옥을 나서는 순간 축복과도 같은 망각의 능력이 인간의 존엄성을 기적처럼 회복시켜줄 것이다. 존엄은 인간이 홀로 있을 땐 전혀 중요하지 않다가 자신을 지켜보고 이해하려는 누군가가 존재할 때 비로소 중요해지는 것이라고, 나는 죽음에 앞서 나를 설득했다. 하지만 매번 실패했고 실패는 더욱 확실한 허기와 갈증을 몰고 왔다. 그래서 나중엔 실패만이 인간이 존엄성을 지키는 유일한 자극이라는 사실을 인정하기에 이르렀다.

목구멍에 걸린 비누 조각을 뱉어내기 위해 구역질을 하다가 나는 마침내 이곳에 갇히기 석 달 전의 꿈을 기억해냈다. 나는 곤충학자가 되고 싶었다. 그래서 햇볕이 가득한 오후 나는 벌판을 달리며 곤충들을 찾아 헤맸다. 그때 거대한 나비 — 꿈속에 사는 건 나비이지 나방은 아니다. 나방은 꿈 밖의 어둠 속에 산다 — 떼가 내 앞으로 날아갔다. 나는 그것들이 아프리카에서 출발하여 바다를 건너 북극까지 날아간다는 사실을 알고 있었다. 그래서 그것들이 육지를 벗어나기 전에 잡으려고 정신없이 좇았다. 겨우 한 마리를 붙잡았는데 나는 너무 작고 가벼운 육신을 지니고 있어서 나비에 매달려 허공으로 날아올랐다. 발밑으로 바다가 지나가고 있었다. 북극이 눈앞에 나타나길 기대하고 있을 때 나비들은 일제히 바닷속으로 뛰어들었다. 나비가 아니라 고래나 빙하가 수면에 처박힐 때처럼 둔중한 소리가 났다. 나는 물속에서 허우적거리면서도 나비의 날개를 끝까지 놓지 않았다. 그러자 그 나비는 점점 커지더니 친엄마의 모습으로 변하는 게 아닌가. 하지만 친엄마는 사지를 힘없이 늘어뜨린 채 죽어 있었다. 바닷속에서도 나는 여전히 작고 가벼웠기 때문에 내가 붙들고 있는 친엄마는 떠오르거나 가라앉지도 않고 일정한 수심을 유지한 채 떠 있었다. 숨을 쉴 수 없었지만 위로받고 있다는 생각 때문에 너무 행복했다. 하지만 행복은 그리 오래 지속되지 않았다. 주변의 물고기들이 몰려들면서 친엄마의 육신을 뜯어먹기 시작했다. 나는 필사적으로 손발을 휘저으며 포식자들을 쫓아내려 하다가 친엄마를 놓치고 심해로 점점 더 가라앉았다. 그리고 바닥에 거의 다다랐을 때 뜨겁게 사랑을 나누고 있는 아빠와 새엄마의 침실이 보였다. 아빠와 눈이 마주치는 순간 나는 울음이 터졌는데 입을 벌릴 때마다 붉은 바닷물이 밀려들어왔다. 나는 제발 인간에게서 꿈을 꾸는 능력이라도 영원히 거세해달라고 간절히 기도했다.

작가의 말

　여기에 실린 여덟 편의 소설은 모두 2012년부터 2015년까지 유럽에서 씌어졌다. 그 이후 여기저기에 나눠 발표하면서 오탈자와 오문을 수정하긴 했으나 제목과 내용은 거의 바꾸지 않았다. 이런 기괴한 글을 쓰느라 내가 돌아앉아 있는 사이에 우리 안의 현실과 우리 밖의 역사가 크게 개선되어서 이 책의 쓸모를 호명하지 않길 진심으로 바란다. 만약, 이 책의 어떤 사실, 어떤 감정, 어떤 문법이 어제까지도 여전히 유용했다면, 내가 그동안 쳇바퀴를 반대 방향으로 돌리고 있었다는 의미일 테니 다소 헛헛하고 부끄러워질 것 같다. 대유행병의 시대에도 나는 연대의 힘을 굳게 믿겠다.

2020년 12월
김솔

추천의 말

인류는 더 이상 자신이 태어난 지역을 삶의 터전으로 삼지 않는다. 터전으로 삼지 않을뿐더러, 한 지역에 정착해 살지도 않는다. 정착해 살지 않더라도 삶이 윤택하고 행복하다면 괜찮을 텐데, 이 책의 인물들처럼 많은 이가 위험과 위협, 차별에 휘둘리며 살고 있다. 「피카딜리 서커스 근처」의 흑인 바이 부레는 영국 식민지 시에라시온 출신으로 런던으로 건너온 다음, 타이베이 출신의 루와 벨기에 출신의 장에게 착취당하는 신세가 된다. 런던은 한때 세상의 중심이었지만, 지금 런던을 채우고 있는 것은 세상의 떠돌이들이다. "영국인들은 프리미어리그를 관람하면서 아프리카의 역사를 배운다."

이를 세계화의 비극이라고 불러도 좋을까. 우리는 보통 외국으로 이민 간 지인들의 행복한 소식을 듣곤 하지만, 『유럽식 독서법」은 역시나 세상엔 불행이 훨씬 크고 많다는 사실을 일깨운다. 시적이고 시니컬한 하드보일드라고 할 수 있는 「누군가는 할 수 있어야 하는 사업」은 그 점을 극명하게 보여준다. 고귀한 유럽 시민이 쾌적한 삶을 유지하기 위해서는 난민이나 불법체류자가 파리의 화장실을 청소해주어야 한다.

우리는 세상의 부조리에 대해 큰 관심을 쏟지만, 한국과 그 주변만을 배경 삼아 모든 부조리를 낱낱이 제대로 말하기는 어렵다. 어느 사회나 부조리는 비슷비슷하면서도 제각각이기 때문이다. 김솔 소설이 세계 지도에 볼펜으로 점을 찍듯 온 나라를 옮겨 다니며 이야기를 그려 보이는 것도 그런 이유에서일 것이다.

백민석(소설가)

수록 작품 발표 지면

피카딜리 서커스 근처 「문예중앙」 2015년 여름호
유럽식 독서법 「문학들」 2015년 봄호
누군가는 할 수 있어야 하는 사업 「세계의문학」 2015년 여름호
브라운 운동 「숨―문학의 이름으로」 6호 2018년 5월
에스메랄다 블랑카 「21세기문학」 2015년 여름호
보이지 않는 학교 〈웹진 문장〉 2016년 7월
이즈티하드Ijtihad의 문 〈웹진 문장〉 2019년 10월
나는 아직 인간이 아니다 「현대문학」 2020년 6월호